MIURA AYAKO LITERATURE MUSEUM
三浦綾子記念文学館

手から手へ～三浦綾子記念文学館復刊シリーズ⑩

積木の箱　下

三浦綾子

積木の箱　下　もくじ

カバーデザイン　齋藤玄輔

地獄谷

地獄谷

夏休みに入って三日過ぎた。公園のグラウンドでは、朝から野球見物の歓声が聞こえ、近くのテニスコートからはボールを打つ音が絶え間なく聞こえてくる。

(いやに単調な音だ)

一郎はいらいらしながら、窓によって、外を見た。草も木も死んだようにグッタリと動かない。うすぐもりの、むし暑い日だ。ひる前の家の中は、古城のように不気味なほど静まりかえっている。この家の中には、自分と奈美恵だけなのだと、一郎はそのことに、朝からこだわっていた。今朝早く、父の会社の慰安海水浴に、母も、みどりも、お手伝いの涼子も、運転手夫婦も、みんな出かけてしまったのだ。

奈美恵は海水浴は疲れるだけだからと言って、毎年行かないことにしている。奈美恵の行かない気持ちが、今年初めて一郎にわかったような気がした。一郎自身は、去年まで喜んで出かけていたが、今年は行かなかった。父の会社の慰安海水浴などに喜んで出かけていたことが口惜しくなったのだ。しかし、今年出かけないほんとうの理由は他にもある。毎年のように奈美恵一人が留守番することを、一郎は計算に入れていたのだ。

（しかし、おれはほんとうに、あの女の部屋に行くことができるだろうか）

昨夜からくり返している自問を、いままた一郎はくり返した。

（かまうものか、母を苦しめてきた女なんだ。どうせ獣のような女なんだ）

一郎は窓べを離れてソファに横になった。

（おれだって、獣のような男の息子なんだ。獣の息子は獣でいいじゃないか）

この春、父と奈美恵の姿を鍵の穴からのぞき見て以来、いく度か思って来たことを、きょうこそ一郎はなしとげるつもりでいた。

一郎は立ち上がって、ベッドの下から小さなふろしき包みをひきだした。ふろしきの中から女もののナイロンの靴下や、シュミーズや下着が出てきた。一郎はそれを手にとって、目をつむった。

どうしてこんなものを盗む気持ちになったのか、自分自身にもよくわからなかった。初めて盗んだのは、あの和夫を川から救い上げた午後である。何か父を困らすような悪いことをしてやろうと思っていた矢先、思いがけなく一郎は、和夫の命を救ってしまった。それが万一、テレビや新聞にでも通報されると、父が誰よりも喜ぶはずであった。父を喜ばせるようなことをしてしまったという、いまいましさがそうさせたのであろうか。あの日一郎は、店の裏に干してある女物の下着を見たとたん、思わずそれをズボンのポケットに押しこんでしまったのだ。それは、いつか大川松夫たちが、下着を盗んだ中学生の話をしていたことも、一郎の心の底に記憶されていたせいかも知れない。

その下着が、敬子のものか久代のものか、一郎は知らなかった。だがあの日以来、それに手をふれる度に、一郎の体の中を強暴な血がさわいだ。

(きょうだ。きょうがチャンスだ)

しかし、一郎は思うだけで、廊下に一歩も出ることができなかった。一郎はテレビのスイッチを入れた。前部を大破したライトバンが横倒しになり、即死二名、重傷一名という文字が映った。無感動に一郎は他のチャンネルに回した。飛行機が低く旋回し、原の彼方に爆音がとどろき、土煙が上がった。つづいて顔の汚れたベトコンが、アメリカ兵にこづかれながら歩いてくる。アメリカ兵はニヤニヤ笑っていた。

「ふん」

一郎はスイッチを切った。画面は、テレビの底に吸いこまれるように消えた。

一郎は、奈美恵が自分の部屋で何をしているだろうかと想像した。大柄な白い体が目に浮かぶ。一郎は大きく息をついた。と、その時、玄関でブザーが鳴った。門で押しているブザーの音である。奈美恵が出ていくだろうと思ったが、しばらくしてまたブザーが鳴った。奈美恵の出ていく気配はない。一郎は窓から門の方をながめた。鮮やかな赤い服を着た女が立っている。だが、太い門柱のかげに半分かくれて顔は見えない。

一郎は、出ていこうかどうかと思ったが、それより先に門柱のかげの女は、あきらめたように去って右手の道に折れて行った。

(そうだ、いまだ)

ブザーは奈美恵も聞いたはずである。いまおりていくのなら、少しも不自然なことはないと、急に勇気が出た。自分の家のどこを歩こうと、かまわないはずだ。しかしいまの一郎には、こんなきっかけでもなければ、一歩も部屋の外に出ることができないのだ。

一郎は、わざと足音を荒く立てて、赤じゅうたんの敷いてある六尺幅の階段をかけおりた。だが階下は何の物音もしない。一郎は口笛を吹こうとしたが、それは口笛にはならなかった。

階段をおりて、左斜め前に玄関がある。玄関までの用事なら、それで終わりなのだ。奈美恵の部屋は、階段をおりて右手に曲がり、更に右手に曲がった隅の部屋である。一郎はいつしか息をひそめ、足音をひそめて奈美恵の部屋に向かって歩いていた。ひと足ひと足、ガクガクとふるえて、思うように足が運ばない。

やっと廊下を右に曲がって、思わず一郎は立ちどまった。奈美恵の部屋のドアが、五センチほどあいているのだ。奈美恵は、自分の来るのを待っているのではないかと、一郎は思った。不意に息苦しくなった。一郎は深呼吸をして息をととのえた。

（あのドアをひらく。中に入る。ただそれだけでいい）

一郎は、ふるえる足を踏みしめながら、歩き出した。

ようやく奈美恵の部屋の前まで来た。遠い道を来たように、一郎は息苦しかった。一郎は目をつむって、取っ手に手をかけた。ドアをあけた。パッとうす紫の色彩が目に入った。しかし、奈美恵はいなかった。

一郎はヘタヘタとその場にすわりこみたいような疲れを覚えた。壁の色も、じゅうたんの色も、ベッドの色も、みな淡い紫の色である。不意に一郎は、いたたまれなくなって奈美恵の部屋を出た。そして今度は玄関に出た。サンダルをひっかけて、門までのコンクリートの道を歩いて行った。サンダルが乾いた音をたてた。

鉄格子の門扉《もんぴ》につかまって、一郎はぐったりとよりかかった。格子越しに公園のポプラ並木が見える。ふた抱えもありそうな太い幹だ。そのポプラの下に、労務者が五、六人談笑しながら弁当をひらいている。それを見ると、一郎は自分がひどくみじめな人間に思われた。力なく門扉を離れ、ふらふらと玄関の方にひき返した。柔らかくもった空の色が、またしても奈美恵の柔らかい体を連想させた。

一郎は、ぼんやりと玄関に入った。

（いったい、あいつはどこに行ったのだろう）

あるいは、知らぬ間に外出でもしたのだろうかと思いながら、一郎は階段の下に立っていた。もう一度奈美恵の部屋に行ってみたいような気がした。だが、さっきの気負いたった気持ちは萎《な》えている。それだけに、奈美恵の部屋に行くことに、さっきほどのためらいはなかった。何しに来たと言われれば、いまのブザーのことを言えばいい。とにかくあのうす紫の部屋に、もう一度行ってみようと思った。奈美恵がいなければいなくてもいい。あの紫のベッドに入って、寝てみたいような気がした。

一郎は、思い切って再び奈美恵の部屋に行ってみることにした。さっきはガクガクした足が、いまはようやく自分の足になっている。奈美恵の部屋の前まで来て、一郎はギクリとした。さっき開いていたドアがしまっている。

（いや、もしかしたら、さっきおれがしめて出たのかも知れない）

そう思ってドアをあけようとしたが、ドアは堅く閉ざされていて開かなかった。一郎は辱しめられたような気持ちになった。

（おれが何をしたというんだ）

いまの自分の心を、奈美恵に見透かされたかと思うと、一郎は腹立たしくなって、ドアをノックした。返事はなかった。再び一郎は荒々しくドアをたたいた。もし奈美恵が顔を出したなら、ほんとうに自分は何をしでかすかわからないという荒々しい思いであった。だが中からは何の返答もない。

（畜生！）

一郎は憤って、ドアの前を離れた。そして一気に階段をかけ上がった。

（もし、あのドアが開いていたら……いまごろ自分は何をしていただろう）

想像しただけでも、体が熱くなった。一郎は自分の部屋のドアをあけた。その瞬間、一郎は息が止まった。そこに、うすいすきとおるような紫のネグリジェを着た奈美恵が、ソファに横になったまま、たばこを吸っていた。

「何を驚いているの、一郎さん」

戸口に突っ立ったまま、じっと動かない一郎に奈美恵が笑った。

「驚いてなんかいない。何しに来たの」

つとめて平静に一郎は言った。

「何しにって、おかしな一郎さんね。さっきあなたが、あたしの部屋に来たでしょう。だから、何の用事かと思って来てみたら、あなたがいなかったのよ」

一郎は言葉に詰まった。

「一郎さんこそ何の用事だったの」

　奈美恵がたばこをもみ消しながら言った。

「ぼく……あの……さっきブザーが鳴ったから……」

　しどろもどろに答える一郎を、奈美恵はたぐりよせるような視線でみつめた。

「ああ、そうなの」

「さっき、どこにいたの。部屋にはいなかったじゃないか」

　一郎は落ちつきをとり戻して、自分の椅子にすわった。

「あたし？」

　奈美恵はふくみ笑いをした。トイレにでも行っていたのかと思いながら、一郎はいましがた奈美恵の部屋の開かないドアを、ノックしていた自分を思った。一郎の気持ちが少しほぐれた。

「一郎さん、勉強してたんでしょう」

　机の上には英語の教科書が広げられている。だがそれは、昨夜開いたままのものであった。

「別に……」

　そっけなく一郎は答えた。

「一郎さん、どうしたのよ。一郎さんて、もっとやさしい子だったわねえ。この頃まるで腹立ち病にでもかかったみたい」

ソファの上で、奈美恵は大きく足をくみ変えた。一郎は視線をそらした。

「一郎さんはおかあさんよりあたしになついていたのにねえ」

静かな、ゆっくりとした口調である。

「それはさ……」

一郎はそう言いかけたまま黙った。

「なあに？　それはどうだって言うの？」

詰問するという語調ではない。いつものように半ば眠っているような表情であった。そのおだやかな顔を見ると、一郎は急に残忍な気持ちになった。

「それはさ、あんたがおやじの二号だと知らなかったからさ」

憎々しげな一郎の言葉に、奈美恵は静かに体を起こした。ソファがゆるくきしんだ。

「知っていたのね、一郎さん」

「知らないとでも思っていたのか。ばかにしてやがる」

吐き出すように、一郎は言った。

「一郎さん、そんなにあたしが憎たらしい？」

奈美恵はかすかに笑った。

「見るのもいやだよ」

「うそよ。一郎さんはうそを言ってるのよ。ほんとうはあたしと仲よくしたいんでしょ」

二十八歳の奈美恵は、落ち着いていた。

「出て行け」

一郎はドアを指さした。奈美恵を犯したいと思っていた、さきほどまでの自分の情欲を知られたのかと思った。奈美恵は眠たげな目を大きく見ひらいて、じっと一郎を見た。別人のように見えた。

「出て行け！」

一郎は椅子から立ち上がった。

「一郎さん、出て行ってもいいわ。でも、その前に少しおねえさんの話も聞いてちょうだいね」

うすいネグリジェの下に、豊満な肢態が透いてみえる。一郎はくるりと背を向けた。

「一郎さん、あたしね、生まれた時に、もう父親がなかったのよ。母はあたしを登別温泉の地獄谷のそばに捨てて、どこかに行ってしまったの」

奈美恵は声を落とした。

「だからね、あたしは生みの親にさえ、捨てられた人間なのよ。出て行けと何べん言われて育ったか、わかりゃしないわ。いま、一郎さんが出て行けと言ったわね。あたし、出て行ってもいいわ。どうせ生まれた時から、この世にあたしは住む所なんかないんだもの」

　思わず一郎はふり返った。奈美恵は淋しい横顔を見せたまま、静かにつづけた。

「おねえさんはね、悪い女なの。ママだって、みどりさんだって、そして一番なついてくれた一郎さんだって、みんなあたしが悪い女だと、憎んでいることはわかってるのよ」

「…………」

「でもね、一郎さん。おねえさんだって、初めから悪い女じゃなかったのよ。飲み屋をしている人に育てられて、また次によそにもらわれたら、そこもやっぱり同じ飲み屋だったわ。おねえさんは誰にも、ほんとうにかわいがられたことなど、一度もなかったのよ。お皿一枚こわしただけで、すぐに出て行けってどなられたわ。だからおねえさんは、自分が捨てられていた、あの地獄谷のゴウゴウと地鳴りするそばに立って、何度泣いたかわかりゃしないわ」

　一郎は、爪を噛んだ。

「そしてね、満で十五の時だったわ。パパに会ったのは」

　一郎は再び椅子に腰をおろして、じっと奈美恵の言葉に耳を傾けていた。

「パパはね、あたしを見て、ずいぶん小さな子だなあ。いくつになるんだって、聞いてくれたの。十五だって言うと、パパはそんな年で飲み屋に働いていては、法律違反だって、そこのかあさんに談判してくれたの。そして、うちに来ないかって、言ってくれたのよ」

一郎は父をずるい男だと思った。

「あたしにね、パパは着物を買ってくれたわ。服も買ってくれたわ。あたしには、パパのようにやさしくしてくれた人が、一人もいなかったから、喜んでこの家にやってきたのよ。そして、いい女中になろうと思っていたの。でも、連れてこられた時、このうちにはママがいなかったわ。ママは流産して入院していたの」

奈美恵は淡々と語った。淡々としているだけに一郎は奈美恵が次第に憐れになってきた。

「一郎さん、あたしまだ十五だったのよ。ほんの子供だったのに……。ある晩ね、パパが、あたしの……。ね、わかる？　あたしあの時、この家をとび出していればよかったのかも知れないわ。でもねえ、一郎さん、小さい時に親にさえ捨てられた子は、どんな情けであっても、人の情けはほんとうにうれしいものなのよ。あたしはパパが、ほんとうに好きだった。ね、パパを好きになったあたしが悪かったたかしら」

「………」

「そりゃあね、ママにとっては、あたしがほんとうに憎かったでしょう。でもね、あたしほんの子供だったのよ。ママは偉い人だから、あたしを憎いとも、何とも言わなかったわ。だから、ママの気持ちが、十五のあたしにはわからなかったの。ママがどんなに苦しんだかなんて、わからなかったのよ。二十を過ぎてから、やっとママの気持ちが思いやれるようになったんだけれど……。ね、それでもすぐに家を出なかったあたしが悪かったかしら」

(悪いのはおやじだ!)

一郎は、奈美恵の前に顔を上げることができなかった。

「おねえさんはね、パパにかわいがってもらえるのが、ただうれしくてたまらなかったの。それに、みどりさんも、一郎さんも、そりゃああたしになついてくれたものだわ。だからなおさらこの家が楽しくてたまらなかったの。おとなになって、ママの気持ちがわかった時、とても苦しかったわ。あたしこの家にいてはいけないのだと、何度も何度もそう思ったわ。でもね、一郎さん、あたしは悪い女になろうと思って、この家に来たのじゃないのよ。いつの間にか、悪い女ということになってしまっていたのよ」

奈美恵は、遠い所を見るまなざしになった。

「一郎さん、あたしだって、行く所があれば、この家を出て行きたいわ。ママにも、みどりさんにも、そして一郎さんにまで憎まれて、何が楽しくってここにいるのかしら。あたしね、一郎さん、雑誌などで花嫁姿の写真を見たりすると、うらやましくってうらやましくって、何度泣いたかわかりゃしないわ。いつか一郎さんに言ったでしょう。台湾にお嫁に行きたいって」

一郎はうなずいた。

「そしたら、あの時一郎さんは、そんな遠い所になんか行くなって、言ってくれたわね。あたしほんとうにうれしかった。あの時思い切って、台湾にでも行こうと思っていたのよ。台湾のように遠ければ、あたしみたいな者でも、花嫁にしてくれる人がいるかも知れないと、思っていたの」

一郎は、何と答えてよいかわからなかった。いまさっき「出て行け」と言った自分の言葉が、一郎自身の胸を刺していた。と言って、許してくれとも言えなかった。それだけに深い悔恨と憐れみで、一郎は言いようもなく自分が恥ずかしかった。たった十五のこの奈美恵を、父の豪一が犯し、その奈美恵を、いままた息子の自分が、更に辱しめようとしていたのかと思うと、白々しくあやまることは到底できなかった。相変わらず、近くのテニスコートから、ボールを打ち返す音が聞こえてくる。

「でも、もうおねえさんは、この家を出て行かなくちゃいけないわね。あたしがいるばっかりに、みんな苦しい思いをしているんだもの。だけどねあたしには、ここの生活に馴れてしまったでしょ。もう他の世界が恐ろしいの。またみんなにいじめられやしないかと思って……。でも、そんなこと自分勝手だわね。黙ってこの家を出て行けばいいんだわ。出て行けば……」

独り言のように奈美恵はつぶやいた。

「いいよ、出て行かなくっても、悪いのはおやじなんだ」

一郎は思わずそう言った。

「いけないわ、一郎さん。パパはやさしい人なのよ。あたしも時々思ったわ。パパが子供のあたしを、あんなふうにかわいがらずに、子供をかわいがるように、かわいがってくれればよかったのだと、恨んだこともあったわ。でもね、あたしにとっては、やっぱりパパは恩人なんだもの。あたしは誰を恨むこともできないわ」

「ばかな！　そんなことを言ってるから、おやじがつけ上がるんだ。奈美恵ねえさんは、おやじを憎むべきなんだ。殺したっていいんだ。奈美恵ねえさん。ねえさんの一生をめちゃめちゃにしたのは、おやじなんだよ」

「一郎さんは、あたしの子供時代が、どんなにみじめだったか知らないから、そんなことを言うのよ。あのまま飲み屋で働いていたら、あたしは多くの男のおもちゃになっていたかも知れないのよ」

風鈴

風鈴

「おばさん、和夫君は?」

店の方で声がした。昼食の後片づけをしていた久代は、急いで手を拭いて玉のれんをかきわけた。サッパリした黄色いポロシャツを着た一郎が、はにかんだように立っている。

「あら、しばらくね。夏休みに入ってから、和夫がおにいちゃん来ないねって、淋しがってましたわ。きょうはあいにく、功と動物園に行ったんですけれど。まあお入んなさいな」

「なあんだ。動物園に行ったの。ぼくも一緒に行きたかったな」

言いながら一郎は、パンケースの中をのぞきこんだ。

「クリームパンと、ドーナツをちょうだい」

時計は一時を過ぎていた。

「どうもありがとう」

一郎は勝手にケースを開けて、パンを袋に入れた。

「牛乳も一本もらうよ」

「どうぞ。こちらでおあがりなさいな」

「うん。でも、ここで食べながら、ぼく店番をしてあげるよ」

おやというように、久代は一郎を見た。人嫌いの一郎には珍しい言葉であった。何となく一郎の表情が和やかに見える。

「一郎さん、夏休みになったら、お店はひまなのよ。今度忙しい時に、お店番をしていただくわね」

一郎は請《しょう》じられるままに、茶の間にあがった。長い足を窮屈そうに折ると、いかにも少年らしく見えた。

「お楽になさったら」

「おばさん、何だかパンがいやに少ないと思ったよ。夏休みになったら、パンも牛乳も売れなくなるんだね」

あぐらをかきながら、一郎は心配そうな顔をした。

「そうよ。この店は、学校が三つも近くにあるから成り立っているようなものですもの」

「一日に売り上げはどのくらいあるの」

ドーナツを口に入れながら、一郎が尋ねた。

「大丈夫よ。心配なさらなくても」

　久代はふきんをふきん掛けにキチンと並べて干した。五枚のふきんが、五枚とも真っ白だ。

「うん、ぼく、おばさんのうちの店の売り上げなんか、いままで気にしたことなかったんだけどなあ。変だなあ」

「一郎さんて、やさしいのね」

「だけどさあ。夏休みは一ヵ月もあるでしょう。一ヵ月も店がひまなら困るなあ」

「そうよ。でもね、一郎さんにはお金がなくて困るとか、生活の上でいろいろ困るとか、そんなこと、想像もつかないでしょうね」

　一郎は、そばにすわった久代を見た。

「おばさん、ぼくだって困ることはあるんだよ」

　一郎は牛乳ビンを持ったまま、つぶやくように言った。

「あら、一郎さんでも?」

「そうさ」

　一郎は何だか久代に甘えたいような気がした。久代なら、自分の悲しみを聞いてくれるような気がした。

「一郎さんの苦しみって、おばさんには見当がつかないわ」

久代はうちわで一郎に風を送りながら言った。

「おばさん、ぼくの言うこと、誰にも言わない？」

一郎は真剣な顔になった。

「言ってはいけないことは、おばさんは誰にも言わないわ」

「おばさんね、ぼくを金持ちの息子だからしあわせだろうと思っている？」

「そうね、お金だけではしあわせにはならないけれど、でもお金って、どうしても無ければならない時もあるわよ」

久代は、七十万の金のために死んだ父を思った。そしてその死は、直ちに現在の自分につながる死でもあった。

「だからと言って、それだけで一郎さんがしあわせだとは思わないけれど……。でもご両親がそろっていらして、何ひとつ不自由がないように見えるわね」

「そうだろうな。ぼくだって、ことしの四月まではね、しあわせだったんだ」

「ことしの四月まで？」

「おばさん。ぼくを軽べつしないでよ。ぼくのうちにはね、父と母と姉が二人いると、ぼくは思っていたの。そしたらさ、上の姉が、姉じゃなかったんだ」

「上の姉？　一郎さんには、たしかみどりねえさんしかいなかったはずじゃない？」

　久代は思わず口をすべらせて、ハッとした。佐々林家の家族が何人いるかを、久代は知っていた。豪一の秘書として勤めている時に知ったことであった。

「おばさん、ぼくのうちのことを知っているの？」

　一郎は不審そうな顔をした。

「いいえ、時々おねえさんが手芸の材料を買いにいらっしゃるから、ごきょうだいは二人だけだと思っていたのよ」

　さりげなく言ったが、久代は冷や汗をかく思いだった。

「ああそうか。みどりねえさんもこのごろ、この店で買い物をするって言っていたな」

　一郎は、何の疑いもなくつづけた。

「おばさん、ぼくが姉だと思っていた上の姉はね、ほんとうは、おやじの二号だったんだ。二号がぼくのうちに入りこんでいたんだ。ね、おばさん」

　久代の手から、うちわがパタリと落ちた。

「まあ」

　久代の顔色が変わった。その顔を見て、一郎はやっぱり久代に話してよかったと思った。こんなにも深い同情をあらわしてくれようとは、一郎も予期していなかった。

「まあ、ひどい」

「ね、ひどいでしょ。ぼくね、おやじとあの女の……姿を見てしまったんだ。見るつもりじゃなかったんだ。それなのに、何も知らないぼくが、いきなりあの二人を見てしまったんだ」

久代が、自分の体を支えるように、片手を畳についた。

「そんな……」

久代は、いつか美容室で会った奈美恵の姿を思い出した。どこか崩れたような線が、あの女性にはあったと思う。

「おばさん、ぼくの気持ちわかってくれる？」

青ざめた久代を、一郎はやさしい人だと思った。

「……ええ、わかるわ」

久代は、自分に挑みかかってきた豪一の顔を、いやでも思い出さずにはいられなかった。

（そんな！　そんな野獣のような生活をしている男に……）

激しい憎しみと嫌悪に体がふるえた。

（あの和夫の父親が……何という浅ましい……）

思わず久代の目から涙がこぼれた。

「おばさん」

その涙に誘われて、一郎も涙ぐんだ。

「かわいそうに……」

それは、和夫への思いであった。

「おばさん……」

一郎はじゅうぶんに満足であった。こんなきれいな人が、自分のために泣いてくれたと思っただけで、一郎はいま素直な気持ちになっていた。久しぶりに人と心が通ったような喜びであった。

「一郎さん……」

久代はやっと自分に立ちかえった。一郎が暗い顔で朝パンを買いに来たことも、やっとわかることができた。あの男は何という父親だろう。妻や子供たちの生活を踏みにじり、家庭生活を破壊して平然としているのだ。久代は思いっきり豪一の非を並べたてたいような気がした。

「あなたのおとうさんは野獣よ。和夫はあなたの弟なのよ」

そう言ってみたかった。

一郎は、久代をじっと見た。その一郎を見て、久代は、

(かわいそうに、この子もあの男の犠牲者なのだわ)

と、あらためて憐れみを覚えた。それは、同病相憐れむの思いであったかも知れない。

静かな丘のひるさがりだ。暑い陽ざしの中に、セミの声だけが聞こえている。

「おばさん、ぼくねえ、おやじが憎くてたまらないんだ。ほんとうは、奈美恵ねえさんも憎かったけれど、奈美恵ねえさんの話を聞いたら、かわいそうになっちゃった」

「かわいそうって?」

豪一の妻と同居している女の気持ちは、久代には不可解であった。

「奈美恵ねえさんはね、小さい時に登別の地獄谷のそばに捨てられたんだって。ぼくの家に来たのは十五の時なんだって……」

奈美恵から聞いた話を、一郎は詳しく話した。

「奈美恵ねえさんだって、かわいそうだよね。ぼく、奈美恵ねえさんに、出て行けって言ってしまったけど、いまは、うんとしあわせにして、お金なんかもたくさんやって、いい所にお嫁に行くようにしてあげたいと、考えてるんだ」

奈美恵の話を、そのまま信じていいのだろうかと、久代は思った。もしそれが真実だとすると、あの美容室で会ったあの女性も、確かに憐れな存在だと思う。何と多くの人間の運命を、平気で踏みにじっている男かと、あらためて久代は豪一が憎かった。

「かわいそうね。奈美恵ねえさんも、あなたも、それからおかあさんも」

そしてこのわたしも、和夫もみんなかわいそうだと久代は言いたかった。

「だからね、ぼくはおやじが憎たらしくて、しょうがないんだ。みんなをこんな目にあわせていて、罰が当たるか当たらないか、見ているがいいという気持ちになってしまうんだ。おばさん、ぼくね、おやじに罰を当てるために、おやじの困るようなことをやってやろうと思ってるんだよ」

一郎は、久代の親身な同情に心を許して、何もかも洗いざらい言ってしまいたかった。と言っても、奈美恵を犯そうと思ったことや、下着を盗んだことなどは、無論言えなかった。

「いけないわ。一郎さん。相手が悪いからって、悪いことを仕返ししてはいけないのよ。相手が悪ければ悪い程、こちらは正しくよいことをしなければいけないのよ。わたしはおじいさんにそう聞かされたものだわ」

「そんなのないよ。あんな悪いおやじなんか、たとえいいことをしてやったって、それに感ずるわけじゃないからな。ぼくは絶対、おやじを喜ばしてなんかやりゃしないよ。殺したいくらいだ」

「まあ、こわいのね、一郎さんて」

「いや、ぼくなど意気地なしさ。もっと男らしければ、ぼくはもうとっくに、おやじを困らしてやっていたんだがなあ」

豪一の困った顔を、久代も見たいような気がした。何をしたらあの豪一は困るだろうかと、久代は一郎を見た。

「おばさん、おばさんてやさしい人だね。ぼく、奈美恵ねえさんより、おばさんの方が好きだよ」

　言ってから一郎は顔を赤らめた。奈美恵を好きだということを、告白したようなものだった。確かにいまの一郎は、奈美恵が好きになっていた。いや、好きというよりかわいそうになっていたと言ってもよかった。しかし、かわいそうだと思いながらも、一度はあの奈美恵に抱かれたいような誘惑を感ずるのだった。以前は、犯してやれという猛々しい気持ちであった。それが、あの話を聞いて以来、恋に似たやさしい気持ちで、奈美恵の体を思うようになった。

　だが、その奈美恵よりも、この久代は安心して好きと言えた。久代のそばにいると心がくつろぐ。素直になれた。甘えたいような幼い気持ちになった。それは絶えて、母のトキに求めて得られなかった母性的な愛へのあこがれかも知れなかった。

「あら、ほんと？　一郎さん、ほんとにおばさんが好き？」

　聞かれて一郎は、子供っぽくうなずいた。

「うれしいわ一郎さん、おばさんも一郎さんが好きよ。何だかおばさんの子供のような気がするわ。そこでおねがいがあるんだけれど、聞いてくださる？」

「おねがいって、ぼくのできることなら」

「おばさんね、和夫を連れて阿寒の砂湯に、杉浦先生や、敬子先生と、サマーキャンプに行くことにしたの」

「えっ！　おばさんも行くの」

「そうよ。てっきりあなたも行くのかと思っていたのよ。そうしたら一郎さんは行かないいんだって聞いて、おばさんガッカリしてるの。あなたが行かなきゃ、和夫だってきっとつまらないと思うのよ。ね、一緒に行ってくださらない」

「なあんだ。おばさんや和夫君が行くんなら、ぼくだって行きたいなあ」

「まあ、うれしい。じゃ、一郎さんも行ってくださる？」

「うーん、だけど、ぼく杉浦先生に、行きたくないって、強情張っていたんだ」

「あら、どうして」

「サマーキャンプに行かないって言ったら、おやじがそんなバカなことを、行けって言ったもんだからさ。おやじの言うことを、ぼくは聞きたくないんだ」

「じゃ、おばさんのおねがいは聞いてくださらないの」

「いや、そうじゃないんだ。ぼくはおばさんとなら、どこにでも行きたいんだ。だけど、何て言って行くことにしようかなあ。ぼく、杉浦先生に、どうしても行けませんて言ってしまったんだ」

「おばさんから言ってあげましょうか」

「おばさんが？　いやだな……」

「あら、どうして？　おばさんから杉浦先生に言って上げてはいけないの」

「うん、ぼくのことは、ぼくがするよ。だけど、あの杉浦先生って、どうもぼくは苦手だな」

一郎は少しつまらなそうな顔をした。

「話しやすい方じゃないの」

「おばさん、あの先生好きなの」

何を思ったか、一郎はそんなことを言った。窓の風鈴が鳴った。

「風が出てきたのね」

久代は窓の方をふり返った。

「おばさん、杉浦先生が好きなんだね」

「ええ、好きよ。おばさんは、たいていの人が好きよ」

久代は微笑した。

「ずるいよ、おばさん。おばさん、杉浦先生と結婚するの？」

「あら、どうして？　おばさんには和夫がいるのよ」

「学校ではさ、みんな杉浦先生とお敬さんがあやしいって言ってるけど、ぼくは何だか、おばさんと杉浦先生の方が仲がいいと思うんだ」

久代は笑って店に行き、アイスクリームとサイダーを持って来た。コップの中にアイスクリームを入れ、サイダーを手早く注ぐと、ストローを添えて、一郎の前に置いた。

「暑いわねえ、召しあがれ」

「いただきます」

一郎はストローに口をつけた。

「おばさん、おじさんは死んだの」

「おじさんって、和夫のおとうさん？　まあね、死んだのよ」

久代はことばをにごしたが、

「何だ、死んだんじゃないの？　生きてたの」

一郎は驚いた顔をした。

「死んじゃったわ。とうの昔に」

「ふーん、おばさんは恋愛結婚？」

「一郎さんは恋愛結婚なさるつもり？」

「いやだなあ、おばさんはどうして、自分のことになると何も話してくれないの？　ぼくはみんな話したのに……」

　なじるように一郎は言った。

「あのね、一郎さん。おばさんはね、いろいろな悲しい目に遭って来たのよ。人に話すこともできないような……。そんなことも人間にはあるのよ。一郎さんがほんとうにおとなになった時には、おばさんきっといろいろ相談すると思うわ。それまでは何も聞かないでいてね。聞かれるとおばさん、泣き出してしまうかも知れないわ」

　ほんとうにいつの日か、おとなになった一郎に、和夫のことを打ち明ける日がくるかも知れないと、久代は思った。

「ごめんね、おばさん。おばさん、和夫君おそいなあ。ぼくもサマーキャンプに行くって、早く知らせてやりたいのに……」

　一郎は、コップの中のフッフッと上ってくる泡を見つめていた。


　またきょうも、久代と和夫と二人だけの夜の時が来た。寺西敬子はサマーキャンプまでの一週間を、稚内の家に帰っていた。階下では、功がまだ勉強をつづけているはずである。和夫は青いタオルのパジャマを着て、横にねている浴衣姿の久代の手をもてあそんでいた。

「ねえ、おかあさん。おかあさんのお手々はきれいだね」

「和夫ちゃんのお手々も、かわいいわねえ」

「あのねえ、お猿さんのお手々は、何だか赤くて気持ちが悪かったよ」

「お猿さんの子供はいた？」

「うん、お猿さんの赤ちゃんって、かわいいね。だけど、人間の赤ちゃんよりかわいくないね。どうしてだろう」

　和夫は、きょう動物園から帰ってきて一部始終を久代に報告したが、まだ話し足りないらしい。

「おかあさん、人間の赤ちゃんはどうしてかわいいの？」

「特別に神様がかわいくつくってくださったんでしょ」

　ふと久代は、和夫を生んだ帯広の街を思い出した。淋しいほど広い通りの街だったような気がする。いや、何を見ても久代自身が淋しかったのかも知れない。

「ね、おかあさん。人間の赤ちゃんはかわいいから、動物園の檻に入れておいたら、みんな見に行くよね」

　まじめな顔で和夫が言った。

「でもね和夫ちゃん。動物園は動物を入れておくのよ。人間は動物じゃないわ」

「変だなあ。功にいさんが、人間も動物だって言ったんだけどなあ」

「いいえ、動物と人間とはちがうのよ。チンパンジーはおりこうだっていうけれど、字も書けないし、お話もできないでしょう。人間の子供なら、あまりおりこうでなくてもお話できるのに、チンパンジーはお話できないでしょう」

「そうだね。おかあさん、あの動物園は天国でないよね」

　何を思ったのか、和夫はまた天国の話を始めた。

「天国のライオンや象は、ニコニコ笑っているって、おかあさん言ったよね。笑ってる動物はひとつもいなかったよ」

　どうしてこの子は天国に異常な興味を抱いているのかと、久代はまた不安になった。天国を尋ね求めて、和夫が川におぼれてしまったのは、母親の自分の責任だと久代は思っている。

「和夫ちゃん、そんなに天国が好きなの」

「好きだよ。だってさあ。おかあさんは、天国では誰も威張らないって言ったでしょ。ぼくのことをはんかくさいって言う人はいないって言ったよね。それからね、ライオンと子供が仲よしだって言ったものね」

　ただ一度、久代が語った天国の世界を、和夫は決して忘れていなかった。例によって、くり返し心の中で思ってでもいたのだろうか。壁のシャガールの絵の、雨傘をさした山羊が、電気スタンドの灯に青く照らされている。

「そうね、おかあさんはそう言ったわね。でも、天国に行くって、一番むずかしいことなのよ。だから一人で川の中になんか入って行っちゃいけないのよ」

「へえー、天国に行くってむずかしいの。お金を払わなければ入れてもらえないの？」

「ううん、ちがうの。お金なんかいらないのよ。天国に行くってむずかしいことだから、おかあさんもよくわからないけど、きっとやさしくて、威張らない人が行けると思うのよ」

「なあんだ。いばらないで、やさしくすればいいの。そしたら誰かが連れてってくれるの。かんたんだね」

「あのね、和夫ちゃん。人間は人にやさしくすることって、とってもむずかしいのよ。それから、威張らないっていうことも、とってもむずかしいのよ」

「だってさ、おかあさんなんか、とってもやさしいし、いばらないでしょう」

和夫はふしぎそうに言った。

「あのね、和夫ちゃん。おかあさんはね、和夫ちゃんや功にいさんや、敬子先生や、おかあさんの好きな人にだけやさしいんだと思うの。でもね、おかあさんをいじめる人や、意地悪な人には、きっとやさしくないと思うのよ」

「だって仕方がないでしょう。いじわるされたら、やさしくしてやるの損だもん」

「ね、和夫ちゃんもそう思う。でもね、和夫ちゃん。天国に行くためには、誰にもやさしくしてあげなければならないのよ」

「ふーん、ぼくをなぐっても？」

「そうよ。人に意地悪したり、たたいたりする人は、心が病気になっているのよ。病気の人には、やさしくしてあげなければいけないのよ」

「うんそうだね。ぼく天国へ行こうと思って病気になった時、おかあさんも、敬子先生も、おにいちゃんも、おじさんも、みんなやさしくしてくれたもんね」

「そうよ。体が病気でも、心が病気でも、やさしくしてあげなければいけないの。でもね、それはとてもむずかしいのよ」

　久代は豪一の、あの夜の顔を思い出した。

「それからね、和夫ちゃん、威張らないいってことも、とてもむずかしいのよ」

「だって、おかあさんはいばってる？」

「いばってるわ、心の中でね。どうですか、おかあさんはやさしいでしょうって、やさしくないのに、いばっているわ」

「そしたら、ぼくもいばっているかなあ。あ、そうだ。ぼくは駅の名前をたくさん覚えてるぞって、時々思うものなあ。あれもいばってるんだね、おかあさん」

「おりこうね、和夫ちゃんは。自分はいばっているなってわかったら、ほんとうにおりこうさんよ」

「そう、ぼくおりこうさん？　だけど、ぼくはおりこうだぞっていばったら、天国へ行けないの。あれっ、やっぱりいばらないって、むずかしいね、おかあさん」

「ねえ、むずかしいでしょう。おかあさんも、とってもむずかしいと思うの。だいたいね、ほんとうの偉い人は、いばらないものなのよ」

階下で、不意にテレビの音が大きくなった。が、すぐに小さくなって消えた。

「へえー、ぼくねえ、いばってる人が偉い人かと思ったよ。大臣なんてさ、いばってるでしょ」

「そうね、ほんとうに偉い大臣はいばらないけれど、ほんとうに偉くない大臣はいばってるわね」

「それからさ、会社の社長さんなんていばるでしょう」

「そうね、あまり偉くない社長さんはいばるのよ」

またしても、久代は豪一を思った。豪一はいわゆる傲慢なタイプの社長ではなかった。だが、一見紳士のようでありながら、野獣のように社員の自分に襲いかかったではないか。あれこそは相手を人格として扱わなかった最も不遜な証拠ではないかと、久代は思った。しかも、妻も子も踏みにじった生活をつづけている豪一こそ、許しがたい横暴な男だと言わなければならない。

「ばかな社長ほど威張るのよ」

　久代は、言葉を強めた。

「ばかな人ほど、いばるのか。ばかっていばるんだなあ」

　和夫は、自分に言い聞かすように反復した。

「そしたらねえ、おかあさん。天国に行ける人っているんだろうか」

「そうね、きっとほんのわずかしかいないわね。もしかしたら、一人もいないかも知れないわ」

「一人もいないの。困ったなあ。そしたらぼくも、天国に行けないでしょう」

「だからね、神さまにお祈りするといいのよ」

「お祈りするの？　何てお祈りするの？」

「おかあさんもよくわからないけれど、神様、わたしはやさしくもないし、いばるし、あまりよい人ではありませんけれど、おねがいですから、天国に入れてくださいませんかって、お祈りしたらどうかしら」

「ぼくはいい子ですよって、お祈りしたら、神様はそうかなって思わない？」

「それはだめね。神様ってね、うそを言ってもすぐわかってしまうのよ」

「そうか、それじゃやっぱり正直にお祈りしたら天国に行けるんだね、おかあさん」

安心したように和夫は目をつむった。

砂湯

砂湯

悠二たちの乗っているスクールバスは、いま愛別《あいべつ》村を走っていた。バスの中は活気に満ちて騒々しいほどである。四十人の生徒たちと、十人ほどの父兄とが、それぞれに話し合ったり、歌をうたったり、窓外の景色に見とれたりして、誰もいかにも楽しそうである。その一人一人のうしろ姿を、悠二はバスの最後部の座席にすわって眺めていた。悠二は心からうれしかった。それは久代親子が共に来ているためばかりではなく、寺西敬子がそばにすわっているからでもない。ただ一人不参加の届けを出していた佐々林一郎が、楽しそうにさっきから和夫と何か話し合っているからである。

(それにしても、久代さんという人はふしぎな人だ)

特に口数が多いというわけでもない。いわゆる愛きょうがあるわけでもない。それなのに、久代のそばにいるだけで、何か深い慰めを感ずるというのは、いかにもふしぎなことであった。現に、教師の自分がどう導いてよいかわからなかった一郎を、キャンプに参加させたのも、久代の力である。力にも色々の種類があると悠二は思った。

(何だろう。久代さんの、あの人を慰める力は)

久代という人は、人の痛みや悲しみを、そのままそっくり包んでくれる人のような気がした。久代には、人をとがめるとげとげしさがなかった。つい悠二の視線は、一郎の隣にすわっている久代の白いうなじに注がれた。いままた久代に視線を向けている自分に気づいて、悠二はあわてて窓外に視線をそらした。

大橋を右に見て過ぎると、広々とした石狩川に朝の陽がきらめいていた。川原柳の群生するデルタを、押し流さんばかりの豊かな水である。左手には土砂崩れを防ぐコンクリートの擁壁がつづいている。

川が急に向こうの山ぎわに遠ざかり、緑の中に麦畠だけがクッキリと黄色い。麦畠の向こうにポプラが四、五メートルの間隔で何本か並んでいる。畠に人の姿は見えなかった。午前七時の太陽が、折々うす雲の中を走っている。いたどりのうす緑の花がつづく。それを指さして、一郎と和夫は何かうれしそうに話し合っていた。

いつしか両側の山が迫り、車は層雲峡を走っていた。山峡に入ると、朝はいま始まったかのように空気がしっとりと冷たい。朝霧が限りなく沢からわきあがり、びょうぶのような岩肌にまつわりながらのぼってゆく。そして霧は、やがて山を離れ雲になっていく。

「きれいね」

　かたわらの寺西敬子が、ため息をついた。かぐわしいその息が、悠二の耳にこころよかった。悠二は心持ち体を離してうなずいた。ふいに、久代がうしろをふり返った。敬子を見たのかも知れなかった。

　敬子が久代にうなずいてみせた。久代もうなずいて、再び一郎や和夫と何か話し始めた。

「久代さんも楽しそうね。あたし、あの人にほんとうに幸福になってほしいと思うの」

　敬子が小声で悠二に言った。

「あの人は幸福ですよ」

「そうかしら。やっぱり結婚なさるべきだと思うんだけど……」

「あの人は、人から幸福にしてもらう必要がないように見えるがなあ」

「まあ、冷たいのねえ、杉浦先生って」

　敬子の声がやや大きくなった。と、その時大川松夫が叫んだ。

「やあ、ホテル層雲だ！」

　ホテル層雲につづいて、観光ホテルのビルが朝陽に白く光っていた。数えるほどしか旅館のない層雲峡は清潔で、悠二は好きだった。

「あっ！　ロープウエーだ」

今度は二、三人の生徒が同時に叫んだ。黒岳の四合目までロープウエーはついている。みんないっせいに右手のロープウエーを見た。

「おれはもう二回も乗ったぞ」

　誰かが言った。

　層雲閣の前の赤い橋を渡り、バスはやがて流星の滝にさしかかった。百数十メートルの断崖から、白い滝が噴き出すように落ちている。たしかに雄滝の名にふさわしく男性的である。

「うわあ、すごい！」

　女生徒たちもいっせいに声をあげた。バスは徐行しながら銀河の滝の前に出た。更に大きな歓声があがった。

「まあ、ウエッディングドレスのようね」

　寺西敬子が声をあげた。観光バスの車掌も、いつかそんなことを言っていたのを、悠二は聞いたことがある。いかにも白いベールやウエッディングドレスを思わせる、優美な滝である。生徒たちの何人かは窓から滝にカメラを向けた。

「先生、ここでおりないんですか」

「帰りにおりることになっている。二時頃までには砂湯に着かなくちゃならないからな」

帰りにゆっくり見られると聞いて、生徒たちはおとなしくなった。

小川ほどにせばまった石狩川の向こう岸に大きな石が不規則に並んでいる。その石をおおう苔が、いま朝陽に照らされて、みずみずしかった。

「すばらしい苔だなあ」

悠二も思わず言った。

「ほんと。ここの苔、こんなにきれいだったかしら」

敬子が答えた。

「光が当たっているせいでしょうね」

「光って、演出家ね。人間も光があたるかあたらないかで、あんなにも違うかしら」

敬子の体温が、悠二の右の肩にあたたかかった。

「おじさん」

和夫の小さな頭が、こちらを向いた。和夫はバスの真ん中あたりにすわっている。悠二は手をふった。

「おじさん。ここにはクマが出る?」

和夫の声に、みんながどっと笑った。

「去年出たよ。この道にさ」

大きな声で答えたのは、思いがけないことに一郎であった。それはいかにも、幼い問いを笑われた和夫をかばう語調であった。

「おっかない」

さも恐ろしそうな和夫の声に、みんながまた笑った。

大函《おおばこ》、小函《こばこ》ののしかかるような絶壁の下は、とうに過ぎていた。サルオガセのさがったトドマツが目につくようになった。十五号台風に荒らされて、樹海という言葉で表現できる林は既に失われていたが、それでもやはり北海道の大屋根といわれる大雪山の懐に入った深山の感じは、全くないわけではない。おっかないと和夫が言った言葉には、素朴な人間の感情が、子供なりにこめられているような気がした。

「あのねえ、和夫君」

手をメガホンにして、敬子が大声で言った。

「クマの子がね。おかあさん、ここに人間が出ないかしらって、クマのお母さんにきっと聞くわよ。クマのほうが、人間をおっかながっているわ」

またみんなが笑い、和夫も笑った。

石北峠にさしかかると、また生徒たちが声をあげた。どこからこんなにたくさんの人や車が集まってきたのかと驚くほど、峠の上は観光バスやハイヤーで身動きもできないほどである。人々はゾロゾロと何軒かのみやげ物屋の前にむらがり、あるいは展望台に列をなしてのぼっていく。

　十分間の休憩の後、バスは石北峠をくだって行った。

「ね、先生、掛居先生はさっきから眠ってばかりいるわね」

　敬子が、右隣の掛居を見て、クスリと笑った。

「疲れてらっしゃるんだろう」

「そうですよ。疲れますともさ。明日はキャンプだと思うと、わたしはうれしくって、おちおち眠っておれませんでしたからねえ」

　掛居はニヤニヤと敬子を見た。

「あら、起きていらっしゃったの、掛居先生?」

「全く年寄りはつらいですよ。お若い二人のそばにすわって、邪魔をしちゃあいけないと、旭川からここまで、眠ったふりをつづけて来たんですからね」

「まあ、いやねえ、掛居先生ったら」

　敬子はあきれたように笑ったが、掛居はショボショボした目を窓の外に向けて、小さくあくびをした。

　何頭かの牛が、山あいの草原に置物のようにじっと動かない。十二、三の少女が、裸馬に乗って、バスには目もくれずに青いリンゴをかじりながら過ぎた。高く盛りあげたアスパラ畠の畝《うね》がつづく。バスは美幌峠《びほろ》に近づきつつあった。もうもうと白い土埃をあげながら、トラックがすれちがった。ようやく埃がしずまると、前方に雲にかくれた山が再び目に入った。

果たして美幌峠は霧であった。ほとんど五メートル先も見えないほどの深い霧だ。それでもヘッドライトをつけた観光バスや自家用車が、峠の広場にひしめいていた。車からおりた観光客たちが、寒い風に肩をすくめながら、湖の方を眺めている。悠二たちもバスからおりて右手の展望台にあがって行った。

「寒いなあ」

レインコートに身を包んだ生徒たちが、それでも楽しそうにかけのぼっていく。悠二は思わずあたりを見回した。久代と和夫を、悠二は無意識にさがしていた。

展望台にのぼると、何もないと思っていた所に、売店が何軒も立ち並び、イカやトウキビを焼く匂いが流れていた。悠二も、大きな岩によりかかって、湖の方を眺めた。だが湖はおろか、すぐ下にあるはずの木や草さえも見えはしない。

「おもしろいものね」

いつの間にか、敬子がそばに立っていた。

「何がおもしろいんです」

　人の声はするが、周りの人も見えないほどの霧だ。

「だって、何も見えやしないってわかっているのに、それでもやっぱり一度は車をおりなければ、気がすまないじゃないの」

「なるほどね。そこが人間のかわいらしさみたいなもんじゃないですか」

「そうね、見えないってわかっていても、見たいものなのね」

　激しい風が霧を追い、そしてすぐ厚い霧が流れて来る。霧は絶え間なく、濃くうすく峠の上を流れていた。

「おばさん、疲れない？」

　思いがけなく一郎の声が聞こえた。

「大丈夫よ。とても楽しいわ」

「それならいいんだけど……。おばさんが楽しきゃあ、いいんだ」

「ぼくも楽しいよ、おにいちゃん」

「よかったね、和夫君」

「おにいちゃん。この白いものは雲なの？」

　悠二と敬子は、何となく顔を見合わせた。久代たちの声が遠ざかった。

「よかったわね、先生」

「ここでは内緒話もできませんよ」

「そうね、誰がそばにいるかわかりませんものね」

「わかりませんともさ。壁に耳あり、障子に目ありどころじゃないですよ」

掛居が笑いながら、霧の中からあらわれた。

砂湯

バスからおりると生徒たちは一せいに歓声をあげた。

「すごいなあ!」

「うわあ、すてき!」

峠の上は霧だったが、砂湯はカンカンに晴れている。砂湯は屈斜路湖畔にあった。砂湯とは、渚の砂を掘ると湯が湧くところからつけられた名前でもあろうか。いまも、自分で掘った湯の中に、子供や男たちが、気持ちよささうに横になって浸っていた。

湖の真ん中に大きな島がある。モーターボートが、ちょうど島かげから姿をあらわしたところだった。湖上には水着姿の男や女たちが、ボートをこいだり泳いだりしている。

「先生、あれ、あの人いいことやっているよ」

大川松夫が指さすほうを見ると、湯の中に腹ばいになってビールを飲んでいるパンツ一枚の男がいた。

「ようし、おれもまねしてやろう」

誰かが言って、みんなが笑った。砂浜には色とりどりのビーチパラソルや、テントが張られ、たくさんの家族連れが思い思いにくつろいでいた。

やがて悠二は笛を鳴らした。生徒たちは悠二の前に集まった。

「どうだ。この砂湯は気に入ったろう」

「ハイ」

楽しそうな声がはね返ってきた。

「よし、これから丸二日間、ここでは、班毎に行動してもらう。班は五人一組、つまり学校での班の構成と同じだ。ここでのルールは、君たちに決めてもらいたいが、先生から特に注意するのは、湖がそばだからと言って、勝手に泳いでもらっては困る。泳ぎは先生が許した時間だけ。わかったね」

「ハーイ」

威勢のいい返事である。

「あ、ひとつ言い忘れたが、去年ここのキャンプ場に熊が出たという話だ」

女の子がキャーッと叫んだ。

「じゅうぶんに警戒はするが、夜中にこっそり勝手な行動をとったりしないこと。わかったね」

　それだけ言うと、悠二はかたわらに退き、クラス委員の石川武夫が悠二にかわった。

「みんな班毎に整列して、その場にすわってください」

　変声期のややしゃがれた声だが、キビキビとした態度である。父兄たちが、まわりで何かうなずきながら眺めていた。生徒たちは機敏に班毎にかたまって草の上にすわった。

「では、これからサマースクールでの、ぼくたちのルールを決めたいと思います。まず第一に、どんなことを決めたらいいと思いますか」

　手が四、五本バラバラと上がった。

「津島さん」

　立ち上がった津島百合のほうをみんなが見た。紺のブラウスに、白いトレーニングパンツをはいた津島百合が、ニコッと笑った。

「ハイ、一番大切なことは、いまも先生がおっしゃったように、水におぼれたりしないこと、全員がけがもせず、病気もせずに、無事に帰ることだと思います」

　津島百合はそう言って草の上にすわった。

「ではそのために、どうしたらいいと思いますか」

今度は前の倍ぐらい手が上がった。

「ハイ、山田君」

「班毎に行動すること。勝手に泳がないこと。与えられたオヤツ以外買わないこと。モーターボートなどには乗らないほうがいいと思います」

シュバイツアー志望の山田は、きまじめである。不満そうな声が、片隅であがった。

「大垣君、何か意見がありますか」

「せっかくここまで来て、モーターボートに乗れないのはつまらないと思います」

ほとんど全員の手が上がった。

「モーターボートは、たしかたくさんのお金がいるはずです。きょうここに来るために決めたおこづかいは五百円のはずです。大垣君はいくらおこづかいを持ってきたんですか」

女史というニックネームの小市君代が、鋭く言った。大垣は頭をかきながら立ち上がった。

「ハイ、ぼくは五百円しか持っていかないって言ったんだけど、母がいくら何でも、二泊するのに五百円では足りないと言って、別に二千円持たしてくれました」

ガヤガヤと、みんながさわぎだした。

「静かにしてください。いまの大垣君のこづかいについて、意見がありますか」

全員の手がサッと上がった。両手を上げた生徒もいる。久代と一緒に見ていた和夫も、

砂　湯

小さな手を上げた。

「佐々木さん」

指名された佐々木隆子が立った。

「大垣君は、すぐにその二千円を先生にあずけたらいいと思います」

「それでいいですか」

また一人の手が上がった。大川松夫だ。

「ぼくは、大垣君のこづかいを、罰金としてみんなに寄付してほしいと思います。すると二千円を四十で割って……一人五十円になります。帰りのバスの中で、二十円のチョコレートと、三十円のパンが食べられると思います」

大川はぬけぬけと言った。

「賛成！」の声が二、三上がった。

「いまの意見に賛成の人、手を上げてください」

五、六人が手を上げた。

「賛成者が少ないので、これは先生にあずけることにします。大垣君は約束を破ったのですから、みんなの前であやまったらどうですか」

みんなが賛成と叫んだ。

夕食後の自由時間も終わった。あかね雲が徐々に灰色に変わり、湖の中の島がくろぐろと見える頃、キャンプファイヤーが始まった。観光客たちが帰り、広くなった砂原に、あちこちから拾ってきた枯れ柴が山と積まれている。ぐるりと囲んだ生徒たちが、燃え始めた火を見つめて、砂に腰をおろしている。ようやく夕闇がここにもただよい、枯れ柴のはぜる音がパチパチとひびく。悠二や父兄たちも、生徒のうしろに立って、燃える炎の色を眺めていた。

キャンプファイヤーの司会をつとめる津島百合が、立ち上がった。

「皆さんこんばんは。今夜は、待ちに待った楽しいキャンプファイヤーの夜です。一生の思い出になるように、大いに楽しくこのひと時を過ごしたいと思います。わたし津島百合、まずい司会ですが、無事につとめさせていただきたいと思いますので、ご協力をおねがいいたします」

「よお、女アナウンサー」

「うまいぞ、うまいぞ」

やじる声と共に拍手が起こった。

「まず最初は、みんなで歌をうたいたいと思います」

……遠き空に　日は落ちて……

みんな元気よくうたい始めた。火が赤々と燃えさかり、一人一人の顔が照らし出された。悠二は、生徒たちと一緒にうたっている久代の顔を時々眺めながら、自分もうたった。

……あした浜辺を　さまよえば……

歌は〈浜辺の歌〉に移っていた。誰かが柴をつぎたし、火の粉が上がった。歌は合唱から輪唱になった。生徒たちは誰も彼も火をみつめながら、一心にうたっている。悠二は、その一人一人の生徒の顔を、自分の胸深くにおさめるような思いで眺めていた。ここでは、教室では見ることのできなかった生徒たちの顔があった。数学の時間には、ほとんど手を上げたこともない栗田銀子や、岡田茂がいきいきと自信に満ちた顔でうたっている。ふだんはおもしろくなさそうな大垣吉樹までが、ひざこぞうを抱えて、首をふりながらうたっている。

（どうして教室ではこんな顔が見られないのだろう）

悠二は、教室での教育というもののあり方に疑問を感じた。こんなふうに、生徒たちの一人一人をひきこむものは、いったい何だろう。もし、この姿が生徒たちの本来の姿であるとしたら、ふだんは何と生徒たちを殺してしまっていることだろうと、悠二は思った。

「次は〈赤蜻蛉《とんぼ》〉をうたいましょう」

百合が言うと、和夫が喜んで手をたたいた。〈赤蜻蛉〉は和夫も知っている歌なのだ。その和夫を見た悠二の視線と、久代の視線が一瞬からみ合った。

キャンプファイヤーの火が急に高く上がった。煙が白く空にのぼり、星が秋のように澄んでまたたいている。

「では、これから十分間冥想の時間といたします。冥想の内容は自由ですが、このあとで発表してもらいますからそのつもりでおねがいします」

津島百合の言葉に、誰かが悲鳴をあげた。一同がどっと笑った。

「冥想始め」

百合が静かに言った。みんな目をつぶったり、パチパチとはぜる火を眺めたりしながら、何か考えている。ひどく静かだ。いままで気づかなかった湖水の岸を打つ音が、ひそかに聞こえた。

この地上の人間がみな死に絶えて、生きているのは、ここにいる五十人だけのような静かさである。悠二は焚火の向こうにいる久代の顔を見た。思いがけなく久代の黒い目に野性的な光を悠二は見た。それはキャンプファイヤーのせいかも知れなかった。悠二は目をつむった。だが、いま見た久代の目が再び瞼に浮かんだ。悠二は、自分がなぜ久代にひかれているのかわからなかった。と言って、どうしても久代が欲しいというのでもなかった。

いわばそれは遊びに似ていた。ただ、久代という人間をそばにして、甘い感情に浸っているに過ぎなかった。だが、いま、悠二は久代とゆっくり話し合いたいような気持ちに誘われていた。

(話し合って、いったいあの人をどうしようとするのか)

和夫の父になる決心は、悠二にはなかった。再び悠二は目を開けて久代を見た。久代は首を垂れ、和夫の肩に手を置いていた。和夫はかわいい顔を空に向けて、じっと目をつぶっている。誰かに見られているような感じがして、悠二は不意に右のほうを見た。一郎がすっと顔をそむけた。そのうしろに、寺西敬子がニコリともせず、厳しい視線を悠二に向けていた。

「冥想終わり」

いっせいに、深い吐息が生徒たちの口から洩れた。

「では最初に、平井文子さんにおねがいします」

平井文子は小説好きな少女だ。体格がよくて、あごが二重になっている。

「ハイ、わたしは母のことを思っていました」

みんなが笑った。体の大きい平井が、早くも母を恋しがっていると思ったのだろう。

「わたしの母は小さい時、貧しかったので、修学旅行は無論のこと、遠足にも行けなかったそうです。母はいつもおさがりの靴で、ガフガフしていて遠い道は歩けなかったのだと言いました。今夜はほんとうに楽しくてなりませんが、でも母は、こんな楽しい思いを一度もしないでおとなになったのかと思うと、かわいそうです。帰ったらうんと母を大事にしてあげようと思いました」

平井文子の声はうるみ、その頰には一筋の涙さえ流れていた。さっき笑った生徒たちはしんとしてしまった。

「胸のキュッと痛くなるような、たいへんよいお話でした。次は大垣さんお願いします」

「ぼくは、冥想って、どんな字かと思って考えているうちに十分たってしまいました」

生徒たちがまた笑った。

「うまいことを考えたなあ、やっぱり大垣は頭がいいなあ」

という声もした。

「では、クラス委員の石川さんどうですか」

「ぼくね、中学三年になるけれど、ぼくがほんとうにおそわりたいものを、何だか学校ではおそわっていないような気がしてならないんです。しかし、いったいぼくは何をおそわりたがっているのか、ぼくにはしっかりとわかっていないような気がするのです。数学でもない、英語でもない、国語や社会や、そんなものじゃない、しかし人間として生きるために、どうしても必要な何かを、ぼくはならいたいとつくづくこのごろ思っているんです。そのことをいまも考えていたんです」

悠二は石川の言葉にドキリとした。たしかに、学校の教育では教えていない大事なものがあるのを、悠二も感じている。それは、人間はいかに生きるべきかという、大きな問題であるような気がする。だが、もしそのようなことを教えなければならないとしたら、自分はいったい何を教えることができるだろうかと、悠二は思った。

「なるほど、石川さんは大きな問題を考えられました。次は佐々林さんにお願いいたします」

みんなはいっせいに一郎のほうを見た。この頃一郎は、教室でもめったに手を上げたことがない。変に陰気になってしまって、友人たちを寄せつけようともしなかった。それだけに、級友たちは、一郎が何を語るのかと、大きな興味を覚えた。一郎は、額に垂れた髪を青年のようにかきあげながら、ちょっと照れた。

「ぼくはね、つまらないことを考えていた。このまま、時間がとまってしまって、永久に年をとらないものなら、どんなにいいだろうと思っていたんだ。おとなになるって、なんだかいやなことだな。できたら、学校がここにあって、いつまでもここにいることができるのなら、どんなにいいだろう。そして、いまここにいる人以外の顔を見ないで、一生を送れたら……なんて全くつまらないことを考えていたんです」

和夫がかわいらしい拍手を、一郎に送った。一郎は、その和夫を見てニコリと笑った。悠二は、その一郎の笑顔を、実にいい笑顔だと思った。しかし、少年らしい笑顔というより、どこかかげのある笑顔ではあった。いまの一郎の言葉を思いながら、悠二はしみじみと一郎が憐れになった。

九つのテントが設営されたそばに、バスが横づけになっていた。バスにはヘッドライトがつけられ、あたりを照らしていた。バスの中には父兄たちが寝て、悠二と掛居はテントの中に寝ることにした。

キャンプファイヤーが終わって、しばらく興奮していた生徒たちも、いまは眠ったようだ。悠二と敬子は懐中電灯を持って、テントの中をひとつひとつ見回った。悠二は男生徒のテントを、敬子は女生徒のテントを見回ると、二人は肩を並べて、先ほどのキャンプファイヤーをした砂原に行った。

「ほんとうに真っ暗ね。わたし、闇がこんなにも暗いものだとは知らなかったわ」

二人の懐中電灯が照らし出す砂の上だけが明るい。

「全くですね。まるで黒い幕が垂れこめているようですね。手にふれるような闇っていうのは、この暗さをいうんですかね」

「こんなに暗い所に熊が出たって、わかりはしませんわね」

「バスのヘッドライトが、熊よけになるかも知れませんけれどね」

二人はさしさわりのない話を、意識しながら話していた。いまは星かげさえも見えなかった。

「やっぱり、担任があるってうらやましいわ」

「しかしあなたなんか、どのクラスの生徒からも人気があって、いつも生徒に取り囲まれているじゃありませんか」

きょうも、自由時間には、悠二よりも敬子のほうに生徒たちが集まった。それは担任教師として、決して愉快なことではなかった。しばらく二人は黙っていた。懐中電灯を湖に向けると、ひと所だけ波がゆらめき、波というより何か生き物のように不気味だった。

「杉浦先生」

敬子の声が緊張していた。

「何ですか」

敬子は再び沈黙した。悠二はきょう、湖で泳ぐ敬子を見た。はじけそうな小麦色の体が、いかにも健康で美しかった。なぜかその姿を、悠二はいま思い浮かべていたところであった。

「先生、杉浦先生は……もしかしたら……久代さんがお好きなんじゃありません？」

「むろん好きですよ」

　一呼吸おいてから悠二は答えた。

「まあ、先生ってずるいのね。わたしが何をお尋ねしているか、おわかりになっているくせに」

「しかし、もしぼくがあの人を愛しているとしても、そのことをあなたに告げなければならない義務はないわけでしょう？」

「まあ……じゃ、やっぱり」

　敬子の声が少しうわずった。

「いや、たとえばですよ。ぼくは何もあの人を愛していますなんて、言っていやしません」

　ふいに敬子の懐中電灯が、悠二の顔をさっと照らした。

　小型だが、懐中電灯の光は強かった。悠二はいきなり白刃を突きつけられたような感じがした。

「どうしたんです」

　悠二も、敬子の顔を照らした。いくぶんきかん気の黒い目が、キラリと光ってたじろぎもしなかった。二人は再び懐中電灯を足元に向けた。

「わたしね、先生、やっぱり何もかも言ってしまうわ。わたしは先生が好きです。先生のどこが好きか、自分でもわからないんですけど。何だかひどく頼りない人のように見えたり、とても真実な人間に見えたり、自分でもよく先生のことはわからないの。でも、先生がほんとうに好きなんです」

悠二は答えなかった。

「でも……わたしの直感では、先生はわたしよりも久代さんが好きなように思うんです。それならそれでも仕方がないと、わたしは諦めています。わたしも久代さんという人が好きなんです。女のわたしでさえ心ひかれるような久代さんなんですから、先生が好きになるのはあたりまえだと思います」

悠二はやはり、何を言うこともできなかった。どこかで夜鳥が鋭く啼いた。

「先生、わたしは先生が好きだし、久代さんが好きだから申し上げるんです。もし先生が久代さんを好きなのなら、本気で好きになってあげてください。よくはわからないけど久代さんは傷ついた過去を持っているような気がするんです。だから……もしもあの人と結婚するつもりでないのなら、決して好きなふりは見せないでください。さっきの、キャンプファイヤーの時、先生は、何度もあの人を見つめていました。もし結婚をなさらないのなら、あんな目をしないでください。久代さんのために……」

悠二は、敬子の言うとおりだと思った。結婚するほどの決意もなくて久代に近づくことは、慎むべきだと思った。

「敬子さん」

「何ですの？」

　敬子の声がやさしかった。悠二は再び黙った。

　やがて敬子がじれったそうに言った。

「先生、何ですの」

「いや……もういいんです」

「いやよ、そんなおっしゃりかた……」

「じゃ言いますけどね。あなたは美しい人ですね。心もやさしい」

「だから？」

「…………」

「先生、そんなことおっしゃっちゃいけないわ。女って、そんなたったひとことを聞いただけで、いつまでもその人を忘れられないということがあるのよ。わたし、何もおっしゃっていただかなくてもいいの」

　敬子の言葉が、悠二には痛かった。

「手きびしいなあ、あなたは」

「そうよ。女ってねえ、ただのひとことが忘れられないばかりに、一生を狂わせてしまうことがあるのよ。つまらないおせじはいらないの。結婚をする気もないのに、愛してもいないのに、美しいとか何とか言うのは、やっぱり、人の心をもてあそんでいるのだと思うわ」

「もてあそぶなんて」

「いいえ、そうよ。それはね先生。女を襲って、その体を奪うよりも、ある時にはもっと女の心を深く傷つけるものなのよ。わたしの従姉はそうだったわ。その男はちっとも従姉を愛しちゃいなかったの。でもね、会うたびにあなたはやさしいとか、すばらしい女性だとか言うものだから、従姉は愛されているつもりだったのよ。ところがその男は、突然他の女性と結婚してしまったの。従姉はそれっきり、もう男というものを信用しなくなったの。女は恋すると、そんなふうになってしまうことがあるのよ」

「……」

「ね、杉浦先生。先生は三十でしょう。いままで一度も恋愛をなさったことはないの」

闇の中で、敬子の声だけを聞いていると、今夜の敬子は別人のように女らしかった。

「それがねえ、ぼくってどういうんだろう。仕事がおもしろかったせいもある。忙しかったせいもあるけれど、まだ女の人に夢中になったことがないらしいんだ」

「まあ！　ないらしいなんて、人ごとみたい」

「だってね、そりゃあちょっと心ひかれる女性がいないわけではなかったけれど……。遠くから眺めて、ああいいなあと思っているうちに、誰かがあらわれて、さっとさらっていくんですよ」

「ぐずぐずしていらっしゃるからよ」

「ぼくはねえ、教師でしょう。やっぱり教師である以上、生徒に話して聞かせてもいいような、いい恋愛をしたいと思うんですね」

「教師だって人間よ」

「しかしねえ。人間だっていうことは、何をしてもいいということとはちがうと思う。真の人間らしくありたいということは、でたらめをやってもいいということとはちがうんだ。それはともかく、ぼくは気持ちの熟するのが遅いのかなあ、すぐに好きになったり、嫌いになったりというテンポの早い恋愛はできないらしいんです」

「でも、久代さんにだけはちがうわね。先生も久代さんを好きなのよ。わたしわかっているわ」

「帰りましょう。明日も早いですよ」

　悠二はさっと立ち上がった。二人の姿が遠ざかった頃、久代は湯にひたしていた足を拭いた。二人の話を盗み聞きした形になったことが、久代は心にかかりながら足を拭いていた。

　翌朝、久代は誰よりも早く目を覚ました。バスから降りて、久代は顔を洗いに湖畔の箇易炊事場に行った。傍にレンガでしつらえた大きなかまどが二つあった。湖を見て久代は思わず息をのんだ。何という美しい湖であろう。今朝の湖は、きのうの湖とは全くちがっていた。鏡のように平らなという形容詞が、今朝の湖にはあてはまった。山も島も、その形、その色そのままに、湖に影を落とし、稜線がかすかにふるえているだけである。この湖水の上を歩いても、そのまま向こうの岸に渡っていけるのではないかと思うほど、まことに鏡のような水面であった。

久代は顔を洗うのも忘れて、したたるような緑の島の映る湖を眺めていた。と、どこからきたボートであろうか、右手の岬から、白塗りに赤が一筋入ったボートが現れた。たしかにオールをこいでいるのに、そのボートはさざ波ひとつ立てずに、舟影を水に落としてスルスルと進んでいる。オールは氷の上でもかいているように、つるりつるりとうしろにすべっているように見える。久代は、さざ波ひとつ立てずに、舟影が少しもゆらぐことなく進んでくるのに驚いて、じっとみつめていた。早朝といっても、六時を過ぎた夏の太陽はもう背に暑いほどであった。

久代は、昨夜の悠二と敬子の会話を思い出しながら、水道の蛇口をひねった。悠二が自分を愛しているらしいこと、敬子が悠二を愛していること、そのことよりも、久代の心に残っているのは、敬子の言葉だった。敬子は、「体を奪われるよりも、もっと深く傷つくことがある」と言った。愛するよりも先に、憎むことを知った久代には、その言葉がよくわからなかった。

いまは豪一のことを憎むまいとしているけれど、しかし体を奪われたということは、そして和夫を生んだということは、久代にはやはり大きな痛手であった。

（でも、敬子さんの言うことも、わかるような気がするわ）

久代は、敬子だけはほんとうにしあわせになってほしいと思った。久代も悠二はきらいではない。何か寄りそって行きたいような男性であった。しかし、久代は男の肉体がたとえようもなく恐ろしかった。あっという間に犯されて、和夫が生まれたということは、久代にとって、魔法使いに魔法をかけられたような奇怪な恐ろしさでもあった。

顔を洗い終わると、思いがけなく悠二がそばに来て立っていた。

「やあ、お早うございます。よく眠れましたか。バスの中では、ゆっくり眠れなかったでしょう」

「お早うございます。補助椅子を出して、ゆっくり眠れましたわ」

それだけ言うと、久代は悠二の横をすりぬけて、バスに帰って行った。突然、バスのクラクションが鳴った。起床の合図である。

朝食が終わると、一同は硫黄山に向けて出発した。硫黄山までは砂湯から九キロほどあった。川湯温泉までの六キロ余りの道の両側は、エゾマツ、カエデ、楢などの原生林がつづいていた。しだや笹が林の中に青々と群生していた。道の上にはどこまでも木の影がしま目をなしていた。

久代は、なぜか心が落ちつかなかった。昨夜、闇の中で敬子と悠二の話を聞いたためかも知れなかった。あの時すぐに、二人の前に姿を現せばよかったかも知れない。しかし、久代は、疲れた足を湯に浸していたので、それを悠二に見られるのが恥ずかしかった。ためらっているうちに、話題は突然久代自身のことになった。久代は声をかけるきっかけを失ってしまったのだった。

川湯温泉が見えてきた。

「おい、この御園ホテルの裏のほうに、大鵬の家があるんだぞ」

例によって、大川松夫の声である。みんなはいっせいに、左窓のほうを見た。

「大鵬がここだって?」

「へーえ、大鵬の家があるのか」

「大鵬の家は弟子屈《てしかが》でないのか」

みんな口々に話し合っている。

「バカだな。ここは弟子屈町川湯だぞ。おれは去年、大鵬の家の前まで行ってきたんだ」

大川松夫は誇らしそうに言った。

「先生、帰りに大鵬の家によってくれませんか」

叫ぶ者がいた。

「帰りはここは通らんよ。摩周湖の向こうに回ってしまうからな」

そんな会話を、久代は微笑しながら聞いていた。硫黄のにおいが鼻をつき、旅館やみやげ物屋のつづく街を、たちまちのうちにバスは過ぎた。

間もなく、地球の吹き出物のような、黄色い硫黄山のふもとにバスは着いた。

「おばさん、悪魔が笑っているような岩ばかりだね」

一郎は、鼻をおおって硫黄山の岩々を指さした。山は大小のたくさんの穴からごうごうと音を立てて、硫黄を吹き出していた。

「おかあさん、おっかないね。ここなあに？」

和夫が久代のたもとをしっかりとつかんだまま言った。

「硫黄山っていうのよ。この黄色いのはね、硫黄で黄色くなっているのよ。このにおいも硫黄のにおいなのよ」

「ふーん、お山が怒っているみたいだね」

「なるほどなあ。和夫君はおもしろいことを言うねえ」

一郎は、和夫の手をひいて、生徒たちと一緒に硫黄山にのぼって行った。久代は、そのうしろ姿を眺めながら、一郎と和夫が、地獄の山にのぼっていくようなそんな不吉な思いがした。

小さな穴から噴出する硫黄の熱気でうでた卵を、竹かごに入れて売る男や女たちが五、六人、山腹にちらばっていた。生徒たちは争ってその卵を買っている。一人大垣だけが超然としたようすで、ズボンのポケットに手を突っこんだまま、それを眺めていた。

久代は和夫のおりてくる間、硫黄山のふもとの這松のあたりを歩いていた。白い火山灰がぽこぽこと、埃を立てる。丈より高い這松が火山灰にまみれて白く汚れていた。少し枯れかかった這松もある。ふっと、久代は豪一を思った。豪一があの噴出する硫黄山のように思われた。その噴煙をかぶったものは、この這松のように枯れんばかりに、白茶けたみじめな存在になるような気がした。

(わたしも、一郎さんも、そして多分あの奈美恵という女も……)

豪一の近くにいる者ほど、その被害を受けているような気がした。

「おかあさん、これ、ゆで卵」

しばらくして戻ってきた和夫が、久代にさし出した。

「あら、買っていただいたの」

「うん、おにいちゃんに買ってもらったの」

「まあ、おにいちゃんはおこづかいがきまっているのよ。和夫ちゃんの分は、おかあさんがお払いしましょうね」

一郎は笑って首を横にふった。

「一郎さん、見てごらんなさい。ここの這松は真っ白でしょ」

「いやあ、ひどいねえ。犠牲の松だな」

一郎は白い這松の葉を一本ちぎった。這松の向こうの白樺の林がすがすがしいほどに青かった。

（犠牲の松）

久代は胸の中でつぶやき、一郎を見、和夫を見た。その一郎の肩越しに、硫黄山の噴煙が、風向きを変えて久代たちのほうに流れてくるのが見えた。

久代たちがバスに乗ろうとすると、一郎が言った。

「おばさん、硫黄山をバックに写真をとってあげる」

「写真？」

一瞬久代はたじろいだ。写真だけは一郎に写してもらいたくはなかった。一郎が、自分たち親子の写真を誰かに見せ、それが豪一の目にふれないとも限らなかった。

「佐々林、写真なら先生が撮ってあげるよ」

うしろから悠二が声をかけた。久代には断る理由がなかった。一郎は素直に悠二にカメラを手渡した。

「さあ、三人共笑って」

一郎は喜んで、久代を間に並んだ。

「久代さん、ちゃんとこちらを向いてくださいよ」

一郎の肩のかげにかくれようとする久代に、悠二は明るい声をかけた。カチリとシャッターを切る音がした。

硫黄山と摩周湖を回って、キャンプ場に帰った一同は、昼食のあとのいま自由時間を楽しんでいた。久代は、和夫と一緒に渚で砂を掘っていた。あたたかい湯が、手に快い。

「おかあさん、さっきの摩周湖、誰が掘ったの」

和夫はすり鉢の底にあるような摩周湖を、誰かが掘ったとでも思っているようだ。

「和夫ちゃん、あの湖はね、誰も掘ったんじゃないの。自然に……ひとりでにできたのよ」

「ふーん」

和夫は掘った湯のまわりを盛りあげている。摩周湖を真似て作っているのだ。人をよせつけまいとするような、摩周湖の姿はきびしく神秘的であった。イギリスの詩人ブランデ

ンは、

「いったい、このような水の姿……水なのだろうか。何かほかの新しいものだろうか」

と、感嘆したという。山の底にたたえられた摩周湖の水の色は、幼心にも、焼きついて離れないのだろうか。和夫は真剣な顔をして、一心に砂を盛りあげている。

生徒たちのどっと笑う声に、久代はうしろをふり返った。掛居が目かくしをされて、すわっている生徒の間を、泳ぐように歩いている。そのようすが、ヨチヨチ歩きの子供のように危なげである。生徒たちの中に悠二も敬子もいた。

ふと悠二が、久代のほうを見た。久代は昨夜の悠二と敬子の会話を思い出して、さり気なく視線をそらした。

(あの人は、ほんとうにわたしを愛しているのだろうか)

しかし久代はその思いをふり払うように、再び摩周湖の水の色を思った。人のおりていく道もないような湖だった。その場にしゃがみこんでしまいたいような深い色であった。

真夜中に、たった一人で、あの摩周湖を見たいような気がした。摩周湖に月がさえざえと映っている光景が目に浮かぶ。その湖を眺めて立っている自分の姿までが目に浮かぶ。

「おかあさん、変だねえ、このお湯ね。どこでわかしているんだろう」

山の形に砂を盛りあげながら、ふしぎそうに言った。

「あのね、地球のまん中は、火のように燃えているんですって」

「ふーん。変だな、そしたら、地球のまん中に、誰が火をつけたの？」

「和夫ちゃん、地球はね……」

久代は、地球のなりたちをわかりやすく話して聞かせた。

その時、生徒たちの立ちさわぐ声が聞こえた。

「外車だぞ」

「カッコいいな」

何気なくふり返った久代の顔色がサッと変わった。

「杉浦先生」

目のさめるような、明るいコバルト色のワンピースを着たみどりが、透る声で呼んだ。高くあげたノースリーブの豊かな腕が高校生とは見えなかった。

「やあ」

悠二も思わず手を上げた。みどりのうしろから来るのは、札幌で一、二度見かけたことのある佐々林豪一である。そしてそのうしろには、奈美恵がいた。白い麻の背広を着た豪一と、うす紫のドレスに真珠の首飾りをつけた奈美恵が近づいてくるのを、悠二は一瞬、複雑な思いで眺めた。

「先生ですか。わたし佐々林です。一郎が何かとおせわになっております」

白麻の服が、ピタリと身についた豪一は以前に感じたように、実業家というよりも、どこか芸術家に似た印象を与えた。この男が、妻と妾を同じ屋根の下においている無神経な男と同一人であろうかと、悠二はふしぎな感じがした。

「初めまして、杉浦悠二です」

礼を返しながら、一郎がどこにいるかと気にかかった。

「杉浦先生、きょうはね、陣中見舞なの」

みどりは何の屈託もなさそうに、そう言って車のほうをふり返った。運転手が車のトランクからダンボールの箱を、いくつかおろしている。

「それはどうも」

悠二は頭を下げた。

「と言っても、チョコレートとガムと、缶入りジュースだけよ」

「それはそれは」

再び悠二は頭を下げた。

「いやあ、お恥ずかしいもので」

豪一は静かに言った。

「いまみなさんにさしあげてもいいかしら」

みどりはもう、運ばれたダンボールに手をかけている。

「そうですね、おねがいしましょうか」

悠二は生徒たちを集めた。

「佐々林君のおとうさんとおねえさんが、君たちにプレゼントを持ってきてくださったんだ。チョコレートと、ガムと、缶入りジュースだそうです。ありがたくいただくことにしよう」

生徒たちはいっせいに拍手した。みどりと奈美恵が配り始めると、

「おじさん、ありがとう」

「おじさん、話せるなあ」

「これ、ただだね、おじさん」

「ただほど高いものはない」

生徒たちの中には、うれしさの余りふざける者もいた。一郎は一番うしろでかがみこんだまま、指先で砂をつついていた。三十メートル程離れた所で、和夫は一人夢中になって、摩周湖を作っている。その和夫に、悠二は豪一のプレゼントを持って行った。

「生徒を連れていては、いくら景色がよくても疲れますなあ」

葉巻をくゆらしながら、豪一が悠二のそばにやってきた。

「いや、それほどでもありません」

悠二は砂を盛りあげている和夫に、ジュースやチョコレートなどを手渡しながら答えた。

「和夫君、このおじさんがくださったんだよ」

「おじさん、チョコレートとジュースと、ガムと、どうもごちそうさま」

和夫はしゃがんだまま、顔だけふり返って、豪一を見上げた。つぶらな目だ。

「ほう、なかなかおりこうさんだね。坊やの名前は何というの」

豪一は和夫の頭をかがんでなでた。

「ぼく？　川上和夫。おじさん、ぼくの足ねえ、サイダーを飲んじゃったよ」

和夫は豪一の手につかまって立とうとしながら、顔をしかめた。

「えっ、何だって」

「あのね、足がサイダーを飲んだの」

くり返す和夫の言葉に、豪一は不審そうに悠二を見た。

「足がサイダーを飲んだって、何のことですか」

「おとうさんは鈍いのね。この子は足がしびれたって言ってるのよ」

いつのまにか、みどりがそばでニヤニヤしながら言った。

「なるほどねえ。坊やはなかなかの詩人じゃないか」

豪一はいま聞いた川上という苗字を、何の気にもとめなかった。

「おじさん、おじさんの名前は」

「ああ、おじさんはね、佐々林っていうんだ」

「ササバヤシ？　そしたらさ、一郎おにいちゃんのうち？」

「一郎おにいちゃんて、うちの一郎のことか」

豪一はみどりに言った。

「多分ね」

みどりはそっけなく答えた。

「そうだよ。一郎おにいちゃんのうちだよ。坊やにもおにいちゃんがいるのか」

豪一は和夫のきょうだいが一郎のクラスにいるのかと思った。

「ぼくね、一人っ子なの」

「そうかい、では、おとうさんと一緒に来たの」

なぜか豪一は、和夫のあどけなさが気に入った。

「ぼくのおとうさんはね、いま天国にいるの」

和夫はようやく立ち上がった。

「天国か、それはそれは」

「おじさん、おじさんも天国に行きたい？」

その問いが豪一の微笑を誘った。

「そうだねえ。おじさんはまだまだ天国には行きたくないなあ」

「ふーん。そしたら、いつか行きたい？」

「そうだねえ……」

豪一は苦笑した。何の警戒心も抱かずに、話しかけられる経験は豪一には絶えてなかった。社員たちは、常に豪一を社長として畏れた。妻も、一郎も、決して豪一に心やすく話しかけることはない。みどりでさえ、快活をよそおっているだけに思われた。ただ奈美恵だけが豪一を頼りきっていた。とは言っても、その奈美恵の心の底まで豪一は知ることはできなかった。

豪一は和夫を抱き上げた。和夫の靴の砂が、豪一の服を汚した。みどりがその靴をそっと脱がせてやった。

「あのね、おじさん。天国に行くって、むずかしいんだってさ。おかあさんがね、ほんとうにいばらない人が、天国に行けるんだって言ってたよ。でも、おじさんはやさしくて、いばらないから、もしかしたら行けるかも知れないよ。心配しないでね」

みどりが、その言葉を聞いて、悠二にウインクをおくった。悠二はじっと二人の会話に耳を傾けていた。一人奈美恵だけが、少し離れて、湖のほうを見たままふり返ろうともしない。

「ほう、坊やには、おじさんがやさしく見えるかな」

「やさしいよ。みんなにチョコレートや、ジュースや、ガムをくれたもん。おじさんはずいぶん金持ちなんだね」

「いや、あまり金持ちでもないけどね」

「でも、お金持ちのほうだよね。おじさん、お金ってたくさんあると、もういらなくなるの」

「どうして？」

「だってさ、みんなにチョコレートやなんか、こんなにたくさん買ったでしょ。だからさ」

「坊やはなかなかおもしろい子だなあ」

豪一は和夫との会話が楽しかった。

「ねえおじさん、おじさんはもうお金なくなった？　みんなにたくさん買ってやったから」

和夫は心配そうな顔をした。

「そうだねえ、もうなくなったなあ」

「なあんだそうかい。ガッカリだなあ。ガッカリしちゃったなあ」

「どうして?」

「だってねえおじさん、ぼくのうちもお店なの。もしか、おじさんがうちのお店から、こんなにたくさん買ってくれたら、おかあさんきっと喜ぶのになあ」

「ほう、そうかい。そしたら、こんどまたお金がたまったら、坊やのうちに、たくさん買いに行ってあげるよ」

悠二は、久代がどこに行ったのかと、あたりを見まわした。和夫を一人置いて、いつまでも久代が姿を見せないのがふしぎだった。

「ほんと、おじさん。うわあうれしい。ほんとにおじさん買い物に来てくれるの。ぼくおかあさんに知らせてくる」

和夫は豪一の手から、ずりおりた。和夫はキョロキョロとあたりを見まわしながら、

「おじさんバイバイ。ぼく、おかあさんにおしえてくる。おかあさんどこだろ」

と、左手の炊事場のほうに、小走りにかけて行った。

「なかなか、かわいい子ですねえ」

そのうしろ姿を豪一は見送った。

「ほんとうですね」

悠二は不安になった。豪一が久代の店にほんとうに買い物に行くような気がした。

豪一のような男が、久代ほどの美しい人を、そのままにしておくわけがないと悠二は思った。

「あの走っていく姿をごらんなさい。男の子供ってものは、みな同じようなものですかな。一郎の小さい時に、実によく似ていますよ」

「あーあ、人生は不可解だわ。わが父親が、子供をかわいがるなんて、あたし、夢にも知らなかった。おとうさんが子供を抱いている姿なんて、あたし初めてよ、しかも服まで汚してね」

　みどりは言った。

「人聞きの悪いことを言うもんじゃない」

　豪一は苦笑して、時計を見た。

「じゃ先生、さようなら。あたしね。二、三日中に東京、大阪、もしかしたら福岡、長崎あたりまで遊びに行くわ」

「えっ、この暑いのに?」

「そうよ。南の方には、暑い時に旅をするの。そのほうが、そこの生活がわかるんですって」

　なぜかみどりは、ふっと淋しい顔をした。

　豪一の車が去った後、悠二はパンツひとつになって、生徒たちの泳ぎを渚で監督していた。

目は生徒たちの姿を追いながら、悠二は豪一のことを考えていた。和夫を抱いて話していた豪一の笑顔は、家庭のよき夫であり、よき父であるかのような印象だった。そのことに悠二はこだわっていた。悠二にとっては、妻と妾を同居させている男の心理が不可解だった。そのために、現に一郎は大きな打撃を与えられたではないか。

自分の息子に、叩きのめすようなショックを与えているような人間は、それにふさわしい面魂を持っていてくれたほうが、悠二には安心できた。豪一を見て、悠二は人間というものの底知れない恐ろしさを感じないではいられなかった。

札つきの不良という言葉がある。札つきの不良など一見してわかるから、誰でも警戒する。その意味で、彼らはむしろ善良である。しかし豪一のような男は、まさかと思わせておいて、何を企んでいるかわからないのだ。臆面もなく、奈美恵と共に、一郎の級友たちの前にあらわれた豪一に、悠二は言い難い憤りを覚えた。

一郎は、久代をさがしていた。久代が誰よりも自分に同情しているはずだと、信じていた。

「こんな所まで、二号を連れてくるなんて、ひどいと思わない?」

そう一郎は訴えたかった。級友が口々に、

「佐々林のおやじって、いかすじゃないか」

「ねえさんたちだって、カッコいいぞ」

「佐々林のうちは金持ちでいいなあ」

などと言っているのを、一郎は苦々しい思いで聞いていた。もしかしたら、バスの中で休んでいるかも知れないと気づいて、一郎はバスのほうに行ってみた。和夫がバスのドアを開けておりてきた。

「おかあさんね、ねてるよ。眠いんだって」

「うーん。ああそう」

「おにいちゃんも眠いの？　バスの中で眠ってくるの？」

「うん、ねてくるよ」

「そう、バイバイ」

和夫は、片足で二、三度飛んでから走って行った。バスの窓にほおを押しあてるようにして、久代はすわっていた。

「おばさん」

久代はゆっくりとふり返った。顔が青ざめていた。

「おばさん、どうしたの。どこか悪いの？」

一郎は、久代の横にすわって顔をのぞきこんだ。

「いいえ。ちょっと疲れただけなの。でも、もう大丈夫」

久代はバスの窓から、豪一の行動を一部始終見ていたのだ。和夫のそばに、近よって行った時、久代の胸は苦しいほど動悸した。しかも和夫を豪一が抱きあげた時の驚きとも憎しみとも形容のできない激しい感情の底に、何かふしぎな思いがあった。豪一には、和夫に指一本さわらせたくないという気持ちと、かすかではあったが、ひとめ見てやってほしいという気持ちが、久代の心の底にはあった。

その上、和夫がいま、久代の所にやって来て、うれしそうにこう告げたのだった。

「あのね、おかあさん。一郎おにいちゃんのおじさんがね、うちのお店に来て、たくさん買い物してくれるんだと。うれしいね。よかったね」

その言葉に、久代はいっそう思い乱れた。豪一は、自分が和夫の母であることを知ったのであろうかと、不安でならなかった。

「おばさん、おやじがね、やってきたんだ。何もこんな所まで、二号を連れてくることはないんだ」

「そうね、そうだわね」

久代はつぶやいた。外は、八月の陽が、湖にも、砂にも樹々にも降りそそいでいた。

久代のつぶやくような言葉に、一郎は顔をのぞきこんだ。

「おばさん、工合が悪いの……顔が青いよ」

久代はかすかに首を振った。体中の血液がとどこおってしまったような感じだった。

「おばさん、先生に何か薬をもらってきてあげようか」

心配そうに立ちかける一郎の手を、あわてて久代は取った。

「いいのよ一郎さん。ちょっと疲れただけなの」

一郎は、少しはにかんで久代の手を離した。

「ほんとに大丈夫かなあ、おばさん」

「おばさんは大丈夫よ。それよりあなたは大丈夫？」

「ぼく？……」

一郎の顔がかげった。

「ぼくねえ、ぼくは、きょうのおやじを見て、つくづく憎かったんだ。何もわざわざ奈美恵ねえさんを、先生や友だちの前まで連れてくることはないじゃないか。それなのに、平気のへいざで、チョコレートなんかぼくの友だちに配ったりして……」

一郎は二、三度、激しく頭を横にふった。

「わからない、ぼくにはわからない。うちのおやじには、良心なんてあるんだろうか。ぼくはおやじに、チョコレートなんて配ってもらいたくなかった。そんなことをするおやじを、息子の教育に関心があるなんて、人は思うかも知れないけれど」

「………」

「おばさん、ぼくはおやじにしてほしいのは、あんなことじゃないんだ。二号を連れて友だちにお菓子なんか配ってもらったって、ぼくはみじめなだけなんだよ。ぼくがおやじにしてほしいのは、奈美恵ねえさんをお嫁にやって、うちの中を清潔にしてもらうことなんだ」

久代は黙って、深くうなずいた。

「おばさん、ぼくはね、このごろ何だか楽しくなり始めていたんだ。だけど、もうだめだ。ぼくは何をするかわからないぞ」

「まあ、だめよ一郎さん、そんなことを言っては」

久代の不安そうな顔に、一郎は微笑した。歪んだ微笑であった。

「おばさん、おばさんって、やさしいんだな」

「やさしくはないけど、でも、あんまり一郎さんがかわいそうで……。おねがい一郎さん。一郎さんがどうかなったら、おばさんは心配でどうしようもなくなるわ。悪いことだけはしないでね」

言いながら久代は、心の底で、ほんとうに自分はそう思っているのかと、自分自身に問いかけていた。その久代を、一郎は淋しそうな顔でみつめた。そして黙って、久代のそばを離れていった。バスを出る時ふり返って一郎は言った。

「おばさん……ぼくおばさんが大好きです」

　一郎が去ってしばらくすると、水泳時間の終わった悠二がバスの中に入ってきた。久代は思わず体をこわばらせた。

「どうなさったんです。さっきから姿が見えないものですから、心配していました。いま和夫君がねてると言ったので……。疲れましたか」

「いいえ、大したことございません。ご心配をおかけしてごめんなさい」

　久代はほおのあたりに手をやった。

「林の緑のせいかなあ、ちょっと顔色が青いようですね」

「そうでしょうか」

　悠二は、豪一の持ってきたジュースをさし出した。

「これおあがりになりませんか。さきほど佐々林の父親が、慰問に持ってきたんですよ」

「またここに戻っていらっしゃるのかしら」

「いや、きょうは川湯に、明日は阿寒にとまるそうです。外車を乗りまわして、いいご身分ですよ。しかし、佐々林のおやじさんって、案外子供好きと見えますねえ。和夫君と楽しそうに話をしていましたよ」

「どんなお話をしたんでしょう？　和夫は」

「例によって、天国に行きたいかなんて、言ってましたよ」

「まあ……」

「それから、金持ちかとか、うちの店にも来てくれとか、和夫君にかかっては、誰でも楽しくさせられてしまいますねえ」

「………」

「そうそう、あのおやじさん、こんなことを言ってましたよ。男の子って、みんなおんなじだなあ、一郎の小さい時のうしろ姿にそっくりだなんて」

　久代は軽いめまいを覚えた。その時、バスのドアが開いて、寺西敬子が顔を出した。悠二と久代を見ると、

「あら、失礼」

　と、身をひるがえすように外に飛び出して行った。ふり向きもしないでかけていく敬子の姿を悠二は見た。

「バカな人だなあ。何か誤解したようですね」

　敬子に気をとられて、悠二は久代の気持ちの動きに気づかなかった。

（和夫が一郎さんにそっくりだなんて……）

久代はくり返し、ただそう思っていた。

「あの、わたし、もう少しここで休んでいます」

顔色のさえない久代の横顔を眺めながら、悠二はふいに胸苦しくなった。

「いまの敬子さんが気になるんですか」

「いいえ、あの方はいい方ですわ」

(あなたもいいひとだ)

悠二は何かひとこと言いたかった。だが、何を言ってよいかわからなかった。

「ぼくは……」

やはり、悠二には何を言う勇気もなかった。

砂　湯

断面図

断面図

砂湯から帰った佐々林一郎は、再び憂鬱におちいっていた。みどりは九州方面に行くと言って、家にはいない。この二、三日、父が家の中にいることも、一郎には不愉快であった。と言って、久代の家に遊びに行く気にもなれない。一郎は、机の上においてあるカメラをもてあそびながら、旅行中のフィルムがそのままになっていることに気づいた。しかし、それを現像に出しに行く元気もなかった。何かはわからないが、すべてのことがむなしく、つまらなく思われた。扇風機をつけることも忘れて、一郎はぼんやりしていた。

机の上のインターホンのブザーが鳴った。一郎はものうく受話器を取った。

「もしもし、津島百合さんとおっしゃる方から、お電話でございます。切り替えますが、よろしゅうございますか」

お手伝いの涼子の声だった。受話器を取ると、百合の明るい声が耳に流れこんできた。

「もしもし、佐々林君、暑いわね。お元気?」

「あんまり元気じゃないよ」

「何よ、その声。いかさないなあ。この間のキャンプでは、とても元気そうだったのに」

「………」

「もしもし、佐々林君、聞いてるの。あたしね佐々林君が元気になったので、すごくうれしいのよ。もりもり勉強してるの。佐々林君もやってる?」

ねたましいほど明るい声だ。一郎は急に津島百合を困らせてやりたくなった。

「もしもし、君ねえ、いったい何がそんなにおもしろいんだい。公立高校を受けるなんて、くだらんことはやめなよ。愛校の精神とか何とか言ったって、要するに、君は自分の力を人に見せつけたいんだろう」

「なるほどね。そんな気持ちも少しはあるわ。あたしは北栄高校に入るつもりだけれど、公立高校だってパスしたんですよと言いたい気持ちがないわけではないわ」

意外に素直な言葉に、一郎はいらいらした。

「ぼくはねえ、そんな、みえっぱり大っきらいだよ。ぼくは公立なんか受けないな。学校なんか、どこに入ったって変わりないじゃないか。あっちの学校は程度が高いとか、こっちの高校は程度が低いなんて、そんなことくだらんよ。どこの学校を出ようが、くだらん奴はくだらんからねえ」

「それもそうね。だけどあたしは一応高校受験の経験はしておきたいの。悪く思わないでね」

あくまでも、津島百合は素直で明るかった。

「おれは高校に行かないことにしようかな。おれはどこの高校にも行きたくないんだ」

「あら、そう。一足とびに大学に入るつもり。お宅は財閥だから、そのぐらいのことができるかも知れないわね」

津島百合は冗談を言ったつもりだった。しかし一郎は、からかわれたと思った。いや、侮辱されたと思った。貧しい家の子が、貧しいと言われるのがいやなように、一郎もまた金持ちとか財閥と言われることに、侮べつを感ずるほうであった。

「失敬なことを言うな」

一郎はガチャンと電話を切った。すぐにまた百合が電話をかけてくるかも知れないと思ったが、百合からは再び電話はこなかった。

一郎はさらに憂鬱になった。百合が自分に対して好意を持っていることを、一郎は知っていた。考えてみると、百合が一郎を侮辱するわけがなかった。その百合に怒ってしまったことが、一郎をいっそう不機嫌にさせた。

一郎は、自分の部屋にとじこもっているのがやりきれなくなった。砂湯でのフィルムを現像に持って行こうと、カメラをぶらさげて階段をおりた。父の豪一と階段の下で顔が合った。一郎はプイと顔をそむけた。豪一はちょっと立ちどまったが、何も言わずに通り過ぎた。そのこともまた、一郎をいらいらさせた。

（普通の父親なら、何とか言葉をかけるはずだ）

一郎は、豪一のいつもの冷静さに腹を立てた。

「どうして顔をそむけるんだ」

豪一がもしそう言ってくれたとしたら、一郎が顔をそむけただけの効果はあったことになる。

「顔を見たくないからです」

「親の顔を、どうして見たくないんだ」

「親だって？　おれは、こんな親など持った覚えがない。もしもほんとうに親なら、子供の教育にならないような二号などを、どうして姉だと呼ばせているんだ」

一郎は、そんな激しい口論を、心の中に描きながら外に出た。午後の太陽がカッと照りつけている。豪一は、みどりにも一郎にも、物質的にはしたいほうだいのことをさせている。しかし、胸を開いて話し合うことは全くなかった。母親のトキも、自分中心で、家を出歩くことが多かったが、それでも、話し合う気になれば、相手にはなってくれた。

だが豪一はちがった。話そうにもガラス一枚隔てているような冷たさがあった。子供に必ずしも無関心ではないのだが、一郎の気持ちを萎縮させるものが豪一にはあった。そんな父親でも、あの奈美恵との姿を見るまでは、むしろ偉い人間に見えたものである。それは一郎なりに、父親に敬服していたからである。

門を出ると、左手のほうから、子供たちのさわぐ声が聞こえた。五、六十メートル向こうに子供プールがある。一郎はカメラをぶらさげたまま、プールのほうに歩いて行った。

プールは、公園の片隅にあった。プールからすぐに石狩川の堤防がある。一郎は堤防の中腹の木かげに腰をおろした。丸く、浅いプールには、就学前の子供たちが母親と一緒に遊んでいる。四角い大きなプールは、小、中学生用のものだ。プールサイドのベンチに、陽に焼けた男がパンツ一枚で背を向けている。プールからあがった中学生ぐらいの女の子が、ものも言わずにその男のひざに頭を置いて、ベンチに横になった。男は女の子の髪を黙ってなでている。金網を隔てた土手に、一郎がいることなど、誰も気にしてはいない。

一郎はこの大胆な男と女の子は、いったい何者だろうと思った。男の手が女の子の太い腕に置かれた。一郎は思わず目をそむけた。プールの中では、ボールを投げ合ったり、鬼ごっこをしたり、泳ぐというより水の中で遊んでいる子も多い。だが一郎の視線は、すぐ目の前のベンチの二人にひきもどされた。陽に焼けた男の手が、女の子の腕を軽くつかみ、頭をこごめて何か女の子に言っている。それがうしろから見る一郎に、接吻でもしているように見えてならなかった。一郎は大きく肩で息をした。その時、女の子が大きな声で叫んだ。

「おとうさん、ホラ、チイちゃんが来てる」

女の子はベンチの上に起き上がった。一郎はその言葉に、思わずギョッとした。父親だとは思いもよらなかった。一郎は父親というものが、子供にひざまくらさせ、その髪をなで、肩にやさしく手を置くものだとは、想像したこともなかった。

（父親って、あんなにやさしいものなのだろうか）

一郎はベンチの二人が親子と知って恥ずかしくなった。

（しかし、仕方がないじゃないか）

一郎は父の豪一と、いつもガラスを一枚隔てて対しているような間柄なのだ。しかも、小学校五、六年以来、父親が自分の体に手をふれてくれたことなど一度もないような気がする。まさか、あんなおとなのような中学生の女の子が、父親のひざにねようなどと想像できるわけがなかった。

一郎は暗い目で、もはやどこも見ていなかった。しばらくして、一郎はのろのろと立ち上がり、堤防の上にのぼって行った。石狩川の水が夏の陽をギラギラと照り返していた。弧を描いた旭橋のサーモンピンクの色が、変になまなましい。一郎は少し堤防を歩いてから、再び公園におりて行った。

小熊秀雄の詩碑が、ドロの木の下に白く光っていた。その詩碑の前を、黒い猫がひっそりと歩いている。一郎が立ちどまると、猫も一瞬立ちどまり、一郎を見た。が、たちまち身をひるがえして、詩碑のかげの草むらに走り去った。

いつも行きつけのカメラ店に現像をたのんで、一郎は平和通りをぶらぶら歩いていた。お盆に近い街はにぎわっている。一郎はすぐそばのロバ菓子店の前で立ちどまった。仏壇に供える赤やみどりや黄色のラクガンが、一郎の目をひいた。いつごろからできたお菓子だろう。誰が一番先にこの菓子を作ったのだろう。そんなことをボンヤリと考えながら、また歩き出して、近くの本屋に入って行った。

もう午後も四時を回っていたが、依然としてじりじりと暑い陽ざしである。本屋の中は身動きもできないほどの人だった。

(何もこの暑いのに、こんなに人が出なくてもいいじゃないか)

一郎は心の中で文句を言った。ふと一郎の視線がそばにあった本に吸いよせられた。表紙に肌のあらわな女がほほえんでいる。一郎はどきりとした。煽情的な字句が大きく表紙に書かれている。誰かに見られているようで一郎は本を手にとることができなかった。顔をあげて、棚の上の文学書を見るようなふりをしながら、しかし視線はその表紙にそそがれていた。小麦色の足が、かすかな間隙を作って前方に伸びている。その足を、ぐいとおしひらいてみたいような誘惑に一郎はかられた。

一郎は適当に文学書を一冊棚からぬき出してひらいた。その場所に長く立っているのを怪しまれないためだった。ヘルマン・ヘッセの「デミアン」を、一郎はしばらくの間、逆さにひらいたまま、視線だけは依然として、表紙の女の足に向けていた。本が逆さだと気づいた時、吾知らず一郎は赤くなった。

(こんなにたくさんの人がいるんだ。頁をひらいたって、恥ずかしいわけはないじゃないか)

一郎は「デミアン」を手にしたまま、ちらちらとあたりの人をうかがった。誰も一郎に注意している者はいない。すぐ隣では、一郎よりも年若い中学生が、女と男のからみあっている写真をまじまじとながめている。一郎は気が楽になって「デミアン」を棚に返した。

一郎は思い切って、本を手にとり頁をくった。赤や青でどぎつく書かれた目次が目に入った。そのすべてが、一郎には余りに刺激的な表題ばかりである。それはセックスオンリーの、いわゆる夫婦雑誌であった。一郎は、次をひらいた。頭の中がガンガンしてきた。目が赤く充血するような感じだった。一郎はひきこまれながらも、やはり周囲をはばかっていた。一郎はこの本が欲しくなった。ズボンの中にはサイフがある。しかし、中学生の一郎が、この夫婦雑誌を買うわけにはいかなかった。

ポケットのサイフをにぎりながら、一郎はこの本を買おうか買うまいかと思案していた。

とても店員にこの本をさし出す勇気はない。再び頁をくりながら、目は絵を追い、写真を追っていた。だが、ほんとうは、この本を自分の部屋で、落ちついて読みたかった。医学書のような、人体の断面図を一郎は見た。それを見ただけで一郎の上あごと下あごがへばりついたように、カラカラになった。

自分がどんな顔をしているだろうと思うと、このまま立ち読みをする勇気がなくなった。一郎は小鼻を大きくふくらませながら、どうしてもこの本がほしいと思った。ふっと、奈美恵の体が思い出された。あの豊かな白い肌の下に、この断面図にあるような秘密がかくされているのかと、ふしぎだった。

(盗もうか！)

ちらりと、そんな思いがかすめた。

(盗めば泥棒じゃないか)

泥棒でもかまわないと、ふてぶてしく居直るもう一人の自分がいた。一郎は本を手に取り、そして再び置いた。

さっきのプールで見た父と娘を思い出した。あんな父親を持っているのなら、おれだってこの本をあきらめることができると、思った。

(うちのおやじを見ろ。そうだ、おれはおやじを困らすために、この本を盗むのだ)

一郎は再び本に手をかけた。だが、どこにその本をかくして店を出るべきか、わからなかった。

(落ちつけ、落ちつけ)

いく度も同じ本を持ったり置いたりしている一郎の姿に、さっきから年かさの男の店員が目を向けていた。

(おれはおやじを困らせてやるんだ。おれがもしこの本を万引きしたら、おやじはどんなに困ることだろう)

自分の欲情を巧みにすりかえて、一郎はそれを正当化しようとしていた。この本をほしくて盗むのではなく、妻妾同居の父親を困らせるために盗むのだと、一郎は自分自身に言いきかせた。

(そうだ、ズボンの中になんかかくさないで、堂々と手に持って出ていくのだ)

そうは思っても、やはり一郎は見つからずに盗みたかった。父を困らせるためならば、見つかったほうがいいはずであった。だがやはり見つかるのはいやだった。矛盾であったが、一郎はすばやくあたりを見まわした。誰もが本に熱中している。ふり返って店員たちのほうを見た。それぞれに応対に忙しそうである。

(いまだ!)

思い切って本をつかむと、一郎はさりげなく人ごみをかきわけて外へ出た。店を出たとたん、一郎の肩を軽く叩いた者がいる。一郎はうしろをふり向くことができなかった。店員の手が、一郎の本にかかっていた。

福島から来た悠二の母は、三日ほど滞在した。母の従妹の娘だという中根杉子は、おとなしいというだけが取り柄の目立たない女性だった。母は一生を共に過ごすには、杉子のようにおとなしい女がいいと、思っているようである。この二人を旭川の近郊にある天人峡温泉や、白金温泉にともなったりしたが、結婚する気のない見合いの相手を連れて歩くのは、少し気重だった。

母は悠二が杉子に気乗りうすな態度を取っているのを見て、あきらめたようである。

「悠二、お前と三つしかちがわない俊一は、もう小学校二年生の子供がいるんですよ」

と、帰りがけに悠二の母はくどくど言った。杉子は来た時と同じような、ひっそりとした笑顔を見せて帰って行った。汽車が去って、五分ほどは、杉子に気の毒な気がしたが、賑やかな平和通りを歩いているうちに、悠二はもう別のことを考えていた。予約していた本を思い出して、本屋に入ろうとすると、別の入り口から、佐々林一郎がひどく緊張した顔で出てくるのを見た。声をかけようとした時、一郎のうしろから店員がやはり同じようにこわばった顔をして出てくるのを、悠二は見た。店員の中で一番年かさのその男は、悠二と顔馴じみであった。

悠二は一たん店に入りかけたが、何か気になって外へ出た。店員が一郎の本に手をかけているのを悠二は見た。思いがけないことであった。

「こんにちは」

さりげなく悠二は店員に声をかけ、

「何だ、佐々林か」

と笑顔を向けた。驚いてふり返った店員の背中を、悠二は中指で二つ三つ軽くつついた。

「ハア、じゃ、この本代は先生につけておいてよろしゅうございますね」

「すまないが、そうしておいてくれると、ありがたいなあ」

一郎は黙って下を向いていた。

「佐々林、先生のうちはすぐそこだ。ちょっと寄っていかないか」

観念したように、一郎は悠二の後についてきた。店員から受けとった本をちらっと見ただけで、悠二は黙っていた。

下宿の前で、悠二はアイスクリームを二つ買った。隣のバーの入り口がまだ堅くとざされている。下宿の階段をのぼりながら、悠二はうしろをふり返った。ヒョロリと背の高い一郎が、うつむいたままついてくるのを、やりきれない思いで悠二は見た。

白いレースのカーテンが、静かに風に動いている。

「きょうも暑いなあ。佐々林、アイスクリームを食べないか」

悠二がアイスクリームを食べ終わっても、一郎の前のアイスクリームはそのままになっている。

「どうだ、暑いだろう。食べたらいいじゃないか」

一郎はかすかに首を横にふった。

「そうか、まあそうだろうな」

盗みを見つけられた一郎に、アイスクリームをすすめるのは無理かも知れなかった。

悠二は、一郎の分も食べた。悠二にしても、アイスクリームの味は少しもしなかった。

味気ないアイスクリームを食べながら、悠二はふっと情けなくて涙が出そうになった。

「佐々林、君たちの年ごろというのは、いろんなことをやってみたい年ごろだよなあ」

教師は、頭から詰問してはいけないと言われている。まず最初に、生徒の気持ちに共感してやらなければならないというのが、こういう場合の原則のようであった。

「先生もな、こんな本がむやみに目についてならなかった時代はあるよ」

一郎は上目づかいに、ちらりと悠二を見た。

「君だって、何もこの本を盗むつもりはなかったんだろう。金を出して買うのが恥ずかしかっただけだろう」

再び一郎は、ちらりと悠二を見た。いかにも、ものわかりのよさそうな言い方が、一郎には腹立たしかった。口ではわかったようなことを言っていても、心の底で、この男はおれを軽べつしているにちがいない。おれはこの本を読みたくて盗んだとでも思っているのだろうか。そう思われることは、一郎には耐えられなかった。

「ちがいます」

一郎はぶっきら棒に答えた。

「ちがうって？　どういうふうにちがうんだ」

悠二は不審そうに一郎を見た。一郎の口の上に、うっすらとひげが見える。

「ぼくは別に、こんな本なんか、ほしかったわけじゃありません」

「それはおかしいな。ほしくないものを何で盗んだんだ」

詰問してはいけないとわかっていながら、つい、詰問する語調になった。

「おやじを困らせてやるためです」

「おとうさんを？」

どうしてかとは、悠二には問いかねた。

「そうです。ぼくはおやじがきらいなんです。理由は言えませんが、ぼくはおやじを軽べつしているんです。だから、ぼくはこんな悪いことをして、警察にでもつかまったほうがいいんです。そしたらおやじは、きっと自分の顔を汚したって、怒るにちがいありません。だから……」

そうだったのかと、悠二は腕を組んだ。砂湯での、豪一と奈美恵の姿を悠二はあらためて思い出した。

「しかしねえ、佐々林。君の言うことはよくわかるが、だからこんなことをしていいという結論が、出ていいもんだろうかねえ」

「それは先生が、うちのおやじを知らないからです」

「そりゃあ先生は知らないがねえ。世の中にはいろんな父親がいるよ。酒乱で、妻や子をなぐったり、家族をおいて何カ月も家に帰らなかったり、会社の金を使いこんだり、泥棒や殺人までする親がいるよ。しかし、だからと言って、その子供が、何も悪いことをする必要はないんじゃないか。むしろ、父親が恥ずかしくなるような、立派な人間になったほうが、親はああすまなかったと、思うんじゃないのかね」

一郎は窓のほうを見たまま、答えなかった。悠二は、話をしているうちに、一郎がほんとうに父親を困らすために、盗みを働いたかどうか疑問になった。もし本気でそう思ったのなら、こんなエロ本などを盗まずに、もっと高価な品物を、デパートかどこかで盗んだほうが、自然なような気がした。

「佐々林、君ねえ、自分の気持ちを、もっとよく見つめることだよ。君の一生は二度と来ない一生なんだ。きょうの日は去って、再びきょうは来ない。人々はそのことを頭では知っている。だがね、全身でそれを知っている人間はなかなかないんだ。この日が二度と来ないと思えば、もっといい生き方というものができるはずなんだよ。先生も、大したいばれる生き方はしていないがねえ。しかしお互いにくだらん生き方はやめて、もっとしっかりと生きてみようじゃないか」

一郎は、悠二が憎くなった。一郎は、いま自分は父親を困らすために本を盗んだと思いこんでいた。少なくとも、エロ本を読みたくて盗んだのではないと、思いこもうとしていた。だが、そのことを悠二は信じてくれてはいない。一郎は自分がエロ本を盗んだ現場をおさえられ、しっぽをつかまれたという口惜しさだけを感じた。

「佐々林。人間にはね、性欲という厄介な本能がある。食欲と同じように、人間にとっては大事な本能だ。しかし食欲は大事な本能だからと言って、むやみやたらに人の物を盗んでまで食べてはいけないだろう。性欲も本能だからと言って、本能の赴くままに勝手なことをしてはいけないはずだ。性欲も食欲も、決して恥ずべきものではないし、それ自体罪でもない。だがその使い方によっては悪い結果にもなるだろう。たとえば人の奥さんを盗んだり、小さな女の子にいたずらしたりするということは、これは悪いことだろう」

悠二の言葉を聞きながら、一郎はあの日の父の豪一と、奈美恵の姿を思い出していた。

「エロ本というのもね、健康な性欲を歪めて、人間を決して高めることのないものなんだ。これからは、読みたくても、こんな本の前は目をつぶって通ることだね」

口のうまい奴だと、一郎は、悠二の言葉を腹の中で笑っていた。この本をここにおいて行ったなら、おれが帰るが早いか、目をぎらぎら光らせて読むにちがいないと、一郎は思った。

「佐々林。君は戦うということを知っているか。人間はね、戦うべき相手は自分自身なんだよ。自分を堕落させるのもさせないのも、他の人間ではなくて、この自分自身なんだ。父親がどうだの、母親がどうだのと言って、何も悪くなることはないんだ。たとえば、こんな本を読みたいと思うだろう。しかしね、自分の向上にならないと思う本は、読みたくてもぐっとがまんすることだ。もし自分の家にこんな本があったら、思い切って焼いてしまうとか、捨ててしまうとか、やってみるんだよ。これはやはり、自分の欲望と戦わなければ、できないことだがねえ。もっと自分という人間を、傍観者のように、きびしく見ることだよ。思いきって自分の悪口を言うんだ。ヤイ、意気地なし、ウソつき、下劣な男！　なんてね」

その悠二の言葉の意気地なしも、ウソつきも、下劣な男も、全部自分に向かって言われているような気がして、一郎は不快だった。しかし悠二は、一郎が素直に自分の言葉を聞いてくれているとばかり、思っていた。

「佐々林、君もこの世に本がたくさんあることを知ってるだろう。もっと自分の心の糧になるような本が、あの本屋にはあるはずだ。ロマン・ローランの『ジャン・クリストフ』なんか、君たちにはちょうどいいんじゃないのかな。とにかく、おとうさんはおとうさんだよ。君が一心に勉強し、立派な人間に成長していけば、それでじゅうぶんにおとうさんも心にこたえるはずだ。君のねえさんのみどりさんを見たらいい。あの人だって、君と同じおとうさんを持っているはずだ。しかし、明るく生きてるじゃないか。あのひとは立派だよ。君も少しおねえさんに見習うといいね。まあ、きょうのところは、本屋も諒承してくれたわけだが、これからこんなことをすると、先生は許さないよ。わかったね」

一郎はしぶしぶうなずいた。うなずかなければ、悠二は際限なく説教をすることだろう。一郎は理くつぬきに、悠二が憎かった。悠二は、父のことなど、何の同情も示してくれない。久代なら、もっと親身になって聞いてくれるだろう。

一郎は悠二の家を出た。悠二の窓を見あげながら、きっとあの本にしがみついて読み始めるだろうと思った時、悠二が玄関から出てきた。

「さっきの本、本屋に返しに行くよ」

ふろしき包みを持った悠二が、さらりと言った。一郎は言い知れぬ敗北感を、悠二に抱いた。それはなぐられたより底知れぬ憎しみを誘った。

鉄柵

鉄柵

夏休みで、久代の店は閑散な日がつづいた。研修会や、運動部の合宿コーチで夏休みに入っても忙しかった寺西敬子も、この二、三日は稚内に帰っていた。

店の前の涼み台で、和夫が、ひっそりと何かを紙に書いている。久代は店でたばこの日計表に目を通していたが、それをとじて和夫のそばに寄って行った。

「何をしているの？　和夫ちゃん」

「うん、ぼくね、いま地図を書いていたの」

「何の地図？」

「天国に行く地図さ」

「あら、和夫ちゃん、天国に行く道がわかったの」

「うん、少しわかったの。あのね、一番先にいばらない国に行くんだ。それから、やさしい国に行って、それからニコニコ笑う国に行くんだ」

和夫はニコッと笑った。八月も半ばを過ぎると、涼しい風が吹いてくる。それでもセミの声はまだ暑い。

「あら、おもしろい地図ね」

「そう。おもしろい？　ぼくね、いつかおかあさんの言ったことを思い出して書いたんだ。だけど、ニコニコ笑う国からどこへ行こうかな。おかあさんおしえてよ」

「そうね。ケチケチしないで、人にものをあげる国も書いたらいいわ」

「ふーん。ものをあげることの好きな人の国か」

和夫は、まるく広い国を、ニコニコ笑う国の次につけて書いた。そして、一字一字ていねいに「ものをあげることのすきなひとのくに」と書いた。和夫はふっと思い出したように顔をあげて久代を見た。

「おかあさん、あのおじさん来ないねえ」

「杉浦先生？」

久代は、なぜかドキリとした。この頃何とはなしに、杉浦悠二を待っている自分に気づいていたからである。

「ちがうよ。あれ、砂湯でチョコレートと、ジュースとガムをくれた一郎にいちゃんのおじさんさ」

久代は一瞬息をつめて、和夫を見た。

「あのおじさんは、ものをくれるのが好きな人だよね。いばらないし、やさしいし、ニコニコ笑っていたし……。あのおじさんきっと天国に行けるよね」

和夫を抱いていた豪一の姿が、いまも久代の胸に焼きついている。

「だけどさあ、おかあさん、そしたらね、お金持ちでないと天国に行けないの」

「いいえ、そうじゃないの。人にものをあげるのが好きだというのは、お金持ちとちがうのよ。たったひとつしかおリンゴを持っていないのに、それをお友だちに半分あげたら、お金持ちがたくさんにあげるよりも、ずっと人にあげたことになるのよ」

「ふーん、そうかい。じゃ、そのおリンゴをぜんぶあげたら、ずいぶんえらいんだねえ」

「そうよ。お金持ちでもケチな人はケチだし、お金がなくても、人にあげることが好きな人もいるのよ」

久代は、和夫が豪一のことから心を外らすようにと話をつづけた。

「あのね、和夫ちゃんのおじいちゃんはね、あんまりお金持ちじゃなかったけれど、お友だちが火事になった時、お洋服が二つしかないのに、ひとつあげたわよ」

久代は、父の姿を思い浮かべた。歯がゆいほど人のよかった父を思うと、七十万円の小切手と引きかえに、久代の体を奪った豪一の顔が、いやでも目に浮かんだ。

「だけどさあ、一郎おにいちゃんのおじさんね。お金をもうけたら、ぼくのうちに来てたくさんものを買うって、言ったんだよ。どうしたんだろう」

　久代のふれて欲しくない所に、再び話は戻った。

「おかあさん、あのおじさんは、学校のみんなに、あんまりたくさんジュースやなんか買ったから、お金がなくなったって、言ってたよ。まだもうからないんだろうか」

「あのね、和夫ちゃん、人に親切にしてあげることはいいことなのよ。でもね、人から何かしてもらいたいって、いつも思っていては天国に行けないのよ。あんまりそんなこと考えちゃ駄目よ」

「だってさ。約束したんだもん。約束を守らないと、だめだって先生が言ったよ。あのおじさんきっと約束を守るんだ。きっと、まだお金がもうからないんだよね、おかあさん」

「そうよ、うちでたくさん買ったら、またお金がなくなるからお気の毒でしょう。和夫ちゃんはいい子だから、あんまり買って買ってって、もう言わないでおきましょうね」

「だってね、パンや牛乳やたばこがたくさん売れたら、おかあさん喜ぶでしょう。だからぼく言ったんだ」

　母の久代に喜んでもらえると思ったことを、たしなめられて和夫はしょんぼりした。

「ありがと。和夫ちゃんはほんとにいい子ね。やさしい国にいる人ね」

久代は和夫の書いた、ひょろ長い「やさしいくに」を指さした。

「ほんと?」

和夫はすぐに機嫌をなおして笑った。

「このお国にも行ってるのね」

「ニコニコわらうくに」も、久代は指さした。二人は顔を見合わせて笑った。うしろで警笛が鳴った。ふり返ると佐々木良一商店と書いたトラックがとまっている。久代の開店当時から何かと相談に乗ってくれたり、いろいろ親切にしてくれた菓子問屋である。久代と問屋の店員が話をしている間に、和夫は何を思い出したか、家の中に走って行った。

三十分ほどして問屋が帰った時、もう和夫の姿が見えなかった。

和夫の手には、いつか一郎が書いてくれた地図がしっかりとにぎられている。和夫はバスの座席にチョコンとすわったまま、一心に外を眺めていた。いま和夫は、急に一郎の家に行ってみたくなったのだ。砂湯で一緒に遊んで以来、一郎は和夫の家に一度も遊びに来なかった。いつであったか、

「おにいちゃんの家に行く道を、地図に書いてよ」

そう頼むと、一郎は喜んで大きな紙に地図を書いてくれたのだった。和夫は地図さえあれば安心なのだ。地図があれば、世界中どこへでも行けると思いこんでいる。バスは右手

に自衛隊、左手に競馬場を見ながら走っていた。競馬場には、赤、青、白、黒、黄と様々の自動車がひしめき、そのくせ妙に森閑としていた。

和夫は地図を見た。護国神社と書いてある。その護国神社の前を、バスはいま通り過ぎた。

(旭橋をわたったら、停留所でおりればいいんだ)

和夫は地図を頼りに歩くのが大好きだ。母の久代に黙って、和夫は時々一人で歩きたくなる。ことわると、遠くには出してくれないからだ。

(一郎にいちゃんのうちって、どんなうちかなあ)

バスは、石狩川に大きくまたがった旭橋を走っている。暑い陽ざしの中で、釣り糸を垂れている人が何人かいた。川は何となく和夫には恐ろしい。川の中に足をすべらせ、流された時のことが思い浮かぶ。

(一郎おにいちゃん、ぼくが行ったら喜ぶだろうなあ)

バスは旭橋を過ぎて、一町ほど行った停留所でとまった。和夫はそこでおりた。そこでまた、和夫は地図をひろげた。常磐公園を突っ切って、白鳥の池の方に矢印がついている。公園にはいくどか来ている。護国神社祭の時にも、悠二と敬子に連れられて来たことがある。和夫は、市立図書館の横を通って、千鳥ケ池のそばに出た。池にはボートがたくさん出ていて、若い男女や、学生たちが楽しそうにオールをこいでいる。和夫は天文台ドームのある築山の上にあがって、しばらく池を見ていた。誰も知った人がいない。和夫は少し淋しくなった。

築山を小走りにかけおりて、また歩き出した。ボートを呼び返す女の声が、スピーカーから間断なく流れる。

「十二番さん、十五番さん、二十六番さん……」

和夫はスピーカーの口真似をしながら、白鳥の池のほうに歩いて行った。金網越しにプールが見えた。和夫は金網に顔を押しつけて中を見た。ここにもやはり知った顔はない。

金網を離れて、和夫は天にも届くかと思われる丈高いポプラ並木の下に立った。

(でっかいなあ)

和夫は空を仰いだ。

(このポプラをのぼって行ったら、天国に届くんでないかなあ)

こんな高い木は、春光台には一本もない。ずいぶん遠い所に来たような気がした。ポプラ並木に沿って、白鳥の池が細長かった。白鳥の池を渡って公園を出た所に、広い大きな屋敷があった。ブロックの塀をまわし、鉄柵の門がある。

「一郎おにいちゃんのうちは、このへんなんだけどなあ」

和夫は門にはめこまれた白い標札を見あげた。草書で書いた佐々林という字が和夫には読めなかった。佐々林なら和夫にも読めるはずだった。佐々木良一商店の佐々と、受け持ちの林先生の林だからだ。何度見ても、草書の佐々林は和夫には読めない。和夫は、鉄柵の門扉につかまって、ゴルフ場のような広々とした芝生の庭を見た。その向こうに見える大きな家が、童話のお城のように立派に見える。庭師が芝生にローラーをかけていて、その芝生のひとところがつややかに陽に光っている。

（ステキだなあ。天国みたいだなあ。どんな人が住んでいるんだろう）

自分の父の家とも知らずに、和夫はうっとりして、青い芝生と、大きな建物に見ほれていた。その時白いブラウスに、紺のスカートをはいた涼子が門のほうに歩いてきた。門扉につかまって見ている和夫を見て、涼子はニコリともせずに言った。

「ダメよ、そんな所にあがっては」

和夫は門扉の鉄柵に小さな足をかけていたのだ。

「おねえちゃん、ここのうちステキだねえ。天国みたいだねえ」

「とんだ天国だわ」

涼子はニベもなく言った。

「お庭も、おうちも、へいもいかすよねえ」

「このうちでいかすものは犬だけよ」

涼子は人間嫌いだ。涼子にとっては、和夫も小うるさい人間の子供の一人に過ぎなかった。

「おねえちゃん、こんなりっぱなうちにいたら楽しいでしょ」

「バカねえ、うちがりっぱだからって、人間が楽しくなるわけじゃないのよ」

「へーえ。こんなりっぱなうちにいても、楽しくないの？　おどろいたなあ」

「そうよ。このうちにいて楽しいのは犬ぐらいよ。さ、そこどいて。だんな様のお帰りになる時間なんだから。そんな所にぐずぐずしてたら、自動車にひかれるわよ」

涼子は扉をギイッと、両手で開けた。

「おねえちゃん、このへんに一郎にいちゃんのおうちないかい」

「ないわよ」

涼子は、和夫がわざわざ一郎を訪ねてきたとは思わなかったらしい。車が音もなく和夫の目の前を通り過ぎた。

車の中には、佐々林豪一がいた。豪一は少し疲れてうとうとしていた。和夫が門の傍にいることなど、気づくはずはなかった。和夫も、音もなく来た自動車を避けようとして、車の中を見る余裕などなかった。

再び門がしまった。涼子のポケットで、無線がブーッと鳴った。涼子は急いで走って行った。

和夫はとざされた門の中を、しばらくボンヤリと眺めていたが、また地図をひろげて家をさがし始めた。佐々林という家はなかった。和夫はくたびれて公園の中に戻って行った。白鳥の池の中に、小さな中島がある。和夫はその中島のアララギのかげの、ベンチで横になった。涼しい風が池を渡ってきた。

(おにいちゃんのうちは、どこにあるのかなあ)

そんなことを考えているうちに、和夫はうとうとと眠くなった。

和夫がベンチの上でかわいい寝息を立て始めたころ、一郎が外から帰ってきた。一郎は背を丸めるようにして、くぐり戸の中に入った。きょう庭師が刈ったばかりの芝生が、疲れた一郎の目にも美しかった。

シャワーを浴びて食堂に入ると、涼子がおやつにサンドイッチを持ってきた。

「さっき、おかしな子が門の所に来ておりましたよ。一郎おにいちゃんを知らないかって言っていましたわ」

「何だって？　一郎おにいちゃんだって。そして君、なんて言ったんだ?」

「見たことのない子なもんですから、知りませんて申しました」

「その子、一年生くらいの男の子だろう」

「そうですわ」

「君は、その子を追い帰してしまったのか」

一郎はニラみつけるように涼子を見た。

「追い帰したわけじゃありませんけど……」

「バカな。あの子は春光台からやってきたんだ」

春光台と聞いて、涼子も驚いた顔をした。

「それ、いつのことなんだ。何時頃のことなんだ?」

「さあ、もう三十分ぐらい前のことと思いますけど」

「なに、三十分くらいだって。じゃまだその辺をうろうろさがしているかも知れないな」

一郎は涼子をいまいましそうにニラみつけた。そしてそのまま、サンドイッチには目もくれずに玄関を出た。

涼子という人間を、一郎は一郎なりに知っていた。何年家にいても人に馴れるということがなく、それでいて仕事は人一倍早く、きちんとした仕事をした。そんな人間嫌いな所が、この佐々林家にはちょうどよかった。涼子には、行きつけの店でしゃべることも、近所の顔見知りの人と立ち話をすることもなかった。

一郎は門の外に出た。ふいに胸がしめつけられるように、和夫がかわいくなった。

久代は時計を見上げた。もう五時近いというのに和夫は戻らない。子供のことだから一度外へ出ると、半日も帰ってこないのは珍しくなかった。しかし、久代が菓子問屋の店員に菓子を注文している間に出て行ったことが気になった。まさか以前のように、また川におぼれることはないと思いながらも、何か落ちつかなかった。

功をバイクで団地の方に探しにやったが、その功も一時間もたつのに帰ってこない。無口だが商売熱心の功は、団地の主婦たちに信用があった。あるいは注文を聞いて遅いのかとも思いながら、久代は店の前に出た。すると、思いがけないことに、ワイシャツ姿の悠二がバスから降りたところだった。

「まあ、お久しぶりでございますわね。先日は砂湯でたいへんおせわになりまして」

「いや、どうも……。和夫君も元気ですか」

ワイシャツ姿の悠二は、いつもより肩幅が広く見えた。

「ええ、おかげさまで。きょうもどこかに遊びに行ったまま、まだ帰りませんの」

「まだ陽が高いから、子供の帰る時間じゃないでしょう」

悠二は先に立って店に入った。

「ハイライトをください。五つ六ついただいておこうかな」

「当直でございますか」

久代は手早くハイライトを包装紙に包んだ。そしてひとつだけ別に悠二に手渡した。

「あ、ライターの油も切れてるんです」

悠二のさしだしたライターに、久代はビンから油を入れた。器用な久代には珍しく、油がこぼれた。

「あら、ごめんなさい」

あわてて久代は、ライターを紙でぬぐった。

「いや、かまいませんよ」

二人は顔を見合わせて、微笑した。

「敬子先生は、稚内にお帰りになっていらっしゃいますわ」

久代はふいに敬子のことにふれた。

悠二は、かすかに眉を上げるようにしたが、黙ってライターに火をつけた。炎が少し大きかった。

「あら、ちょっと炎が大き過ぎますわ」

久代はライターに白い手を出した。

「いや大丈夫です」

「でも、たばこに火をおつけになる時、お顔が熱くなりますわ」

ライターを持った久代の手に、悠二の手がのびた。

「いいですよ。かまいませんよ」

悠二の指が、久代の手にふれた。思わず久代は、手を引こうとして、ライターをたばこのショーケースの上に落とすところであった。ショーケースはガラスである。久代の手を握るように悠二は受けとめた。その時店の入り口に一郎が姿を見せた。

「あら、一郎さん」

久代が声をかけた。一郎は黙って悠二と久代を眺めていた。乾いた目であった。

「佐々林、入ってこいよ」

悠二が声をかけたとたん、一郎は店先を離れた。

悠二は、久代をちらりと見てから店を出た。一郎が境内に走り去る姿が見えた。多分本屋の一件が恥ずかしいのだろうと、悠二はあえて一郎を追わなかった。

「じゃ、失礼します」

「ありがとうございました」

久代も店の前に出て、一郎をさがした。しかし一郎の姿は既になかった。久代はまた時計を見た。もう五時十五分を過ぎている。久代は和夫のことが再び気になった。

それから十分ほどたった頃、一郎が店に入ってきた。

「あら、どうしてさっき逃げてったの。砂湯ではいろいろおせわになってありがとう」

久代の笑顔にも、一郎はニコリともしなかった。

「おばさん、和夫君は?」

「それがね、二時頃どこかに遊びに行ってしまったのよ。どこへ行ったのか、まだ帰ってこないの。何だか心配でならないんだけれど」

「ふーん、まだ帰っていないの」

一郎は不安そうに久代を見た。自分の家に訪ねてきたらしいことを、言おうか言うまいかと一郎はためらった。涼子が門前払いをくらわせたことを告げるのは辛かった。

「おばさん、あいつ、杉浦の奴、何か言ってた?」

いま見た悠二と久代の手をとり合っていた姿が、一郎を不快にしていた。

「あら、先生のことを呼び捨てにしてはいけないわ」

やさしくたしなめられても、一郎はムッとした顔をしていた。

「ねえ、杉浦の奴何か言ってた?」

「一郎さんのこと?　いいえ何もおっしゃらないわ」

「ほんとう、おばさん」

「ほんとうよ。あの先生は、生徒のことを一々おばさんになどお話しなさる方じゃありませ

「そうかなあ」

いくぶんホッとしたような表情になって、一郎は言った。

「おばさん、おばさんあんまりあんな奴と仲よくしないといいんだけどなあ」

「あらなあぜ。おばさんはお店屋さんですもの、誰とでも仲よくしなければ……」

「なあんだ。じゃおばさんは、ぼくと仲よくしてくれるのも、ぼくが客だからかい」

つまらなそうに一郎は、天井からぶらさがっているチョコレートの宣伝用の大きな模型を指ではじいた。模型はゆらゆらと揺れた。一郎は、悠二の下宿に引き立てられて行った時のことを苦々しく思い出していた。

その、何か影のある一郎の表情を、久代はじっと見つめていた。

「ちがうわ、一郎さんは別よ。一郎さんは和夫の……命の恩人じゃありませんか」

危うく、和夫の兄ではないかと、久代は言うところであった。一郎は久代の言葉に、少し和んだ表情を見せた。

「おばさん、和夫君もしかしたらねえ、ぼくのうちに来たかも知れないんだ」

「えっ!?　一郎さんのおうちに」

久代の顔がこわばった。さっき豪一のことを言っていた和夫の言葉が思い出された。和夫は、豪一に会いに行ったのだろうか。久代は恐ろしくなった。

「うちのお手伝いがねえ、和夫君を近所の子供だと思ったらしいんだ。一郎おにいちゃんのうちを知らないかって言ってたというから、きっと和夫君だと思うんだがなあ」

「まあ、あんな遠くまで一人で行ってたのかしら。あきれた和夫ねえ」

一郎の家の中までは入らなかったと知って、久代は胸をなでおろした。

「ごめんね。ぼく心配になって近所をさがしたんだが、見えないもんだからここまでやってきたんだけど……」

「まあ、それで来てくださったの」

久代は、一郎と和夫の体の中に流れる血のつながりを感じた。

「だってぼく、和夫君がめんこくて、何だかほんとうの弟のような気がしちゃった。この暑いのにわざわざぼくに会いに来てくれたのかと思ったら、めんこくてさ」

一郎は、どんなことがあっても、和夫だけはほんとにかわいがっていけるような気がした。

「ぼく、そしたらまた戻ってさがしてみます」

一郎は店を出ようとした。

「大丈夫よ、一郎さん。いまから行っても、行きちがいになるかも知れないわ。和夫は道順には勘がいいほうなのよ。一度通った所は、たいてい覚えてしまうの。迷い子にはならないわ」

「ほんと？　おばさん。和夫君はまだ一年生なんだよ」

「多分ね、大丈夫だわ。渡り鳥が誰に教えられなくても道を知っているようにね、あの子は行った道は帰ってこられるのよ」

久代は、和夫が迷い子になるとは思わなかった。たとい迷い子になったとしても、自分の住所を知っているはずである。それよりも久代にとって心配なのは、いつかまた和夫が一郎の家を訪ねるのではないかということだった。

店の前にバスのとまる音がした。一郎が店を出たかと思うと、うれしそうに叫んだ。

「やあ、和夫君待ってたよ。おばさん、和夫君が帰ってきたよ」

鉄　柵

ロッカー

ロッカー

きょうから二学期が始まる。昨日までめっきり涼しかったが、今朝は異様にむし暑い。廊下ですれちがう生徒たちが、照れたような顔をして、敬子に頭を下げた。学期が変わる度に見る生徒の表情である。

職員室の前の廊下で、男女の生徒たちが十七、八人むらがっているのが見えた。何かガヤガヤとさわいでいる。何だろうと敬子が近づいていくと、生徒たちは一せいに口を閉じた。

「お早う。どうしたの、お早うも言わないで。朝の挨拶ぐらいできなくちゃ、中学生と言えないわよ」

敬子は、体操の時間のようにキビキビとした口調で言った。みんな何となくニヤニヤしている。

「いやねえ、どうしたのよ。沢村君、いったいどうしたっていうの」

敬子は、二年生の沢村守に声をかけた。愛きょうのよい生徒である。

「おれ、知らんや」

　いつもの沢村に似合わず、尻ごみして人のうしろにかくれようとした。

「男らしくないのね。いったいどうしたっていうのよ、朝からガヤガヤ集まって……」

　きょうは敬子の日直である。敬子が一番早い出勤のようであった。

「先生、そこを見ればいいさ」

　うしろのほうで誰かが言った。指さしたほうをふり返って、敬子はハッとした。

「バカね、こんなものを見てさわいでいる人がいますか」

　敬子は、ひとつだけ開いていたロッカーのドアをピシャリとしめた。思わず顔が熱くなった。閉じたドアの名前を見て、敬子はいっそう顔に血が上るのを感じた。杉浦悠二のロッカーである。

（杉浦先生が……、どうしてここにわたしの……）

　ふいに全身の血が引いていくようであった。生徒たちが自分の肌着を見てさわいでいたのかと思うと、無理矢理裸にされたような屈辱を感じた。

「いいからみなさんはもう教室へいらっしゃい」

　敬子の声がふるえた。しかし生徒たちは、敬子の表情の動きをじっと眺めている。

「さあ、向こうへいらっしゃいったら……」

敬子はいらいらしてきた。

(杉浦先生が……まさか)

たしか、いつか盗まれた自分の肌着である。それがいま杉浦悠二のロッカーの中にあることが、意外であり不気味であった。急に生徒たちがざわめいた。

「杉浦先生だ」

「杉浦先生が来た」

ニヤニヤ笑う者もいる。

「やあ、お早う。どうしたんだい、朝から寺西先生にお説教でもされているのかね」

持っていた雨傘を入れようとして、悠二は自分のロッカーに手をかけた。

「いけません! 先生」

敬子がロッカーを手でおさえた。

「どうしたんです?」

生徒たちはことのなりゆきを詮索好きな目で眺めている。

「どうしてでも、いけませんわ」

「寺西先生、ここはぼくのロッカーですよ。ぼくがあけていけないということはないでしょう」

悠二は、生徒たちの好奇心にあふれた視線と、困り切った敬子の表情を眺めながら言った。

何かは知らないが、いまこのロッカーの中に、何かが起きていることを悠二は知った。

「寺西先生、ご心配無用です。たとえこの中に、馬の糞が入っていたってかまいません。ぼくは自分で片づけますよ」

生徒たちは、お互いをつつきあった。

「でも、いけないんです。あけてはいけないんです」

敬子は必死だった。どうやら悠二の与《あずか》り知らぬことらしい。悠二が知らないということで、敬子はいく分安心をした。しかしその肌着を悠二には見られたくなかった。

「そうですか、それほど寺西先生がおっしゃるのなら、あけなくてもかまいませんがね。しかし、自分のロッカーの中に何が入っているかわからないなんて、ぼくはいやだなあ」

悠二は順々に生徒たちの顔を見わたした。そこには変におとなくさい粘っこい表情があった。

「君たち、もう用事はないんだろ」

「あります」

誰かが低い声で言った。

「そうか、じゃ用事のある者だけここにいるがいい。用事のない者は帰った帰った」

生徒たちはのろのろと一、二メートル歩いてまた立ちどまった。

「何だ、どうしてそこにぐずぐずしてるんだ」

生徒たちはまた五十センチほど体をずらせた。だが大方の生徒はまだ悠二の目の前にいる。

「先生のこのロッカーの中にあるものを、君たちは知っているんだな」

生徒たちはうなずかなかった。うつむくものもある。

「寺西先生、あけて見ましょうよ。まさかマムシが入っているわけじゃないでしょうね。何か知らないが生徒たちの前で、さっぱりと処理したほうがよさそうですよ」

悠二はロッカーに手をかけた。

「でも……」

「なあに、かまいません」

悠二はグイと、ロッカーのドアを開いた。一瞬悠二の顔がこわばった。

「なるほど、とんだマムシだ」

悠二は、ゆっくりとドアをしめた。しかし悠二は内心うろたえた。若い女の肌着が自分のロッカーに入っている。いったいどういうことなのかと、生徒たちの顔を一人一人じっとみつめるようにして悠二は考えた。誰か生徒がいたずらをして、ここに入れたとは思いたくはなかった。だが、たしかにこれには悠二に対する誰かの悪意が感じられる。

中学生は潔癖である。独身教師のロッカーに女の下着があった。それだけで生徒たちの疑惑をうむにじゅうぶんである。恐らく生徒の大方は、悠二自身が自分のロッカーに女の下着を入れておいたと思いこむにちがいない。あるいは誰かのいたずらだと思うにしても、それは明らかに悠二の人格が甘くみられたことになる。

「おや、どうしたんです。朝から何かありましたか」

その時、にこやかに近寄ってきたのは戸沢千代だった。

「お早うございます」

悠二は、戸沢千代を見てなぜかホッとした。

「朝からむしむししますね。わたし夏休み中にまたふとってしまったでしょう。バスの停留所からここまで来るのに、汗がびっしょりよ」

戸沢千代は生徒たちのほうに笑顔を見せた。

「どうしたんですか、みなさん、新学期早々杉浦先生に叱られたんですか。とし子さん、先生があやまってあげますからね、何をしたか言ってごらんなさい」

悠二のこわばった顔に、戸沢千代も生徒が叱られていると思ったらしい。

「いや、叱ったわけじゃありません。ぼくのロッカーの中に妙なものが入っていたんですよ。

ところで君たち、誰が一番先に見つけたんだ」

勢いよく手をあげたのは、悠二の受け持ちの小野田という男生徒であった。

「何だ、小野田か。その時のことをちょっと言ってみてくれないか」

「あのね、ぼく水を飲みに行こうと思ってここを通ったら、ロッカーがあいていたんです。中を見てびっくりして、そのまま見てたんです。そしたらみんな次々にやってきたんです」

小野田はいく度もまばたきをしながら、早口で答えた。

「そうか、ありがとう」

悠二はロッカーに手をかけて、戸沢千代に目顔で知らせた。

「あら……」

戸沢千代はちょっと息を飲んだ。が、すぐおかしそうに笑った。

「ごめんなさい、杉浦先生、わたしったら……」

大きな声で笑う戸沢千代を、生徒たちはポカンとして見た。

「いえね、わたし昨日日直だったでしょう。悪いんですけれど、うちから洗濯物を持ってきて、少しごしごしやったのよ。それで半乾きだったもんだからロッカーに入れて帰ったのよ。わたし何てそそっかしいんでしょう。自分のロッカーだと思って、先生のに入れて帰ったのね」

戸沢千代は再び笑いながら、その肌着を手早く自分の大きなバッグに入れた。悠二と同学年を受け持つ戸沢千代のロッカーは、悠二のロッカーの隣だった

「なあんだ、つまらん」

誰かの大きな声がして、生徒たちの人垣は崩れた。敬子は戸沢千代の機転に驚歎した。

「ほんとにごめんなさい」

去って行く生徒たちに聞こえるように、戸沢千代は再び言った。その声に敬子は、てっきり自分の肌着と思ったのは、自分の見まちがいであったかと感じたほどである。しかしシュミーズの裾のレースといい、黒のパンティにあしらった黄色の刺しゅうと言い、それは明らかに以前紛失した自分のものと同じであった。

職員室には、まだ三人のほか誰も出勤していなかった。悠二はあらためて千代の前に頭を下げた。

「どうもおさわがせいたしました。誰のしわざかわかりませんが……。とにかく戸沢先生には恐れいりました」

「ほんとうに、どうしようかと思いましたわ、わたし……」

敬子は無論、悠二の前で、それは自分の肌着だとは言えなかった。

「驚いたいたずらねえ」

千代はさらりと言った。

「不徳の至すところですよ」

悠二は深々と頭を下げた。

「そんなことありませんよ。どこの学校でも生徒のいやがらせってあるのですもの。わたしだって、頼みもしないおすしが十人前も届けられましてね。高い代金を請求されたのには参ったことがありますわ。あの人格者の加藤先生でも、おうちの窓ガラスを三枚も割られたことがあるんですって。気になさらないといいわ」

千代は悠二をいたわった。

「しかしねえ、ただ気にしないですませそうもありませんね」

悠二はさっき、生徒たちの一団から離れて、一郎が廊下の片隅に立っていたのを見落としてはいなかった。一郎だとは思いたくはなかった。しかし、悠二が一郎のほうを見たとたん、何気ない顔をして歩き出したのを悠二は見た。直感的に悠二はハッと思った。一郎が、みどりか奈美恵の下着を持ち出したのではないかと想像した。

雨がポツポツとガラス窓に当たる音がした。

二学期の第一日であるきょうは、講堂で校長の訓話があった。磯部校長の訓話はいつもはなはだ短い。

「ロシアのチェホフという小説家はこう言いました。やさしい言葉で相手を征服できない人は、いかつい言葉でも征服できない。わたくしはこの言葉が好きです。もう一度くり返しますから、みんなも声をそろえて言ってごらんなさい。そして、この言葉について自分で考えたり、友だちと話し合ったり、また、うちのおとうさんおかあさんと話し合ってごらんなさい」

磯部校長がチェホフの言葉を二度くり返して生徒たちに言わせた。悠二も生徒たちと一緒に言ってみた。なるほどと思った。

始業式の後、教室でそれぞれの受け持ち教師の訓話がある。訓話の後は大掃除で、きょうは終わる。教室へ入った悠二は、何となく吐息が出た。

「みんな元気だったか」

教壇に上がって、悠二は一列から順に生徒の顔を見た。生徒たちは少し恥ずかしそうに、悠二の視線を受けとめた。

「休んだ人はいないねえ。みんな元気でよかった」

悠二の視線が、つい一郎の上に行った。一郎は横を見ていた。傲然と顔を上げていると言った感じでもあった。生徒たちは、もう今朝のことなど忘れたように悠二の顔を見ていた。

大垣が、指で机の上に何かを書いていた。

「先生は、二学期だからと言って、特に君たちに言うことはない。ただ、いついかなる時でも余り人の迷惑にならないように……というより、自分がしてほしいようなことを、人にしてやること。そんなことをそろそろ考えてほしいと思う。自分のしてほしいことだけは主張するが、人に何かをしてやることを忘れているような人間になっては困ると思うんだ。と言ってだね、自分は隣の人の答案を見せてほしいから、人にも見せてやるというような、カンニングごっこは困るがね」

生徒たちはどっと笑った。

「きょうはこれから掃除をして帰ってもらうが、人の分まで働くつもりで、みんな気持ちよく掃除をしてもらいたい。ところで君たちは何か先生にしてほしいことがあるか。あったら言ってほしい」

生徒たちは顔を見合わせた。例によって大川松夫が勢いよく手をあげた。

「テストの回数を減らしてください」

「それはだめだな」

再びみんなは笑って、やがて掃除にとりかかった。

悠二は生徒たちと一緒に机を運んだ。悠二は、窓によりかかるようにしてガラスをふいている一郎のそばによって行った。

ガラスをふいていた一郎は、そばに来た悠二を見てギクリとした表情を見せた。

「大雨になるかと思ったら、パラついただけだったな」

悠二はズボンのポケットから、用意の古いハンカチを取り出した。一郎のガラスをふく手が早くなった。

「街の空は暗いねえ。降っているのかな」

悠二はひとふきガラスに息をかけた。一郎は自分と同じ窓をふき始めた悠二を不快そうに見た。なぜ悠二が自分のそばに来たのかと、不安だった。まさか今朝のロッカー事件がばれたとは思えなかった。一郎があのロッカーを開いた時、誰も見てはいなかったはずだ。一郎は誰よりも早く学校に来たからである。

悠二はていねいにガラスをふいている。早くどこかに行ってほしいと、一郎も熱心に手を動かした。他の生徒たちが、ガラスや床を磨きながら、楽しそうに話し合っているのも、いまは一郎の耳に入らなかった。

(もしかしたら……)

一郎は悠二を盗み見た。いままで一郎は、悠二に見られたくないところばかりを見られて来たような気がする。神社の境内で一人パンをかじっていた時も、白鳥の池のそばで、奈美恵の手が自分の肩にあった時も、この教師は見ていたのだと一郎は思った。しかもこの間は、本屋の店先で、最も見られたくないところを見られてしまった。

一郎は悠二が自分を特別に監視しているような感じがした。そして更に一郎が恐れたのは、悠二と久代が親しいことだ。悠二は久代に、本屋の一件も話したのではないかと、気がかりだった。悠二が陰で何を言っているかわからないのが不安だった。

この間久代の店先で、悠二が久代の手を取った姿を一郎は見た。あの時の、久代を奪われたような淋しさと、憎しみを一郎は忘れることができなかった。

いまになってみると、悠二のロッカーにいたずらをしたのは、つまらなかったような気もする。しかし一郎は、あんなことでもしなければ腹の虫がおさまらないものがあった。ロッカーが開かれていれば、当然生徒たちがさわぐだろうと、一郎は思った。生徒がさわげば、悠二のロッカーに女の下着があったことが、必ずきょうのうちに久代の耳に届くだろう。生徒たちは学校の帰りに、何人かは必ず久代の店によるはずなのだ。そうなれば久代は、悠二を下劣な男だと思うにちがいないと、一郎は計算した。こうなると、たとえ本屋の一件が久代の耳に入ったとしても、悠二と自分は五十歩百歩ということになる。

「佐々林、君はけさ何時に出てきたんだ?」

悠二が、突然ガラスをふく手をとめて言った。

一郎は再びギクリとした。誰も来ないうちに登校したことを、既に悠二が知っているように思われた。

「さあ……」

一郎の胸が大きく動悸しはじめた。

「けさの先生のロッカーのこと、聞いたろう」

悠二はガラスをふきながら笑った。

「さあ……」

一郎の口がカラカラになった。

「そうか、君はまだ誰からも聞いていなかったか」

悠二は、けさ廊下で見かけた一郎の姿を再び思った。

「名誉な話じゃないんだけどねえ。先生のロッカーにいたずらした奴があるんだよ」

「………」

「夏目漱石の書いた『坊っちゃん』も、ふとんの中に、イナゴかバッタを入れられた話があったな」

かすかに一郎はうなずいた。

「中学生なんて、いたずらをしてみたい年ごろだよな。先生も中学の時に、英語の先生の自転車の空気をぬいたりしてね。その先生が閉口しているのを、窓から見て喜んだものだ」

悠二は愉快そうに笑った。

「その英語の先生はね、まじめないい先生だったんだよ。どうしてあんなことをしたんだったかなあ。全く気の毒なことをしたもんだよ」

いつしか一郎の手は、のろのろとただガラスの上を動いているだけだった。

「別にあやまりには行かなかったがね。しかし、ああいう時にあやまるというのは、工合の悪いもんだな」

悠二は一郎を許しているつもりだった。君もあやまりにくいだろうが、先生も同じ仲間だったんだよ、と言っているつもりだった。それだけ言うと、悠二は床をふいている生徒たちのほうに近づいて行った。しかし一郎は、自分のしわざと見破った悠二に、更に深い憎しみを抱いた。遠回しに、自分の中学時代のことなどを語った悠二が、いかにも狡猾なおとなに思われた。

(なぜハッキリとお前がやったんだろうと聞かないんだ)

いっそのこと、ハッキリ咎めてくれたほうが、一郎としてもあやまりようがあるはずだ。

(あいつはいつもそうなんだ。おれはチャンと知っているぞという顔をして、しかも何も言わないんだ)

一郎はガラスに強く息をふきかけて、グイグイと力をこめてふき始めた。

(あの本屋の時だって、きょうだって、おれをなぐりつけたらよかったんだ)

身勝手なことを考えながら、一郎は憤っていた。

生徒たちが帰ったあと、一人教室にいて悠二はさわやかな気持ちだった。一郎の行為を咎めずに、許してやれたことが自分でもうれしかった。たしかあの時、廊下にいた一郎が、あのロッカー事件を知らないはずはなかった。

それに、事件の直後悠二は、用務員の堀井にさりげなく尋ねたのだ。

「堀井さん、新学期の始まる日は、生徒たちは早く来ますすね」

「そうですよ。今朝の一番乗りは佐々林君でしたよ」

「ほう、あの子がそんなに早く来ましたか」

「ええ、わたしが朝起きて、炊飯器にスイッチを入れましてね。すぐに全部の玄関を開けて回るんですがね。部屋に戻る時、佐々林君と廊下で会いました。多分用務員室の入り口から入ったんでしょうな。なんぼ学校が始まるのがうれしかったんだか」

堀井はいかにも人のよさそうな笑顔を見せた。

何のために、そんなに早く一郎が登校したのか、悠二はよくわかった。いたずらの主は明らかに一郎にちがいない。あまりにもひどいいたずらだと悠二はぐっと来た。許せないと思った。

だが、始業式の校長の話が、悠二を反省させた。考えてみると、一郎に恨みを受ける覚えはない。本屋での一件も見のがしてやったのだ。恩に着られこそすれ、恨まれる筋合いはないはずだ。だから今朝の一件も、中学生らしい単純ないたずらなのだと、悠二は善意に受けとることにしたのだった。

ガラスをふきながら話した時の一郎の態度は、明らかに今朝の事件を告白していた。胸にこたえてくれればそれでいいのだと、悠二は思った。そんなことを思い返していた時、戸沢千代が教室に入って来た。

「先生、ちょっとお邪魔していいかしら」

「やあ、どうも。今朝はすっかり助けていただきました」

あらためて悠二は礼を言った。

「あら、あんなこと、お礼を言われるほどのことではありませんわ」

戸沢千代は汗をぬぐっていたハンカチを大きくふった。

「しかしねえ、戸沢先生。ぼくはどう考えても無能な教師ですね。あの時先生が助け舟を出してくれなかったら、ぼくは多分、もっと事を荒だてていたんじゃないかと思うんですよ」

全くどんな結末になったろうと、今更のように悠二は戸沢千代の機転がありがたかった。

「まさか、先生は思慮ぶかいから、そんなことはございませんよ。ところでね先生、例の大垣夫人が校長室に来ているのよ」

悠二はちょっと眉をしかめた。

「きょうは少し、荒れているらしいわよ」

ふだんの戸沢千代に似合わず、心配そうな表情であった。

「大垣夫人ですか。あの人は年中荒れているんですよ」

悠二は笑った。新学期早々何もねじこまれることはないはずだった。

「まあそうかも知れませんわね。ところで、あの肌着のことですけれどね。わたしが持っているわけにもいかないし、どうしましょう?」

「そうですね、ぼくがありがたくもらっておくわけにもいかないし……」

二人は顔を見合わせて笑った。

「焼き捨ててしまいましょうか、杉浦先生」

「そうですね、人の肌着を誰かにやるわけにもいかないでしょうからね」

「そうよ。いくら天女の羽衣でもね。あの三保の松原の羽衣も、どうやらこの肌着の部類じゃなかったのかしら」

千代はクスクス笑ってから、真顔になった。

「だけど杉浦先生、このいたずらの主は心あたりがあるんですか」

「ないわけでもありません」

「やっぱり生徒ですの」

「らしいですね」

「そして先生、どうなさった？」

「どうもしませんよ。見逃しますよ」

「見逃すって……それもちょっと考えものね。見つからずにすんだと思って、また悪いことをしないかしら」

「いや、バレたとわかるように言っておきましたがね。しかし見つかったと知っただけで、じゅうぶん反省するでしょう。こういう事件はあまり深追いしないほうがいいかと、ぼくは思ってるんですけれどねえ」

「なるほどね、やっぱり先生は男よ。わたしだったら、二度とこんなことをやらないように、ぎゅうぎゅう油をしぼるかも知れないわ」

「そうですか。油をしぼったほうがよかったかなあ」

悠二はふっと自信がなくなった。

「それがね、そうとも限らないのよ。人を見て法を説けっていうでしょ。わたしも勤めてから十五、六年になるけど、生徒の叱り方ってむずかしいわ。きびしく叱っていい場合もあるし、悪い場合もあるわ」

「それですよねえ。ぼくはどちらかというと、本人の自覚に待とうという方針をとっていますがね。真剣になって、なぐってやるほうがいいんじゃないかと思うことが時々ありますよ」

悠二は、生徒をなぐったことは一度もなかった。

「わたしもなぐりたいと思うことがあるわ。自分の子供なら、なぐらずにすまないと思うことがあるもの。どんな叱り方をするにせよ、こちらの愛情が相手に伝わりさえすればいいんですけれどねえ」

悠二と戸沢千代は、しばらくの間沈黙した。教師であることの重さが、あらためてズシリと肩にかかってくる感じだった。

「わたし、あの肌着焼いておきますわね」

しばらくして戸沢千代が言った。

「すみません。ぼくが焼いてもいいんですが……」

「焼いてる所を見つかったらまた大変よ。それはそうと、寺西先生って純情ね」

戸沢千代はやさしい微笑を向けた。

「ハア……」

あいまいに、悠二はあいづちを打った。

「寺西先生ったらね、わたしのあのお芝居をほんとかと思ったんですって。あとでね、まあ先生の下着だったんですのねって、こっそり言うのよ。ちがうわよって言ったら、多分とっさの機転だとは思ったんだけど、あんまりお芝居がうまいんですものですって……」

「そうですか。いや実に戸沢先生には、ぼくもシャッポを脱ぎましたよ」

「それはどうも。……あのね、もしかしたら、寺西先生、いたずらの主を知りたいんじゃないかしら。だいぶ気にしていらっしゃったわよ」

悠二も千代も、その肌着が敬子のものであることを知るはずがなかった。二人は笑いながら教室を出た。職員室の前まで来ると、女子事務員の桜川澄子がかけよって来た。

「杉浦先生、校長先生がお呼びです」

澄子は、ささやくように低い声で言った。その低い声が、何か事の重大さを告げているようにひびいた。悠二は手を上げて戸沢千代を離れ、校長室に行った。

広い校長室のソファに、紺のレースの服を着た大垣夫人がすわっていた。向かい合って、たばこをくゆらしていた磯部校長が立ち上がって悠二を迎えた。磯部校長は誰にでもていねいな人である。悠二は大垣夫人と校長に向かってお辞儀をした。大垣夫人はソファにすわったまま軽く頭を下げた。

「忙しいところを呼んで、すまなかったね。実は大垣さんの奥さんが、突然息子さんを公立中学に移したいとおっしゃるんだ」

磯部校長はおだやかな顔をしていた。何となく笑いをこらえているようなようすである。

「ハア……。いつぞやもちょっとそんなお話を伺ったことがありましたが……」

多分いやがらせの一手であろうと、悠二は思った。私立中学としては、一人でも生徒がやめていくのは痛手である。時には、一人がやめるとつづいて何人かがやめることさえある。それはあまり外聞のいい話ではなかった。少しでも学校の評判が落ちることは、来年の募集にもさしさわりがあった。

「いまも校長先生に申し上げたんですけれどね……」

かさにかかった言い方で、大垣夫人は悠二をじろりと見た。

悠二は大垣夫人の顔を見た。何が彼女をこう腹立たせているのか、全く見当がつかない。

「杉浦先生、ちょっとお伺いしますけれど、サマーキャンプの時、吉樹がお金をとりあげられましたわね。あれはいったいどういうことでございますの」

なあんだと悠二はおかしくなった。

「あの時のみんなの約束はですね。こづかいは五百円という約束だったんですよ。ところが大垣君は二千五百円持ってきたわけですよ。それじゃルール違反だと言って、二千円はほくが預かることになったわけです」

「それがわたしにはどうもわかりませんの。なぜすべての生徒が、同じ金額のこづかいを持たなければならないんでございましょう。たとえば、兄弟の多い子は、おみやげにアメをひとつ買うにも、百円のでは間に合わず、二百円のものを買うということがございませんでしょうか」

大垣夫人は、そんなことがわからないのかというような顔をした。

「いや、生徒たちの約束では、みやげものは買わない約束なんです。親のすねをかじっていて、みやげの分まで親からもらうのでは、何もならないということになったわけです。修学旅行とはまたちがいますから」

「それはね、中学生の考えじゃございませんか。先生までそんな考え方をなさっては困ります。先生は独身でいらっしゃるから、家庭の教育がまだよくおわかりにならないんでございますよ。兄が阿寒に行ったといえば、弟はどんなおみやげを持ってくるかと、楽しみにするのは当然ではございませんか。兄もまた、弟の喜びそうなものを買うということで、兄らしい感情も育つというわけじゃございませんか。食べ盛りの中学生に、それも二泊三日のキャンプに五百円で、足りるわけはございませんでしょう。せめて千円というのならともかく……」

大垣夫人は一気に早口でまくしたてた。

「なるほど、おっしゃることはよくわかりました。しかしですね、もしこづかいの額を千円と決めたら、生徒の中には、それだけ持っていけない子供もいるわけですよ」

「持てなきゃ、持てないでかまわないじゃありませんか。なぜ一律に決めなくちゃならないか、わたしにはどうも納得いかないんでございますよ。貧乏人の子も、金持ちの子も一律に五百円というのは、ちょっと危険思想じゃございませんか」

「危険思想?」

悠二はポカンとした。

「そうでございましょう。その考え方は、つまりなんじゃございませんか、アカというもんじゃございませんか、杉浦先生」

勝ち誇ったような表情であった。

悠二は思わず笑った。磯部校長もニヤニヤしている。

「お言葉ですがね、ぼくはちっとも危険思想だなんて思いませんがね」

「ホラごらんなさい校長先生。杉浦先生という方はこういう方でいらっしゃいますよ。自分が悪かったなどとおっしゃる方じゃありません。とにかくどの生徒もみな同じ金額を持つなんて、それはアカの思想から出たことですよ。宅の主人はね、大のアカ嫌いでございましてね。吉樹が小学校の時も、あの給食は恐るべきアカの思想だと申しておりました。昔から日本には、分に応じたという言葉がございます。それを、どんな家庭の子も同じ昼食を頂くのは、これは恐ろしいことだと申しております。同じものを食べ、同じものを着、同じ家に住むようになっては、これは大変でございますからね。宅では、この私立中学なら万々そんなことはあるまいと思って、よこしたわけでございますけれどね」

「しかしですねえ、奥さん」

悠二はやっと口をはさむことができた。

「恐らく公立中学にいらっしゃっても、遠足のこづかいは一律じゃないんですか」

大垣夫人の論法でいくと、軍隊もアカということになる。

「わたくしが申しあげたいのはですね。このことばかりじゃございませんの。わたくしは、吉樹から聞きましてね、いったい杉浦先生は教師としての愛情を持っているのかどうかと、疑ったんでございますの。仮にですね、二千五百円持って行ったのが悪かったとしてもですよ。わたくしちっとも悪いとは思いませんけどね。たとえ悪いとしてもですよ。吉樹のふところ工合も聞かずに、いきなり二千円とりあげるというのはいかがなものでございましょう。吉樹は石北峠でイカとトウキビを買い、美幌峠では、弟に絵葉書とアイヌコケシを買って、もうふところには、百円そこそこしかなかったそうでございますよ。まだ二千円あると思って安心しておりましたのに、とりあげられたものですから、次の日硫黄山に行って、みんながうで卵を買って食べた時も、吉樹は買わずにじっと眺めていたそうじゃございませんか。それを聞いてわたくし涙が出ましたわ。杉浦先生に親心があれば、そんなかわいそうな思いをさせずにすんだろうに、腹が立ってなりませんでしたわ」

大垣夫人は、常に自分が正しかった。ルール違反などはいささかも考慮していない。

「しかしですねえ。ほかの生徒たちはけっこう楽しく五百円で二泊三日をすごしたんですからねえ。大垣君だって、初めから五百円を持っていけば、もっと計画的につかったんじゃありませんか」

悠二は大垣夫人の言い分にあきれて、説得する気持ちもなくなってしまった。

「わたしが腹にすえかねるのは、それだけじゃございませんわ」

悠二はたばこに火をつけて、静かに煙を吐き出した。いったいどういう家庭に育って、こんな自分勝手な人間になったのだろうと思った。恐らくこの分では夫婦仲もいいわけがあるまい。その欲求不満が時々こうした形にあらわれるのではないかと、悠二は黙って大垣夫人を見た。少し化粧が濃すぎると思った。磯部校長は、さきほどから二人の話にひとことも口を挟まなかった。恐らくもうじゅうぶんに、大垣夫人の言い分を聞いた後なのだろうと思った。

「杉浦先生、先生は公私を少し混同してはいらっしゃいませんか。生徒とキャンプに行くのに、自分の好きな女の先生と、あの店屋の若い未亡人まで連れて行く必要は、ないじゃございませんか。不謹慎もはなはだしいと、わたくし情けなく思っております」

とっさに悠二は返事ができなかった。悠二は、寺西敬子を自分で連れて行った覚えはない。また久代にしても、誘ったのは敬子であった。しかもそれは一郎をサマーキャンプに参加させるためのひとつの手段でもあった。寺西敬子は久代の家に下宿している。だから職員の家族とみなして参加してもらったのだ。職員の家族を同行することは慣例として許されていた。キャンプには人手はいくらでも必要だったからである。

しかし悠二には、抵抗することができなかった。まさしく合法的ではあったが、悠二は心の底では、敬子と久代に対して、たしかに私的な感情を抱いている。だから大垣夫人の言葉は、悠二には少し痛かった。

「ホラごらんなさい。お返事できないじゃありませんか。感じやすい中学生の教師としては、もっとつつしんでいただかなければ、わたくしたち父兄は、安心できませんわ」

大垣夫人はまた勝ち誇ったように言った。それまで黙って二人の話を聞いていた磯部校長が、静かに口を開いた。

「なるほど、奥さんのようにお考えになる方もいらっしゃることは、考慮に入れるべきでしたな」

「あら、校長先生、誰でもわたくしのように考えるんじゃございませんか」

　大垣夫人は少し気色ばんだ。

「どうも教師というのは、世間知らずでしてねえ。人がこう思うんじゃないかなどと、あまり一々考えない欠点がありましてね。まああまり人の言葉を気にするようでは教育ということはできないわけですがね。それはそうと、サマーキャンプの人事は杉浦君の一存ではいかないことなんです。すべて職員会議の結果わたしたちの承認を得て決めることでしてね」

　思わず悠二は校長を見た。実の話、サマーキャンプの人事は職員会議の承認を得るほどのことではなかった。教頭まで申し出ておけば、教頭が適当に決めてくれることであった。校長がその相談にまで乗ることは、ほとんどないのである。

「まあ、では校長先生にお伺いいたしますわ。なぜ杉浦先生のような独身の先生に、あの若い体操の先生を組み合わせたんでございますか」

「仕方がありませんよ、会議の結果くじびきということになりましてね。あまりあれこれ考えて決めるのも大変なものですから、そんなことになったわけです」

「それならそれとして、まあいたし方ございませんわ。でも、あの店のおかみさんは、いったい何でついて行ったんでございますか」

「それはですね、サマーキャンプには炊事班がいるわけですよ。無論生徒たちにも炊事当番はあるわけですがねえ。父兄はご飯炊きとわかっているので、なかなか参加してくれませんでね。それで教師の家族が、大体はその炊事責任者としてついて行くわけですよ」

「しかし校長先生。あのおかみさんは先生方の家族じゃございませんでしょう」

「まあ、それはそうですがねえ。寺西先生の下宿先なんですよ。俗に遠い親戚より近い他人と言いましてねえ、寺西先生の家族として、炊事のお手伝いを願ったわけですよ。杉浦君の何ら与り知らないことでしてねえ」

校長は、炊事というところに力こぶを入れて言った。大垣夫人は、いままでキャンプに参加したことはなかった。

「それはともかく、校長先生やっぱりわたくしは、吉樹を公立中学に転校させたいと思いますわ」

悠二は、どこへでも行ってくれという気持ちだった。この大垣夫人とつきあうぐらいなら、どこかへ行ってもらったほうが、かえってありがたいとさえ思った。

「いやあ、それは困りましたなあ」

磯部校長は、いかにも困ったように腕を組んだ。

「でもわたくし、公立中学に移そうと決心して、きょうは参りました。もっと親心のある先生に受け持ってもらわなければ、吉樹がかわいそうですもの」

「そうですかねえ。杉浦君は、ぼくの目から見ると、生徒のうけもいいし、授業もしっかりしているし、優秀な教師と思っていますがねえ。しかし弘法にも筆の誤りと申しましてねえ、まあ人間誰しも失敗があると思うんですよ。わたしからよく杉浦君にも言っておきますから、転校だけは思いとどまってもらいたいんですがねえ。なあ、杉浦君、君も平生、大垣という子はいい子だと言っていたから、その自慢の子が公立にとられたとあっては、君もガックリだろう」

校長の言葉に、大垣夫人の表情が他愛なくゆるんだ。

「全く残念です。ぼくとしても大垣君は……」

悠二の言葉をさえぎるように夫人は言った。

「じゃ今度のところは、よく宅とも相談いたしまして」

夫人は立ち上がった。

大垣夫人を玄関まで送り出してから、磯部校長は言った。

「まあたまにわたしの部屋で遊んでいきませんか」

何か話があるらしいと、悠二は校長室にもどった。話があるとは言わずに、遊んでいけというところが、いかにも磯部校長の人柄を物語っていた。

「参ったでしょう」

「どうも何かとご迷惑をかけてすみません」

悠二はあらためて頭を下げた。

「なあに、杉浦君のせいじゃありませんよ。あの女は欲求不満なんですな」

悠二も感じていたことを、校長も言って笑った。

「亭主の出張が多いということでしょうかな」

校長の言葉に悠二は苦笑した。

「杉浦君。さっき公立中学に移るだの何だの言ってたでしょう。あれはね、ある種の女にはよくあるタイプですよ。夫婦げんかをしてもね、スグに出ていくだの、別れるだのという女は、まあ大垣の母親のタイプじゃないですかね。うちの女房も同じでね。ま、言うだけ言わしておけば、結構出ていきもしなければ、死にもしません。ただし、言うだけ言わさないと駄目ですがね」

「ハア……」

「君もねえ。まだ独身だから気をつけるといいですよ。結婚してひと月もたたないうちに、出るの別れるのとさわぐ女は、まず一生そんなことを言ってくらしていますよ。ところでねえ、寺西君ね、あの人はそういうタイプじゃないな。体操なんかする女の人って、案外いい女房になれますよ」

悠二は答えかねて、冷たくなったお茶をごくりと飲んだ。

「しかし何だなあ、わたしはもう教育者じゃないなあ」

磯部校長は、寺西敬子のことにはそれ以上ふれずに、ふっと淋しそうな表情をした。

「いいえ、校長先生ぐらい立派な教育者はいらっしゃいませんよ。わたしたち職員も、校長先生のおかげでどんなに気持ちよく働いているかわかりません」

それはほんとうであった。磯部校長が、部下を叱りとばしたという話は未だかつて聞いたことがない。

「いやいやそうじゃない。わたしはきょうつくづくと、あの大垣の母親の前で思いましたよ。ああ、おれもとうとう教育者から経営者になってしまったなあとね」

再び磯部校長は淋しそうに笑った。

「そうでしょうか。ぼくは実は、あの母親の顔は二度と見たくない、どこへでも転校してほしいと思いましてね、ああ自分は教育者じゃないと恥じていたんです」

磯部校長はたばこに火をつけた。

「わたしだって同じだよ。あんな小うるさい女の顔など見たくもないからね。さっきわたしが、転校してくれるななどと言ったのは、まさに心にもない言葉でね。経営者側としての計算だけでものを言っているんですよ」

「…………」

「君、信じられないというような顔だね。どうせあの母親だって、いまから公立中学に移って、何の得もないことはわかっているんですよ。ここにいれば、少なくとも名門高校の北栄高校生になれることは確実なんだからね。公立中学に移ってしまえば、公立高校を受けるにしろ、私立高校を受けるにしろ、そう容易なことじゃないからね」

「なるほど、そうですね」

「転校させる気がないくせに、毎年、年中行事のように言いに来るんですよ。向こうの気持ちはわかっているんですがねえ。その度に、これは一大事という顔をして頭を下げてやると、それで何となく胸がスーッとするんでしょうな」

「しかし校長先生、わたしなら早速、では転校の手続きをしますと言いたくなりますよ。きょうも実はそう言うところでした」

「そうできないのが、経営者側の弱みですよ。あれであの母親は、寄付金など案外高額のほうでしてね。一人の生徒だって失いたくないという……いや、生徒じゃないんだなあ。一人の授業料だって減らしたくないと言ったほうが、ほんとうでしょうなあ。生徒の頭数が、金と無関係に考えられないなんて、教師として堕落も最たるもんですよ」

私立の学校の経営が、容易でないことは悠二も知っている。しかし、悠二はまだ寄付集めの苦しさや、経営その他の細かいことにはほとんど無関係であった。

「きょうだってね。わたしがほんとうの教育者なら、そんな他愛もないくだらない理由で転校をすることは、教育者として断じて許せないくらいのことは、言ってもよかったんだがね。そして、あの母親の生活態度そのものに、どれほど子供が毒されるかということを、真剣に話してもよかったわけだよ。たとえ、どれほどあの母親が調子はずれな人間であるとしてもね。それをエヘラエヘラ笑って、ま、たいこ持ちみたいなもんですね」

悠二は、ふだんただ大人物に見える磯部校長にも、苦悩があることを知って、より身近な人間に思われた。

「寺西先生ねえ、あの人のこと、もし……いやこれは私生活に干渉し過ぎるなあ」

校長室を辞する時に、磯部校長はそう言葉を濁した。

悠二は、校長室を出てからも、妙に寺西敬子のことが気になった。押しつけがましく言われなかったことが、かえって悠二の心に残った。

ロッカー

映像

映像

　みどりは玄関に入って、おやという顔をした。珍しく食堂から笑い声がもれた。みどりは大きなシャンデリヤの輝いている廊下に立って、ちょっと考えていたが、ついと食堂に入って行った。明るい電灯の下に、豪一とトキと、奈美恵がいた。

「ただいま、九月ともなると、風が身にしみるわね」

　みどりは大仰に肩をすくめてみせて、食卓に向かった。

「あら、お部屋にいたんじゃないの？」

　母のトキは機嫌のいい顔をみどりに向けた。佐々林家は相変わらず銘々勝手な時に食事をしていた。

「涼子ちゃん、わたしの分も頼むわね」

　みどりは部屋の片隅で手を洗いながら叫んだ。

「みどり、おとうさんはね、ちょっとアメリカ、ヨーロッパのほうに行ってくるんだ」

「ハハン、それで呉越同舟だったのね」

みどりはニヤニヤした。呉越同舟という言葉に不自然なほど誰も反応を示さなかった。

「みどりさん、おみやげをねだらないの」

奈美恵は相変わらず半ば眠ったような、おだやかな表情で言った。

「そうね、いつ発つの？」

「いや、まだ半月ほどあるよ」

三人は食後のバナナを食べていた。

「今度で三度目でしょう。大した感激もないわねえ、おとうさん」

「商売で出かけるんだからね。感激なんて、呑気なことじゃないよ。ところでお前の九州行きはどうだった」

「いまね、お友だちの家から帰りに、その旅行の時の写真を、川田カメラからもらってきたところなのよ」

みどりは立ち上がって、サイドテーブルに置いたハンドバッグから写真の入った袋を出した。

「ところがね、川田カメラに行ったら、一郎の頼んであった分も、持ってってくれって頼まれたの。写真代はわたしが払ってきたから、おかあさん、わたしにちょうだいね」

「ハイハイ」

　トキは機嫌のよい返事をした。夫の豪一が海外に行けば、奈美恵は完全に孤独になる。自分自身も、豪一の顔を見ることはできないが、そんなことはどうでもよかった。できるなら永久に、豪一が外国にでもいてくれたほうがトキにはありがたかった。

「なんだ、お前どこを写してきたんだ。男の顔ばかりじゃないか」

　写真を手に取って、五、六枚眺めながら、豪一が不審そうに言った。

「まちがったんじゃない？　ほかの人の写真と」

　豪一の傍で奈美恵が言った。

「あら、わたしは九州まで、男の人を眺めに行ったのよ」

「まあ、何ですってみどりさん」

　トキが眉をひそめた。

「わたしね、景色も好きだけど、男の人のほうがなお好きよ。好きな男の人さえ見れば、パチパチ撮ってきたのよ」

　豪一はちらりとみどりの顔を見たが、黙って写真を眺めていた。

「まああきれた人ねえ、あなたったら」

　ご飯を食べ始めたみどりを、トキは不安そうに見た。

「おいしいわ、このポタージュ。トウキビを使ったのね」

　みどりはそう言ってから、

「だってね、おかあさん。わたしまじめに男の人のことを考えてるのよ。女の一生なんか、誰と暮らすかで決まってしまうわけでしょ。わたしが一生同じ屋根の下で暮らす相手と言ったら、やっぱり男性じゃないかしら。わたし同性愛の傾向はないんだもの」

「なるほどな」

　豪一があいづちを打った。

「そうよ、おとうさん。男を見る目は養い過ぎるなんてことないと思うの。変な男にポーッとしたり、一生メチャクチャにされたりしてはつまんないでしょう。奈美恵ねえさんのようにおとなしくひきこもっていて一生独身なんていうの、わたしいやよ」

　奈美恵は静かにたばこの煙をくゆらせている。

「けれどみどりさん。この写真、みんなあなたの注文したようなポーズを取っているじゃないの。一々声をかけて撮らせていただいたの」

　トキはあきれたように、何十枚もの知らぬ男の写真を眺めた。

「そりゃそうよ。黙って写真なんか撮ったら、失敬なって、しかられちゃうわ。おかあさん、わたしなんと言ってこの人たちに声をかけたかわかる?」

「わかるもんですか。バカバカしい」

「奈美恵ねえさんわかる？」

「さあ、わからないわ」

「お前のことだから、ズバリと言ったんだろう。好きな顔だから撮らせてくれなんて」

「おとうさんて、案外野暮ったいのね。それではあまり女を口説けないわね。もっとも、金と力のある男には、それだけでベタベタ女がついていくらしいけど」

みどりはズケズケと言った。九州旅行から帰ってから、みどりは以前よりいっそう歯にきぬを着せずにものを言うようになった。

「それじゃ、みどりさんはなんて話しかけたの」

「あのねこう言うの。失礼ですけど、あなたはわたしの死んだ兄にソックリなんです。写真に撮って母に見せてあげたいと思います。よろしいでしょうかって」

みどりはそう言ってから、再び台所のほうに叫んだ。

「涼子ちゃん。スープのおかわりなあい？」

豪一もトキも、奈美恵も、思わず笑った。

「あきれたわねえ。いったい誰にそんな悪知恵をつけられたの」

トキはあらためて、写真を一枚一枚念入りに眺め始めた。

「おかあさん、悪知恵だなんて人聞きが悪いわねえ。これは悪知恵じゃないわ、女の知恵よ。とにかくね、わたしがそう言うと、みんな男の人たちは、さあどうぞどうぞって、何枚でもうつさせてくれるのよ。そして、どんなおにいさんでした？　何の病気で亡くなったんですかなんてね、すごく親切にしてくれるの。それでね、わたしはその時々で、勝手なことを言ったのよ。兄はとても秀才でハンサムでした。でも突然自殺してしまったんですとか、風邪をひいて三日目にコロリと死んだとか、交通事故にやられたとか、適当に創作するのよ。でもねえ、なぜか自殺した話が一番うけたわよ」

みどりは話しながらもよく食べた。

「そして、たいていお茶をおごってくれたり、食事をおごってくれたりしてね、きょうの一日は、せめてあなたのおにいさんでいてあげましょうなんて慰めてくれたり」

「なんだそれじゃお前、まるで詐欺じゃないか」

豪一は驚いて写真をトキのほうに片寄せた。みどりは声をあげて笑った。

「ほんとね、同情詐欺っていうやつかな。いまに指名手配されるわよ。でもとにかく、この何十人かが、わたしの兄にソックリなのよ。愉快じゃない？」

「羨ましいわ、みどりさん」

「あら、なあぜ」

みどりは奈美恵のほうを見た。

「なぜでも……」

奈美恵はあいまいに笑った。奈美恵の気持ちがみどりにもわかった。奈美恵には通ることのできなかった世界を、みどりは自由自在に歩き回っているのである。

「奈美恵ねえさんも、まねしてみたらいかが。あなたはわたしのパパにそっくりよとかなんとか言ってさ」

トキはかすかに笑い、奈美恵は紅茶をひと口飲んだ。豪一は何も聞かないような顔をして、みどりの前にある写真の袋に手をかけた。

「これは一郎のか」

「そうよ」

みどりは食事を終えた。

「ほう、砂湯だな」

豪一がつぶやいた。

「おや、これはあの子じゃないか。何と言ったっけなあ」

奈美恵がその写真に顔を寄せた。

「ああ、和夫とか言った子でしょう」

みどりがそう言って、体を乗り出すようにした時、みどりのそばにあった写真が一枚床に落ちた。

「おや……」

豪一が不審そうに次の一枚の写真を眺めた。みどりは床に落ちた写真を拾おうとして屈みこんでハッとした。高い食卓の下で、豪一の足に奈美恵の足が乗っていた。一メートルほど離れた所に、母のトキの白い足袋の足が、キチンとそろえられている。みどりは思わず、肉づきのよい奈美恵のふくらはぎを思いっきりつねりあげた。

「あっ、いたっ」

奈美恵は珍しく大きな声をあげた。みどりはす早く椅子にすわっていた。

「あらどうしたの？」

みどりはすまして言った。

「いいえ、何でもないの」

しかし豪一は、いまの奈美恵の声も耳に入らぬようにじっと写真に見入っていた。

「みどり、この一郎と一緒に写っているのは、どこの誰なんだね」

豪一がやっと顔をあげた。

「どれ、見せて」

みどりは手にとるかとらないかに言った。

「なんだ、これはね、一郎の仲よしの、店屋のマダムよ。なかなか美人でしょう。さすがに目が早いわね。でも、あの和夫って子の母親よ。ザンネンデシタ」

「ほう、あの子の母親か、あの子のねえ」

再び豪一は、写真に目を移した。

「川上商店てね、学校の近くにあるのよ。どうやら一郎は、そのマダムにお熱が高いらしいのよ」

「なんですね、その言い方」

トキは顔をしかめながら、写真のほうに手を伸ばした。奈美恵も次の写真を手にとった。そこにも、硫黄山を背にした久代と、和夫と一郎の姿があった。奈美恵は、久代の写真を見て、どこかで見たことがあると思った。どこかで、たしかに見かけたことのある顔である。

「ああ、この人とこの子なら、わたしも知ってますよ。あの鷹栖神社の前の店でしょう」

トキが言った。

鷹栖神社の前という言葉を、豪一も奈美恵も心にとめた。いま豪一の手にあるのは、摩周湖の展望台にいる久代の横顔であった。写されているのも知らないような自然な表情であった。

「きれいな方ね」

　奈美恵の言葉に、豪一は黙って、その写真をポンと奈美恵の前に置いた。

「その子が、おとうさんに抱かれたとかみどりさんが言っていた子供でしょう。あの子はかわいい子ね」

「そうなのよ。おとうさんったら、この子にすごくいかれちゃって、よだれを垂らしそうな顔をしていたわ」

「まあ、おとうさんが?」

　トキはあらわに驚いてみせた。

「そうよ。わたしおとうさんがあんなに子供好きだとは、新発見だったわ。ショックだわ」

「この子にねえ」

　トキはあらためて、久代と和夫の写っている写真を手に取った。豪一は何か考えているようにバナナの皮をむいていた。

「みどりさん、これこの写真……」

　まだ五、六枚、目の前にあった写真を眺めながら、奈美恵が言いよどんだ。

「なあに?」

「いいえ、何でもないの」

奈美恵はあいまいな微笑を浮かべた。

「いやね、どうしたの、その写真が……」

みどりは形のよい指で、コツコツとテーブルを叩いた。

「あたしこの方、一郎さんの先生かと思ったのよ」

「あら、どれかしら」

みどりはそしらぬ顔で手を伸ばした。長崎の港をバックにして、長身の青年がどこか遠くを眺めていた。それは、みどりの記憶にハッキリ残っている青年だった。みどりは自分の心ひかれる青年たちが、どこか杉浦悠二に似ているのを自分でも感じていた。とりわけて、その青年は悠二に似ていた。世の中に、似た人は三人いると聞いていたが、この青年がその三人の中の一人に思われるほどであった。

みどりはあまりにも悠二に似ているその青年に、声をかけることができなかった。港の船を写すような顔をして、シャッターを切った。カチリというシャッターの音にも、その青年は無関心であった。

「あら、そういえば似てるわね」

みどりは気づかなかったように言った。奈美恵はかすかに笑った。奈美恵はすでに、みどりの心に気づいていたようであった。そのあいまいな微笑が、みどりの癇にさわった。

悠二に似た青年の写真を無造作にテーブルにおくと、みどりは奈美恵を無視するように言った。

「おとうさん、何を考えてらっしゃるの。あの子のママのこと？　あれだけの美人は、このへんではちょっとお目にかかれないわね」

「まあそうだな」

豪一は機嫌のよい声で答えた。

豪一の心の中を、みどりもトキも、奈美恵も知るはずはなかった。トキは豪一を見、みどりは奈美恵を見た。再び奈美恵はあいまいに笑った。

「一郎は部屋か」

豪一は立ち上がった。

「さあ？」

みどりは無関心に言い、トキは急に不機嫌になった。

土曜日の夜だった。マユミの家で、幻灯会があるというので、和夫は功に連れられて行っていた。早めに店をしめた久代は茶の間で人形の着物を裁《た》っていた。

「あら、かすりの着物ね、いい柄ね」

二階からおりて来た敬子が、畳の上に横ずわりにすわった。紺のスカートから、盛りあがるような足がのぞいていた。

「このごろは、紺がすりがかえって新鮮ね」

久代は器用に裁ちバサミを使いながら答えた。

「何枚も作るの」

「そうよ、北栄高校の生徒さんが文化祭に出すんですって」

「あら、じゃ同じ人形ばかり？」

「そうじゃないの。お人形を十使って、ひとつの情景を出すんですって」

「それをあなたがデザインするの？」

「デザインというほどじゃないんですけど……」

灯の下に、久代の柔らかいウエーブが、つややかに光っている。髪まで美しいと、敬子はふっとねたましかった。

「わたしここにいてはお邪魔かしら？」

「あら、そんなことありませんわ」

久代はハサミの手をとめた。

「いいのよ、そのままお仕事をつづけてちょうだい、久代さん」

敬子は砂湯以来思っていたことを言い出そうとして、ためらった。ぎごちない沈黙があった。

「敬子さん、コオロギが鳴いていますわ」

久代は再びハサミを動かし始めた。

「ねえ、久代さん、あなた生徒たちから聞かなかった？　杉浦先生のロッカーのこと」

敬子は言い出しかねて、思いついたことを言った。

「ええ、ちょっとね」

「それがねえ、ホラいつかわたしの洗濯物がなくなったでしょう、あれが入ってたのよ」

「まあ、敬子さんの？」

久代は思わずハサミをとめた。

「そうなの。久代さんどう思う。誰がそこへ入れたと思って？」

「さあ、わからないわ」

聞きとれないほど、かすかな声であった。

「杉浦先生だと思って？」

「まさか」

「わたしも杉浦先生だとは思わないわ。もしかしたら、と思う先生もいるけれど……」

敬子は掛居の顔を思い浮かべていた。

「まさか、先生方じゃないでしょう」

「そしたら生徒かしら。わたしね、何だかスッキリしなくて気持ちが悪いの。何だか自分の肌に誰かがさわったみたい」

久代はしばらく黙っていたが、さりげなく言った。

「誰かが、あなたと杉浦先生が結婚なされればいいと、願っているのかも知れませんわ」

先を越されて、敬子は久代を見た。久代は静かに再び人形の着物を裁ち始めた。

「久代さん、わたしね、あなたこそ杉浦先生と結婚なさればいいと思っていたのよ」

「でも……わたしは杉浦先生をそんなふうに考えたことはありませんわ」

「あら、久代さんは杉浦先生をお嫌い？」

「好きとか嫌いとか、わたしにはそんなことを言う資格はありませんわ」

久代は赤いメリンスの布地を、三センチに裁った。

「なぜなの久代さん。あなたに和夫ちゃんがいるからなの。和夫ちゃんがいたって、いいじゃありませんか。杉浦先生はあなたが好きなのよ」

不自然なぐらい熱心な口調だった。

「敬子さん、そうじゃないの。和夫のことじゃありませんのよ」

久代は人形の材料を手早く片寄せて言った。

「敬子さん、わたしはあなたに、自分の過去をお話ししたことがありませんでしたわね。これからも多分お話しはしないと思いますわ。同じ屋根の下にいて、ずいぶんよそよそしい人間だと思うでしょうね。でも、人間には自分一人の胸の中にたたみこんでおくより仕方のないこともあるのですわ」

「じゃ、久代さんはその過去の人を愛してらっしゃるの」

「いいえ、愛しているのなら、誰かと結婚したかも知れませんわ。でも……」

久代はちょっと言葉を切った。

「……わたし、男の人って恐ろしいのよ」

「恐ろしい？」

敬子には、意外な言葉だった。

「じゃ、杉浦先生も恐ろしいの」

「恐ろしいわ。男の人は誰も彼も恐ろしいのよ」

どんな恐ろしい目に遭ったのかと、敬子はただ想像をめぐらすより仕方がなかった。

「だからね、敬子さん、あなたはわたしに何も気をおつかいにならないで、杉浦先生と結婚なさるといいのよ」

久代は、悠二と敬子が並んでいる結婚式を思ってみた。ひどく淋しかった。しかし、久代の体は異性を嫌悪していた。突如、豪一に襲いかかられて以来の、それは条件反射のようなものだった。

「でも、杉浦先生は久代さんを愛しているわ」

「いいえ、それはあなたの思いすごしよ。あなたを愛していらっしゃるから、かえって杉浦先生は、あなたに近づけないだけですわ」

「そうかしら、わたしにはわからないわ」

「そうですわ。きっとあなたを愛していらしてよ」

久代は自分の体のシンが、キリッと痛むような感じがした。

敬子は砂湯での夜や、バスの中にいた悠二と久代を思った。どうしても悠二は久代を愛しているとしか思われなかった。

久代もまた、あの夜の悠二と敬子の会話を思い出していた。敬子が、心から自分の幸福を思って、悠二に話していたことを忘れることはできなかった。自分の前にいる時も、陰にいる時も、敬子は同じように善意の人だと思った。

たとえ自分自身が悠二に心ひかれているとしても、この敬子のためになら、あきらめることはできるような気がした。敬子には、ほんとうにしあわせになってほしいと、心の底から思った。それが自分を偽ることだとは思えなかった。たしかに感情としては、悠二にひかれるものはある。しかし久代は、感情だけが自分だとは思わなかった。理性も意志も含めて、自分という人格を作っているのだと信じている。その理性や意志の願うところもまた、大切な自分の人格によるものであった。

そしてまた、結婚生活にはそうたやすく自分は入っていけないと、久代は思っていた。異性と二人だけの夜の生活は、思っただけでも久代の心を堅くした。

「ほんとうに久代さんは、杉浦先生がお好きじゃないの?」

「磯部校長先生や、掛居先生に対するのと、そう変わりはありませんわ」

「まあ、掛居先生と! 失礼よ、あの先生と一緒にするなんて」

怒ったように言ってから、敬子は声を立てて笑った。

「ごめんなさい。でも同じ先生ですものね」

「じゃ、ほんとうに特別の感情はないとおっしゃるのね」

「大丈夫よ、敬子さん。わたしの人生と、敬子さんの人生とがちがうように、男の人を見る目もちがってしまうのよ」

「安心したわ。久代さん。じゃあなた、いろいろ相談に乗ってくださる?」

敬子は単純で善意だった。いままで気になっていたバスの中の二人のことも、にわかに思い過ごしだったような気がする。

「わたしでよろしければ、喜んで……」

「うれしいわ、久代さん」

敬子は思わず久代の手を取った。

「まあ、冷たい手ね。冷たい手の人は、心が温かいっていうわ」

久代は黙って、敬子に手を取られていた。

「わたしどうしたらいいかしら。わたしの気持ちは直接言ってはあるのよ。でも手応えがないの」

「そういうタイプの方なのね、杉浦先生って。でも敬子さんに好かれて、うれしくないはずはないわ」

そこへ和夫と功が帰ってきた。


久代と和夫は、今夜もまた寝床で話し合っていた。

「あのね、おかあさん、マユミちゃんのおとうさんね、幻灯のお話じょうずだよ」

「よかったわねえ、幻灯がおもしろくて」

久代は、さきほどの敬子との会話を思いながら、和夫にあいづちを打っていた。

「かぐや姫がねえ、とってもめんこかったの。赤と黄色と、それから白のきれいな着物を着てね、髪の毛が畳につくぐらい長いんだよ。おかあさんの髪より長かったよ」

「そうお、かぐや姫はそんなにかわいかったの」

「うん、でもねなんぼかわいくてもねえ、なんにもならないんだよ。あんまりめんこいもんだから、天からお迎えが来てね、十五夜の晩に、お月さんのところにつれていかれるんだもん」

　和夫は残念そうな顔をした。

「そしたら、おじいさんもおばあさんも泣いたでしょ」

「泣いた、泣いた。マユミちゃんのおとうさんが、説明をしながら、ほんとうに泣いたんだよ、おかあさん」

「そうお。和夫ちゃんも泣いた？」

「うーん、ちょっと泣いたかも知れないな。おじさんが泣いたんだもん、ぼくだって少しは泣くさ。かぐや姫も泣いたんだよ。だけどさあ、おかあさん。かぐや姫ね、あんまりめんこく生まれなかったほうがよかったよね」

「どうして」

　和夫の小さい手を、久代はそっと握った。和夫の手は柔らかく、あたたかかった。さきほど敬子に、手が冷たいと言われたことを久代は思い出した。

「だってさ、かぐや姫は、あんまりめんこくなかったら、月の世界に行かなくてもよかったでしょ。そしたら、おじいさんとおばあさんにかわいがってもらえるでしょ。あんまりめんこくなかったらよかったのにな」

「なるほどねえ、和夫ちゃんはおりこうさんねえ」

久代の言葉に、和夫はニコッと笑った。

「おかあさん、ぼくのおとうさんね、めんこかったの。めんこいから天国へ行っちゃったの」

久代はとっさに答えられなかった。

「ぼくねえ、マユミちゃんのおとうさんみたいな、おとうさんがいればいいなあ。そしたら、幻灯見せてくれるしさ。ああそうだ、あのおじさんならいいよね」

なぜか和夫は、悠二を決して先生とは呼ばなかった。初めて会った時におじさんと呼んで以来、いつもそれ以外には呼ばなかった。

「おかあさん、あのおじさん、ぼくのおとうさんになってくれないだろうか。ぼく頼んでみるかな。そしたらおじさんだって、学校が近くなるからいいよね」

和夫は無邪気に言った。

久代は答えることができなかった。

「ね、おかあさん、ぼくあしたおじさんに頼んでみるよ。ぼくのおとうさんになってねって」

　黙っていたら、和夫はきっと悠二に頼むことだろう。悠二は、子供をつかって久代が心を伝えたと、誤解するかも知れない。もし敬子もこれを聞けば、やはり同じように誤解をするだろうと久代は思った。

（この子にも、父親を求める権利があるはずだけれど）

　豪一に抱かれていた和夫の姿を、久代は思い浮かべた。あの豪一が父親だと告げたなら、和夫はどんなに喜ぶことだろう。しかしそれは、久代にはできないことであった。と言って、無論悠二に、和夫の父になってくれとは言えなかった。

（もし、父親になってほしいと言ったなら……あの人は何と答えてくれるだろう）

　そう思っただけで、久代は敬子を裏切ったような、うしろめたい気持ちがした。今夜敬子に、自分は悠二を特別な感情で考えていないと、断言したばかりである。久代は和夫をそっと自分の腕の中に抱きかかえた。

（この子には、父と呼ぶべき人は遂にいないのかも知れない）

　和夫がうれしそうに久代を見た。

「ねえ、おかあさん、おじさんはきっと、ぼくのおとうさんになってくれるよね。そしたらぼく、おじさんのことをおとうさんて呼ぶんだ。ごはんの時は、おとうさんのそばで食べるんだ、おかあさん」

「和夫ちゃん、和夫ちゃんはおかあさんひとりではさびしいの」

「うん、さびしいよ」

「そうお。おかあさんひとりじゃさびしいのね」

　久代は弱々しい微笑を浮かべた。

「ううん、うんとさびしくはないけどさ、おかあさんも敬子先生も、功にいさんもいるからね」

「じゃね、もうよそのおじさんに、おとうさんになってなんて言わないでおきましょうね。杉浦先生は、和夫ちゃんのおとうさんにはなれないのよ」

「どうして？」

　和夫は情けなさそうな顔をした。

「どうしても」

「どうして、どうしても？」

「杉浦先生はね、きれいなお嫁さんをもらって、お嫁さんに赤ちゃんができるの。そしたら、先生はほかの子供はいらないのよ」

「ふーん」

　わかったような、わからないような顔をして、和夫はボンヤリと天井を見た。

「だから和夫ちゃんは、杉浦先生におとうさんになってなんて、言ってはいけないのよ」

和夫は涙ぐんだ目を久代に向けた。

映　像

挑戦

挑　戦

　奈美恵は紫のスーツを着たが、すぐにまた脱ぎ始めた。そして、ぼかしの型染めの小紋を体にかけてみた。紫とうすい紅が柔らかなふんいきを出していて、奈美恵の好きな着物だった。帯はうるし箔に柳の葉の模様の名古屋帯である。帯のえんじが落ちついていた。

　奈美恵はこの間の豪一の言葉を聞いて以来、不安でならなかった。

　あの砂湯での写真を見た夜であった。豪一はベッドの中で奈美恵に言った。

「さっきのあの写真な、あれはおれの会社にいた秘書なんだ」

　奈美恵は目をとじたまま、豪一の首に腕をからませていた。

「まさかあの子は、おれの子ではないだろうな」

　豪一はかすかに笑った。奈美恵は目をあけて豪一を見、そしてまた静かに目をとじた。

　豪一の女は、札幌にも洞爺にも函館にもいる。奈美恵はそのことを知っていた。札幌の女は色は白いが、肌理《きめ》が荒いことや、洞爺の女は、背は低いが小肥りで濃厚な女だということなど、寝物語に聞いていた。どんな話を聞かされても、奈美恵は心をさわがせたことはなかった。

奈美恵には自信があった。十五、六の小娘だった自分を、二十八のきょうになるまで、豪一はひとつ屋根の下においてくれたのだ。そのことに、自分に対する豪一のなみなみならぬ執着を、奈美恵は感じていた。だから、他の女の話をそれほど気に病むことはなかった。

しかし、こんどだけはちがった。写真で見た久代に、奈美恵は直感的に敗北を感じた。砂湯で豪一の抱きあげた子供が、豪一の子であるかも知れないということも、奈美恵をおびやかした。いまにもあの女が、自分の位置に取ってかわるかのような焦燥を覚えた。とにかく自分の目で、写真の女をたしかめ、豪一の言葉が事実かどうかを探りたかった。探ってみたからと言って、どうなるというわけでもない。しかし奈美恵はじっとしてはいられなかった。

着付けを終わって、奈美恵は鏡の中の自分を見た。小紋を着た姿は、自分でも驚くほど美しかった。それは、強敵に会うという闘志が、奈美恵を緊張させているせいかも知れなかった。

奈美恵はハイヤーを呼んだ。自家用車で出かけることはためらわれた。誰にも知られずに行きたかった。

涼子が車が来たことをインターホンで告げた。奈美恵は鏡にちょっと顔を近づけて自分の顔を見、そして少し離れてうしろ姿を映してみた。初めて舞台に立つような緊張があった。

車に乗りこんでも、奈美恵の心は静まらなかった。豪一ほどの財力のある男の目の前から姿を消したという女性が、奈美恵には不可解であり、不敵な女にも思われた。

いつもはゆったりと座席に腰をかける奈美恵が、きょうは浅く腰をおろしたまま、車の外を眺めていた。いや、車の外を見ていたのではなく、やはり写真の中の久代の顔を思い浮かべていたのである。

「鷹栖神社までお参りですか」

五十近い運転手は、愛想よく声をかけた。

「いえ、ちょっと……」

「春光台もひらけましてねえ。わたしら軍隊時代、あの丘は演習場でしたよ。泣かされた所でねえ」

「それは大変でしたね」

奈美恵は気乗りのしない返事をした。

「しかし、大変なことも、過ぎてしまえば懐かしいもんですなあ」

運転手が悠長に答えた。その言葉が、妙に奈美恵の心にひびいた。

「でもね、思い出すのもいやなことだってあるわよ」

「それもそうですなあ」

車はとうに旭橋を渡り、ポプラ並木の下を走っていた。

やがて車は鷹栖神社の前にとまった。左手の川上商店の看板が、すぐ目に入った。奈美恵は大きく深呼吸をしてから、バックミラーをのぞき、車をおりた。

店の中のパンも牛乳も、そしていっさいのショーケースも奈美恵の目に入らなかった。ただ目の前に、ハッと驚いたように自分を見た白い顔があるだけだった。

「いらっしゃいませ」

奈美恵を見た瞬間、久代は胸が高鳴るのをおさえることができなかった。

「何をいただこうかしら」

やはりたしかにどこかで見た顔だと思いながら、奈美恵は久代の美しさに、むらむらとねたましさを覚えた。

「五十円のチョコレートを二ダースいただくわ」

「ありがとうございます。きょうはよいお天気でございますわね」

「そうね、ところであたし、どこかであなたにお目にかかったような気がするんだけど」

あらためて奈美恵は久代を直視した。真っ白なかっぽう着が清潔だった。しっとりとした肌も、物柔らかな身のこなしも、奈美恵には腹立たしいまでに美しく見えた。

「さようでございますか」

久代は美容室で会った時の奈美恵と、砂湯で見た時の奈美恵を思い浮かべた。

「あなた、おひとりでお店をしてらっしゃるの」

「はあ、甥と二人でいたしておりますけれど」

「ご主人はどこかにおつとめですか」

奈美恵は不遠慮に久代をみつめた。久代はいち早く奈美恵の敵意を感じとっていた。

「チョコレート、二ダースでございましたね」

久代はベージュ色の包装紙にチョコレートをキチンと重ねながら、さりげなく問いを外した。

「ご主人は学校の先生ですか」

「いいえ、わたくしには主人はおりませんの」

久代の動悸は既に静まっていた。自分自身何も悪いことをしているわけではないという思いが、久代をおちつかせていた。久代は微笑さえ浮かべた。白い歯がぬれて光った。

「まあ、おひとりでお店をしているの。偉いわねえ」

「恐れいります」

久代は器用に包み終わったチョコレートを、奈美恵の前にさし出した。

「ちょっと待って、そこに置いてちょうだい。まだ買いたいものがあるの」

「はあ、ありがとうございます」

「ご主人は亡くなったんですか」

その時和夫が学校から帰ってきた。

「ただいま」

和夫はまっすぐに奥にかけこんだ。

「あら、あの坊やはあなたの子供さん？」

奈美恵はそ知らぬふりで尋ねた。奈美恵は久代が自分を知らないとばかり思っていた。砂湯の湖畔に立った自分を久代が見ていたなど、無論知るはずもなかった。

「はあ、さようでございます」

「あの坊やのおとうさんは、それじゃ亡くなったわけなの」

奈美恵はしつこく言った。店をしていると、こんなぶしつけな質問は珍しくない。だが奈美恵の言葉は、ぶしつけというより何か底意を感じさせるものがあった。

「亡くなったわけじゃございませんけれど……。ほかに何をさしあげましょう？」

「あら、亡くなったんじゃないの……。ええと、チーズとバターを半ダースずついただくわ」

奈美恵はかっぽう着の下の、久代の着物を一瞥した。紺地にうすい空色の格子縞のウールであった。せいぜい三、四千円の安物だと思いながら、奈美恵は自分の高価な着物に優越を感じた。

「ねえ、結婚なさって、どのくらいでご主人と別れたの」

奈美恵は非常識なまでに執拗だった。非常識なことは奈美恵自身承知の上だった。しかし奈美恵は、初めから久代を、たかが雑貨屋のおかみではないかと見くだしていた。自分は客である。少々の非礼は許されると奈美恵は思い上がってもいた。

久代はゆっくりと奈美恵に視線を向けた。その時奥から和夫があらわれた。

「おかあさん、ぼくマユミちゃんの家へ行ってもいい？　友だちとみんなで遊ぶって、約束したの」

和夫は靴をつっかけて久代を見上げた。

「いいわよ。五時までに帰っていらっしゃいね」

「うん」

返事をしてから、和夫ははじめて奈美恵の顔を見た。

「あれ？　おばちゃん、あのおじちゃんのうちのおばちゃんだね」

奈美恵はうろたえた。奈美恵はうかつにも、和夫が自分を知っていることを計算に入れてはいなかった。まさしく不覚だった。自分が佐々林家の者であることを、久代に知られることはまずかった。

「あら、和夫ちゃんはお目にかかったことがあるの？」

「うん、ホラ、一郎おにいちゃんのおじさんとさ、一緒に砂湯に来たんだよ。ねえおばちゃん」

「ええ、砂湯には行ったけど……」

「おばちゃん、あの時ね、おじちゃんが買い物に来るって言ったよね。おばちゃんがかわりに来てくれたの」

久代が改めて奈美恵に頭を下げた。

「じゃ、お客さまは佐々林一郎さんの……おうちの方でいらっしゃいますか。いつもみどりさんや、一郎さんにごひいきいただいております。ありがとうございます」

奈美恵は思わず顔をこわばらせた。久代が自分を「佐々林一郎さんの……」とためらってから、「おうちの方でいらっしゃいますか」と言ったことが気になった。なぜ一郎の姉かと言わなかったのか。奈美恵は、久代にも小さな和夫にも笑われたような気がした。

「おばちゃんありがとう。おじちゃんによろしくね。バイバイ」

和夫は無邪気に手をふって出て行った。

「ああ、ここなの。一郎がよく来るっていう店は。お宅なの」

奈美恵は一段と高飛車になった。みどりは言っていた。

「どうやら一郎は、そのマダムにお熱が高いのよ」

たしかにみどりはそう言ったのだ。

「一郎があなたのところをとても好きなんですって？　いまあたし思い出したわ」

「ええ、わたしとも、和夫とも仲よくしてくださっておりますの」

久代のおちついた態度に、奈美恵はいらだった。

「和夫って？　ああ、いまの坊やのこと？　あの坊やとうちの一郎が仲がいいの。なるほどね」

「ええ、おかげさまで和夫は、とても喜んでおりますわ」

「喜ぶのは、和夫ちゃんよりあなたでしょう。血は争えないと思って……」

久代はハッとして奈美恵を見た。その久代の表情に、奈美恵は深い絶望を感じた。

「やっぱりそうだったのね。やっぱり……」

久代は答えなかった。

「ね、あの坊やは、やっぱり佐々林豪一の……」

なおも奈美恵が言いつのろうとした時、店の前に砂利を積んだ大型トラックがとまった。

「ああ、腹が減った。パンと牛乳をくれないか」

革のジャンパーを着た体のがっしりした若い運転手は、奈美恵を見てニヤリと笑った。

「見るだけはただだからな」

運転手はドーナツパンをひと口かじり、ゴボゴボと音を立てて牛乳を飲んだ。

「はあ？」

久代が男の言葉を受けとりかねて聞き返した。

「いやなに、こっちのことさ」

運転手は不遠慮に笑って、

「おばさん、いい着物を着りゃ、あんたのほうがよっぽど上だよな」

だが久代にはいまの奈美恵の言葉が胸に刺さっていた。

どんなことがあっても、豪一のような男を、和夫の父と呼ばせてはならない。

そう思った時、久代の心はすわった。運転手はパンを三つ食べ、牛乳を二本飲んで店を出た。

「とんだ助け舟ね」

奈美恵は、傍の丸い木の椅子に腰をおろして、たばこをくゆらしていた。

「あの、ほかに何かご入り用のお品は？」

久代は冷静に言った。

「そうね。ほしいのはあなたの返事よ。あの坊やはやっぱり佐々林豪一の子供なんでしょう」

「佐々林豪一さんとおっしゃいますとあの有名な？」

「白っぱくれないでよ」

「お名前だけは存じあげておりますけれど。あなたさまと何かご関係がおありでございますか」

　奈美恵は言葉につまった。

「その方は、たしか一郎さんやみどりさんのおとうさんと伺ってはおりますが、あなたさまと何か……」

「そんなことどうだってかまわないじゃないの。でも、そんなに知りたければ教えてあげるわ。豪一はわたしの愛人なの」

　奈美恵の言葉に、久代はかすかに笑った。

「何よその笑い方。客に向かって失礼じゃない？」

　奈美恵が口をふるわせた。初めて奈美恵を見かけた時の、あの印象はいまの奈美恵のどこにもなかった。人なつっこく、そしておだやかな女だと、久代はひそかに好意すら持っていた。その奈美恵が、全く別の姿を見せたことに、久代は驚いた。ふっと奈美恵が憐れにも思われた。

「あたし、みんな知ってるのよ。あの子が誰の子かということも。そうならそうと言ったらいいじゃないの。豪一が認知したら、あの子は莫大な財産をわけてもらえるじゃないの」

「ご親切に、ありがとうございます。でもお客さま、何のご縁もない方に、どうしてそんなことを言いに行かなければならないのでしょうか」

「あんたは豪一の秘書だったんでしょう」

　奈美恵は、さげすんだ顔をした。

「いいえ、何かお客さまは、勘違いをしていらっしゃいますのね」

「変な人ね、あんたは。あの子が豪一の子だと言えば、あんたはこんな小さな店で忙しくしてることはないんだわ。あんたはお金が欲しくはないの」

「お金など……。それよりも、もっと大事なものが欲しいと思いますわ。とにかく、お客さまは何か思いちがいをしていらっしゃいます。わたくしこれ以上ご返事は申しあげられませんわ」

「そんなことを言ってあんた……それならどうして一郎となんか仲よくするの。あんたは一郎を誘惑しているんでしょう」

　久代の落ちついた言い方に、奈美恵は無性に腹が立った。

「なるほど、男と女であれば、たとえ子供とおとなでも、妙に勘ぐる考え方もあるのですわね」

「あなたは口がうまいのね。でも、本心はわかっているわ。うまく一郎を手なずけて、いつか豪一とよりを戻したいと思ってるんでしょう。でもそうはさせないわ」

奈美恵が興奮すればするほど、久代の心は静まって行った。非礼というより、憐れであった。何とか慰めてやりたいような気持ちにさえなった。あんな獣のような男の、どこがよいのかと、目を覚まさせてやりたいような気がした。

「ねえ、何とか言ったらどお？」

奈美恵は、たばこをポイと床に捨てた。煙がゆらゆらと床をはった。外にガヤガヤと学生たちの声が聞こえた。

「おばさん、もうバス来る？」

細い体の中学生が、顔を突き出して聞いた。

「あと、三分ほどよ」

久代はやさしく答えた。

「おばさん、針と糸貸して。ボタンがひとつブラブラしてるの。帰るまでに取れると困るから」

ずんぐりした別の男の子が入ってきた。

「ハイハイ、ちょっとお待ちになって」

久代が奥に取りに入るのを見て、奈美恵は店を出た。一郎に見られてはまずいと思った。

待たせてあったハイヤーにすわると、奈美恵はぐったりとした。久代という人間は奈美恵の想像外の女だった。

　車が坂をおりたところ、奈美恵は買い物の品を忘れたことに気がついた。気がついてから、金を払わなかったことも思い出した。奈美恵は自分がもっと重大な忘れ物をしたような気がして、更にあらたな不安に襲われた。

挑　戦

小路

小　路

小　路

悠二は下宿の窓から、ぼんやりと夜の通りを眺めおろしていた。眺めながら、佐々林一郎のこの頃の態度を考えていた。一郎はなぜか自分を避けている。そのことが悠二は気になった。本屋の一件も、ロッカーの件も、寛大に取り扱ったつもりだと悠二は思っている。その自分に対して、一郎はもっとなついてくれてもいいはずだった。きのうも休み時間に悠二が廊下を歩いていると、向こうから一郎がやって来た。一郎は悠二に気付くと、ハッとしたように立ちどまり、くるりと背を向けて近くの図書室にかけこんでしまった。それは刑事に会った犯人のようなす早さであった。

窓の下をひっきりなしに自動車が走っている。仲通りなので、自動車は時折動きが停滞した。その間を縫うように、三味線を抱えた和服姿の男が横切って行った。赤や青のネオンサインが目まぐるしく変わり、酔客のダミ声が聞こえ始めた。

悠二は一郎のことをふりはらうように立ち上がった。ズボンのポケットに手を入れ、金をたしかめると、壁にかかっていたカーディガンをひっかけて下におりて行った。階下の茶の間では、テレビの音が聞こえ、人声はなかった。

下駄をつっかけた悠二は、向かいの果物屋に入って行った。蛍光灯の下に青や黒のブドウがうず高く盛られていた。そのうちの茶色のブドウを悠二は注文した。うしろから誰かが入って来、悠二の背に体をすりよせた。ふり返ると、肩もあらわなホステスが、ヒョイと身をかがめてブドウをつまんだ。まだ十代のような、ふっくらと色の白い少女である。そのうしろに、つれの客らしい男がレインコートのポケットに両手をつっこんで立っていた。悠二は二人のわきをすりぬけるようにして外へ出た。

ブドウの入った袋を持ったまま、悠二はちらりと、いま出た店の中を見、ぶらぶらと歩き出した。土曜の夜のせいか、人通りが多かった。悠二は横通りに出た。三条通りのほうに歩いて行ったが、ここにもバーや飲み屋がつづいている。そして客はあふれていた。旭川の中で、最も繁華な飲み屋街だが、なぜか悠二は、ここに住んでいても飲みに行くという気にはならなかった。しかし今夜は、どこかで一杯飲んでもいいような気持ちになっていた。一郎の理由のわからない反抗が悠二を憂鬱にさせていた。

ふと、悠二は立ちどまった。持っているブドウが邪魔になった。ブドウを持って飲みに行くことがこっけいに思われた。スナックバーにでも行こうかと思った時、どこかで聞いたことのある声がした。

「おいおい、何もそうきらわんでも、いいじゃないか」

酔った男が、同僚の掛居の声だと気づいて、悠二はそのほうを見た。人がやっと一人通ることができる小路の中に、男と女のもつれ合う姿が見えた。

見てはならない所を見たような気がして、悠二は急ぎ足でそこを立ち去った。五、六軒行ったうす暗いバーの前で、和服姿の女がたばこをのんでいる。

「ちょっと、遊ばない?」

女の声が追いかけてきた。聞こえぬふりをして過ぎようとすると、

「何だい、ケチンボ」

女が言った。かすれたような低い声だが、口調は鋭かった。悠二は思わずふり返った。女はすぐうしろにいた。そこにはすし屋の門灯があった。

「あら!」

声をあげたのは女だった。

「杉浦先生じゃない?」

かすれた声に記憶はなかった。しかし、呼ばれてよく見ると、濃い化粧のその顔に、どこかで見た面影が笑っていた。

「先生、あたしよ。鍵谷キリ子です」

「なあんだ。キリちゃんか」

悠二は驚いた。二十四、五と見えたその女は、札幌の公立中学で教えた鍵谷キリ子だった。

「ぼくをケチンボだと言ったのは、キリちゃんだったのか」

「いやよ、そんなこと言いっこなし。先生いつ旭川に来たの」

キリ子は悪びれもせず、子供っぽい口調になった。

「ぼくは、ことしの五月だがね。キリちゃんこそ、いつ札幌を離れたの」

「札幌を出たのは、二年前よ。先生おどろいたでしょう」

「うん。驚いたよ。君の店はそこのバーか」

「ううん、ちがうの。もうちょっと中に入ったとこ。遊んでいく？」

「そうだな。寄っていこうか」

ちょっと考えてから悠二はうなずいた。キリ子はうれしそうに悠二の腕に手をからませた。

キリ子の店は小さかった。人間の顔もさだかに見えないような、うす暗いバーだった。ボックスが五つほどあって、音楽だけが大きく店に流れていた。二組の男女が、その曲に合わせて踊っている。いや、踊っているというより、じっと抱き合ったまま、体をかすかに動かしているだけである。一人の女は男の首に手をまわし、男は女の腰を抱いていた。悠二はその一組のすぐそばのボックスに案内された。

レモン色の淡い電灯がひとつ、レジスターの上にポッカリとついている。

「何をお飲みになる？」

キリ子は悠二の横に、ぴたりと身を寄せてすわった。

「君、向かいへすわれよ。顔を見たほうがいい」

「相変わらずね、先生は。ちっとも年を取らないじゃないの」

そばで踊っていた一組が、いつの間にかどこかへ姿を消した。こんなことを、このキリ子もやっているのだろうかと、悠二は目の前にいるキリ子を見た。

「何をお飲みになるの」

「ビールでいいよ」

キリ子がすぐに立って行った。キリ子はたしか公立高校に進んだはずである。当時悠二は、三年間連続中学三年生を受け持たされた。そして三年間、合格率百パーセントで、大いに名をあげたものである。いまでもその思い出に、悠二は心地よく浸ることがある。だがいま、このうす暗いバーで働くキリ子を見て、悠二はいいようのない虚無感がわいてきた。合格率百パーセントは、悠二の過去の輝かしい足跡のはずであった。だが、寝る時間をつめ、ただ補習のために朝から晩までガリを切り、個人指導をし、叱ったり励ましたりしたことが、いったい何であったのかといま悠二は思った。

(合格率がなんだ)

キリ子の注いだコップを、一息に悠二は飲み干した。

「先生、黙り虫ね」

キリ子はウインクをしてみせた。長いまつ毛が音を立てるかと思われた。つけまつ毛のその下瞼に、疲れのかげがありありと見えた。声のかすれも、不健康な生活のしるしのように思われた。

「キリちゃん、君、たしかデパートに勤めていたはずだね」

両親は実直な公務員であったことを思い出した。

「デパートなんか勤めるもんじゃないわ。着たい盛りの年頃に、目の毒だわ。あたしね先生、だから夜、パートタイムでアルサロに勤めたのよ」

「それで、アルバイトが本業になっちゃったというわけか」

「そうよ。一日中デパートで立ちっぱなし、頭の下げっぱなしの、気の使いっぱなし、それで一月の月給が、アルバイトの十日間分もないんだもん」

そこまで言って、キリ子はニヤッと笑い、

「先生、あたしいま貯金いくらあると思う？　もうじき三百万になるのよ」

　と、テーブルの上に身を乗り出すようにして、ささやいた。悠二は黙ってキリ子を見た。

「驚いたでしょう。同級生の中で、あたしが一番お金を貯めたわよ、きっと。あたしジャンスカ貯めるわよ」

「貯めてどうする」

「どうするって、貯まればそれでいいのよ。お金を貯めるのが、あたしの人生の目的よ」

　キリ子は口をあけて笑った。悠二はふっと佐々林豪一を思った。悠二はチップとブドウをキリ子の前に置き、立ち上がった。

　悠二は鍵谷キリ子のバーを出た。細い小路の中を、背の低いホステスが一人小走りに走ってきた。悠二を見て、女は意味もなくニコリと笑い、そのまま通り過ぎて行った。悠二は、いまのホステスを受け持った教師もあるのだと思った。この界わいにはびっしりと飲み屋やキャバレーが並んでいる。そこに働くホステスたちを教えた数多くの教師のことを、悠二は考えた。正直のところ、教師は教え子がホステスになることを、決して望んではいないと思う。そんな世界で苦労させたくないという気持ちは、教師の誰にもあるはずである。赤ん坊を背負った生徒に、「先生、しばらく」と声をかけられると、ほのぼのとうれしいものである。

家庭の主婦が、必ずしも幸福とは限ってはいない。それでも今夜のように、昔の教師に、うす暗い中で遊びの誘いをかけるのよりは、ずっと幸福な気がした。

鍵谷キリ子は、人生の目的は金だと言った。彼女は決して数学はできないほうではなかった。しかし、数学の点は、たとえ合格点であっても、それが必ずしも、その人間の生き方につながってはいないのだということが、悠二を憂鬱にさせた。

悠二は、自分の担任の教科である、数学を教えるということの意味を、もう一度考えなおさなければならないと思った。数学の成績を上げさせる自信は自分にはある。どの生徒も、杉浦先生の数学はわかりやすいと喜んでくれる。それは悠二にもうれしいことだった。生徒全体の数学の平均点が上がることに悠二は敏感であった。だがそれ以上に大切なことがあったのを、忘れていたような気がした。いや忘れていたわけではない。しかし、教科を遅らせまいと気を使うあまり、つい、生きるという問題に対して、時間をさかなかったのはたしかである。しかも中学では、何人もの教師が、それぞれ教科を分担している。

戸沢千代のように、平和を力説する教師もあれば、平田のように、生徒は学科以外のことは考えなくてもいいという教師もある。生徒は、様々な教師の影響を受けて卒業するわけだ。一応そうは思ってみても、悠二は鍵谷キリ子のことが心につかえた。

家の前まで来て、悠二は立ちどまって果物屋を見た。しかし、もうブドウを食べる気にはならなかった。バー「タイガー」の細いドアが開かれ、男が三人ホステスに送られて出て来た。悠二はふと、いつも自分に、はにかんで挨拶していた女を、この頃見かけなくなったことに気づいた。

悠二は下宿の戸を開けた。石田の妻が顔を出して、

「先生、お客さんですよ。男の生徒さんです」

悠二は時計を見た。もう十時に近かった。佐々林一郎だろうかと思いながら、急いで階段を上がった。

「先生」

思いがけなく大川松夫が、真っ赤に泣きはらした目を悠二に向けた。

小　路

明るい陽ざしの中を、バスは走っていた。バスには、十五、六人ほどの客が、パラリと乗っていた。悠二と大川松夫は、一番前の席に並んで、所々刈り入れの始まっている窓外の稲田に目をやっていた。

昨夜、悠二は大川松夫を自分の下宿に泊めた。大川松夫は、帰って来た悠二を見るなり、

「先生ぼく、学校をやめます」

と言って、声を上げて泣いた。事情を聞いてみると、小さな鉄工所を経営している大川

の父が、倒産したのである。たちまち、明日から食うに事欠くほどの生活に直面した。正直者の父親は、一切を整理し、みんなで働いて負債を返すと、家族に宣言した。松夫にも、高校進学はあきらめよと言ったのである。

「だから、ぼく、公立に移ります」

日頃元気な大川松夫も、しゃくり上げた。私立中学では、授業料がかかる。たとえ千円でも二千円でも、この際つめられるだけつめなければならないと、父は言った。

その事実を知らされた松夫は、ふらりと家を出たのだ。悠二は早速大川の家に電話をかけ、明日の午後まで預からせてほしいと連絡をした。電話を受けた大川の父の声も、力がなかった。

せめてあと半年、北栄中学にとどまらせたかった。授業料は自分が出してもいいと悠二は思った。しかし、大川松夫は泣いてはいてもキッパリと断った。

「先生、ぼく、きょうは泣くけど、あしたからは泣かないつもりです。授業料のことなど、心配しないでください。それに、公立ならうちのすぐ近くだから、バス代もかからないんです」

たしかに交通費もバカにはならない額だった。

「大川、今夜は先生と二人で、泣けるだけ泣こうな」

小　路

明日からは泣かないという大川のけなげな言葉に、悠二は胸が熱くなった。大川はクラスで最も人気のある生徒である。大川の転校は、生徒たちにも大きなショックを与えるであろう。しかし大川は、きっと泣かずに、いつものとおり朗らかに別れていくにちがいない。教師である自分は、この大川のために、いったい何をしてやれるのかと、悠二は淋しくなった。大川が高校を卒業するまでの学資を、出してやれないことはなかった。だが大川はいま、進学どころではなかった。中学卒業と同時に職につき、一円でも多く家に入れなければならないのだ。

その大川に、せめて悠二のできることは、この秋晴れの日曜日、彼を郊外に連れだして、元気づけるくらいのことしかなかった。

バスは、黄金色の稲田を両側に眺めながら、国道を走っていた。悠二は昨夜の鍵谷キリ子のことを思いだした。そして、佐々林家の莫大な財力を思った。バスは男山自然公園の下にとまった。

旭川から十二キロほど北東の、この男山自然公園は、悠二も大川松夫も初めてだった。一見何の変哲もない、二百メートル程の雑木林の山である。

バスからおりた二人は、ちょっと顔を見合わせ、うなずいてから歩き出した。山すそに、兎の放し飼いや、鯉の釣り堀が見え、そのそばをドサンコと呼ばれる背の低い馬がゆっくり歩いていた。木々はようやく色づき始め、わけても桜の紅葉が美しかった。

「ほんとうに自然公園だね。変に手を入れていないところがいいじゃないか」

少し登ると、木の間越しに、上川盆地が下方に広がって見えた。

「先生、ぼく、ゆうべずいぶん泣いたね。おかしかったでしょ」

「おかしいはずがあるものか。偉いと思ったよ」

それ以上を言えば、涙ぐみそうで、悠二は黙って先に立った。風に笹がさやさやと鳴った。中学三年の大川が、進学をあきらめなければならないという一大事を素直に受けとめているのが、悠二にはいじらしかった。乗用車が一台、静かに二人を追い越して行った。道は蛇行しながら、なだらかにつづいている。

山の上には、思いがけなく大きな食堂があり、その裏手に、更に数メートルほどの小山があった。

「腹がすいたろう」

「いや、それほどでもありません」

二人は少し急なその小山を、爪先立ってのぼって行った。まばらな桜の木立の中に、男山と書いた桃色のぼんぼりが立っている。そしてその向こうに、抜けるような青い秋の空があった。次の瞬間、ハッとして悠二は立ちどまった。

「あっ！　先生」

大川も立ちどまって叫んだ。真っ白な雲かと思った。しかし雲ではなかった。秋陽に映えた大雪山の峰であった。二人が一歩登ると、大雪山もぐんと高さを増した。

「すごい！」

登りつめた二人は同時に叫んだ。目の下からつづく上川盆地の向こうに、大雪山はくっきりと、堂々と、新雪の姿を青い秋空の下に浮かび上がらせていた。その右手につづく十勝連峰も、劣らず美しい峰々を連ねていた。

「驚いたなあ」

さきほどバスの中から見た大雪山も美しかった。しかしいま、この小山を登りつめるにしたがって、ぐんぐんと湧き上がるように姿を見せた光景が、二人の度胆をぬいた。

「大川、人生もこれに似たもんじゃないのかなあ。この小山のかげにいる時は、山の向こうにこんなすばらしい眺めがあるなんて、思いもしなかった。それが、山を登りきったら、どうだこのすばらしさは」

「わかりました先生。ぼくもいま、山のかげにいるけれど、きっと山を登りきってみせます」

もう泣かないと言った大川の目が、キラリと光った。

大川の涙を見ると、悠二も再び胸が熱くなった。

「大川、がんばれよ」

　大川は大きくうなずいた。大川の小鼻がふくらみ、鼻先が赤くなった。悠二は、大川から二、三歩離れて、景色を見るふりをした。目の前を雀が低く飛んだ。

「先生、ここは上川盆地の真ん中に突き出した展望台みたいですね」

　大川はいつもの調子にかえって、声をかけた。

「なるほどなあ。ここなら上川盆地の真ん中に突っ立ってるようなもんだなあ」

　山から見おろす西も東も、南も北も、広々とつづく稲田だった。遥か彼方から石狩川がゆるやかに流れ、眼下でキラキラとさざ波立つのが見えた。その石狩川に沿って、黒い汽車が煙を吐きながら、ゆっくりと走っている。遠くの街の屋根が、秋の陽に光っていた。

　二人は、すぐ右手の、自然木で作られた展望台におりて行った。アイヌの城砦を真似て作ったものらしい。

「大川、君、中学三年を卒業するということは、どういうことか知っているか」

　大川はちょっと考えていたが、わからないと率直に言った。

「先生はねえ、義務教育を終わったということは、本人にその意志さえあれば、独学できるということだと思うんだ」

「独学ですか」

「無論高校も義務教育なら、それに越したことはないがね。しかし中学卒業でも独学すればできるのだということを、忘れないようにな。〈志ある所、必ず道通ず〉だ」

大川はうなずいた。

「先生、高い所にのぼるって、いいですね。汽車だってあんなに小さく見える。ぼくの悩みも、何だか小さく見えて来ました」

二人は、オンコ（アララギ）の自然木で造った食堂に入った。入り口には二抱えもある、樹齢数百年のオンコの柱があった。

「オンコ造りの建物の中で食事をすると、長生きするんだそうだ」

これもまたオンコの木で造ったテーブルの上のパンフレットを読みながら悠二が言った。テーブルにはバーベキューの装置があった。二人は運ばれてきた鶏を焼き、にぎりめしを食べた。

「うまいか」

「ハイ、おいしいです」

大川はいかにもおいしそうに食べた。悠二は、大川が偉いと思った。もうこの生徒は、一人で歩いていけるだろうと、その盛んな食欲を悠二はたのもしく思った。

「ドサンコ馬に乗りたいな、先生」

大川はバンドをゆるめながら笑顔を向けた。

小　路

ソファ

ソファ

十一月も半ばを過ぎていた。

ふろを出た奈美恵は、部屋に帰ると、いきなり体をたたきつけるようにベッドに寝ころんだ。豪一が外遊に出て二カ月になる。奈美恵の眼は妖しく光っていた。あと十日もすれば豪一は帰ってくるはずだった。その十日余りが、奈美恵には待ちきれなかった。

奈美恵はベッドから起きて、紫のじゅうたんを敷いた床の上をいらいらと歩き回った。奈美恵はふと立ちどまって、厚いカーテンをそっともたげた。今朝からの雪が庭一面に夜目にも白かった。奈美恵は額を冷たいガラス窓にあてた。しかし奈美恵の中にさわぐ血は静まらなかった。

その時、ふっと一郎の体を思った。この頃また、一郎は背丈が伸び、奈美恵は一郎を見上げなければならなかった。

トキは豪一を迎えがてら、既に上京していた。みどりも今夜は友人の誕生会に招かれて留守である。奈美恵は決して豪一を愛していないわけではなかった。しかし一カ月以上も留守にされると、奈美恵は時折豪一を裏切った。相手は運転手の大野だった。半月程前も、奈美恵は大野の車に乗って、郊外に行った。人けのない道に入ると、奈美恵は大野の肩に頭をもたせかけた。大野は堅くなって動こうとはしない。しかし結局は大野は奈美恵の思うとおりになるのだった。年に三度か四度、奈美恵は大野を郊外に誘っていた。しかし、いつまでたっても、大野は奈美恵に狎《な》れた態度を見せることはなかった。豪一と奈美恵をうしろに乗せて走る時と、同じ表情で奈美恵の誘いに乗った。

そんな大野を、奈美恵は扱いやすいと思った。それはそれなりに刺激もあった。しかしいま、ふっと一郎の体を思った時、奈美恵は大野に対するのとは全くちがった興奮を覚えた。彼女はうすいネグリジェの上に、キルティングをした絹のガウンを着て部屋を出た。

赤いじゅうたんを敷いた広い階段を、奈美恵はゆっくりと歩いて行った。上から涼子が降りて来た。奈美恵はハッとしたが、さりげなく言った。

「一郎ちゃんはお勉強かしら」

「さあ、どうでしょうか」

涼子は無表情に答えて、階段をおりて行った。奈美恵は時計を見た。まだ八時前である。みどりが帰ってくるまでには、じゅうぶん時間があると思った。

ソファ

一郎の部屋の前に立って、奈美恵は軽くノックした。ドアをあけると、一郎はソファに横になったままレコードを聞いていた。一郎は奈美恵を見て体を起こした。

「お邪魔？　一郎さん」

一郎は答えずに、ステレオのふたをしめた。

「いいのよ、レコードを聞いてらっしゃい。何という曲なの」

奈美恵は一郎のそばに、ピタリと体をよせた。

一郎は体をこわばらせたが、奈美恵を避けなかった。一郎の部屋のラジエーターは少し温度が低かった。

「ダンスを教えてあげましょうか」

「ダンスなんて……」

一郎はしぶったが、奈美恵に手をとられると、引きずられるように床の上に立った。

「ステップなんかどうでもいいのよ。曲に合わせて気持ちよく体を動かせばいいの」

奈美恵は笑いながら、一郎の手をとって静かにリードした。

「いい曲ね、ワルツだから踊りやすいでしょう」

「何だか知らないや」

「あたしが足を引いたら、一郎さん足を出すといいのよ」

一郎はふっとため息をついた。奈美恵の湯上がりの匂いが、一郎を悩ましくさせた。

「たまにはダンスっていいでしょう」

奈美恵は一郎の表情を見逃さなかった。次第に奈美恵は大胆に一郎に体をよせた。二人の影が、蛍光灯の下に右に左に揺れた。一郎は耐え切れずに立ちどまった。

「どうしたの、一郎さん」

奈美恵は、一郎の肩を抱きよせた。一郎は奈美恵のなすままに引きよせられた。

「一郎さん」

奈美恵の息が生あたたかく一郎のほおにかかった。と思うと、奈美恵の柔らかいほおが、一郎のほおにおしあてられていた。一郎は体が小刻みにふるえた。奈美恵の唇が、一郎の耳にふれた。奈美恵は軽く一郎の耳をかんだ。一郎は思わず、奈美恵を強く抱きしめてしまった。レコードが止まった。二人はそのまま、しばらく身じろぎもしなかった。

「一郎さん、お邪魔じゃなかった?」

やがて奈美恵は一郎をソファに誘った。一郎はふいに肩すかしをくったような気がした。

「おねえさんて、悪い人だね」

「どうして一郎さん」

「だって、奈美恵ねえさんは、おやじと……」

「まあ、一郎さんたら……。おねえさんはね、一郎さんが好きよ」

「うそだ」

「うそじゃないわ」

一郎は頭がしびれるような気がした。

「だけど、おやじが帰って来たら、また……」

「いやな一郎さん、じゃねえ、見張っていてちょうだい。パパの部屋にあたしが一度でも行くかどうか」

奈美恵は真剣な目をした。

「行くさ、行くに決まっているよ」

「だから見ていてよ。おねえさんは一郎さんが好きよ」

奈美恵は再び、一郎の耳を軽くかんだ。

「ほんと？」

「そんなにあたしって、信用のできない女なのかしら」

広い屋敷に、物音はことりともしない。

「一郎さん、おねえさんね、ちょっと心配なことがあるのよ」

一郎の肩に手を回したまま、奈美恵は言った。

「心配なことって?」

一郎は、大きく肩で息をした。

「あのね、神社の前の川上ってお店屋さんがあるでしょ。おねえさん一度行ったことがあるのよ。聞かなかった?」

奈美恵は、久代が一郎に何か言いはしなかったかと不安だった。しかし一方、久代が一郎に何も言えるわけはないという自信もあった。果たして一郎は何も聞いていないと言った。

「そう。あの人きれいな人ね。一郎さんと仲よしだっていうじゃないの」

「仲よしだなんて……」

一郎は顔を赤らめた。

「あの人、一郎さんに親切でしょう。一郎さんも好きなんでしょう」

「きらいじゃないけど」

「こんなふうに抱かれたことあるの」

「まさか。あのおばさんは、ぼくを自分の子供みたいな気がするって……」

「へーえ、ずいぶん大きな子供ねえ。そしてあの坊やのほんとうのおにいちゃんみたいな気がするなんていうんじゃないの」

「ぼく、あの子ほんとにかわいいと思うな。世の中のみんなが嫌いになっても、あの子だけは嫌いになれないような気がするよ」

　奈美恵の目がきらりと光った。

「へーえ、それじゃ奈美恵ねえさんより、あの子が好きなの」

　一郎はちょっと黙ってから、

「奈美恵ねえさんはおとなだし、女じゃないか」

「だから?」

「ぼく、女って好きなような、嫌いなような、何だか変なんだ」

「あら、いやね。あたしのことも嫌いなの」

「嫌いになることだってあるよ。すごく好きなこともあるしさ。奈美恵ねえさんなんか、どっか遠い所へ行ってしまえばいいと思うことだってあるよ」

　一郎はいま、自分が奈美恵にひどく甘えたくなっているのを感じた。しかし心のどこかで、耳をかまれたことが誰かにとがめられているような気もした。

「じゃね、あの店屋のおばさんはやっぱり嫌いになることがある?」

「いや、まだあんまりないけど。でも何だかわからない」

　一郎は杉浦悠二と話をしている時の久代を思うと、変に心が波立った。そんな嫉妬が何であるかは、一郎にはまださだかではなかった。奈美恵は無言で、一郎を再び強くひきよせた。

一郎の首筋に、再び奈美恵の熱い息がかかった時、一郎は体から力が抜けていくような恍惚感に襲われた。

「どうしたの、一郎さん。ぐったりしてるわね。疲れたの」

一郎はものうくうなずいて、よろよろと立ち上がった。奈美恵はその姿を眺めながら、唇を歪めて笑った。

「奈美恵ねえさん」

ふいに、さめたような乾いた声で一郎は言った。奈美恵は上目づかいに一郎を見た。

「奈美恵ねえさんは、いったい何しに川上の店に行ったの」

奈美恵はゆっくりと、ガウンのポケットからたばこをとり出した。たばこを口に挟んでライターをつける奈美恵の横顔を、一郎はまぶしげに見た。

「みどりさんがね、一郎さんがあそこのマダムにお熱を上げてるって言ったので、どんな人か見たくなったのよ」

「なんだ、みどりねえさんたら、そんなこと言ったのか。いやな奴だな」

「みどりさんと言えば……」

奈美恵は、たばこの煙のかげで笑った。

「みどりねえさんがどうかしたの」

「いいえ、どうもしないけど……。一郎さんの受け持ちの杉浦先生のことを、ちょっと思い出したのよ」

奈美恵は、みどりにつねられて、しばらく紫のあざになっていた自分のふくらはぎを思った。杉浦と聞いて、一郎は眉をひそめた。

「一郎さんは、杉浦先生が嫌い？」

「……かも知れないな」

「あたしも嫌いよ。何となく虫が好かないわ。でも、あの先生のどこかがよくて、好きな人もいるらしいわね」

暗にみどりのことを言ったつもりだった。

「それ、川上のおばさんのことかい」

一郎は不快そうに言った。

「あら、一郎さんたら、ずいぶん勘がいいのね」

「そういうわけじゃないけどさ。あいつと、川上のおばさんが、仲がいいことは事実だよ」

「いいじゃないの。あの店のおばさんのことなんか。あんまり深入りしないほうがいいわよ」

「何だか変な言い方だな」

「あたしは、何となく予感がするのよ。一郎さんいまに、あの人のこと嫌いになるわよ」

「予感だなんて、いやなことを言うんでないよ」

「あの男の子のことだって、ほどほどにしておいたらいいわ」

奈美恵は、立ち上がってステレオのそばによって行った。再びワルツが部屋に流れた。

「きっと後悔してよ」

しかし、その言葉はステレオの響きで、一郎には聞こえなかった。


豪一の帰って来た日は、十一月下旬の、雪晴れのやや寒い日であった。朝から一郎は、落ちつけなかった。学校にいても、家のことが気になった。

学校が終わるや否や、一郎は急いで家へ帰った。豪一はまだ家に着いていなかった。豪一が帰って来たのは、もう日もすっかり暮れてからである。一郎は、その日の夕食は母にせかれて、一同と一緒に食堂で取った。きょうの一郎には、そのことは苦痛ではなかった。むしろ、進んでみんなと一緒に食事をとりたいほどだった。

一郎は奈美恵の表情に注意していた。その一郎に応えるように、奈美恵は一郎に時々微笑を向けた。一郎にす早くウインクを送ってくれさえした。豪一は疲れも見せずに元気よく話した。仕事のことは話さなかったが、その上機嫌のようすから見て、万事がうまく行っているように見えた。

一同が食堂を引きあげた時、一郎は、豪一と奈美恵がそれぞれの部屋に入るのを見届けた。しかし、それを見届けただけでは不安でならなかった。いつ奈美恵が豪一の部屋に行くかわからない。

一郎は階下の父の書斎に入って、何か調べ物をするふりをした。わざとドアを少しあけておいた。斜め向かいの父の部屋のドアが、その隙間からハッキリと見える。一郎は分厚い「北海道開拓史」を机の上に置き、ノートをそばにひらいておいた。ラジエーターを背にして、一郎はじっとドアの隙間をうかがっていた。

書斎に電灯がついているのを見て、涼子が顔を出した。笑うと涼子の顔は愛らしく一変した。涼子の閉めて行ったドアを、一郎は舌打ちしながらかすかにあけた。涼子が去ってからしばらくして、

「まあ、珍しいこと」

母のトキがドアをあけた。仕立ておろしのつむぎの着物を着て、髪を高く結いあげているのが、いつもより若く見える。

「学校の宿題なんだ」

「自分の部屋に持って行って調べたらどう？」

「だって、いろんな本を調べなくちゃあならないんだもの」

一郎は不愛想に答えた。

十時を過ぎた頃、父の部屋のドアがひらく音がした。ハッと胸をとどろかせた一郎の目に、パジャマ姿の豪一が見えた。豪一は奈美恵の部屋のほうに向かった。だが、二分とたたないうちに、豪一は自分の部屋に戻った。

「何だトイレか」

一郎は苦笑した。

その夜一郎は十二時まで豪一の部屋のドアを見張っていたが、心配したことは遂に起こらなかった。一郎は奈美恵が自分を裏切らなかったことを、たしかめてうれしかった。一郎はまだ少年であった。

ソファ

発車

発車

二学期も終わりの日である。

悠二は、一学期の終わりの日と同じように、生徒たちを玄関に見送った。静かに雪の降る中を、去っていく生徒たちを眺めながら、悠二はその中に、大川松夫の姿が見られないことを、今更のように淋しく思った。みんなが手を振っていく中で、一郎はソッポを向き、大垣はジャンパーのポケットに両手を突っこんで、ものうさそうに帰って行った。大垣はうしろ姿まで小生意気に見えた。悠二はふっと、

(大垣が転校して、大川が残っていたのだったら……)

と思った。思ったとたん、悠二は自分が教師らしからぬことに気づき、自分がいやになった。公平を欠くというだけならまだしも、受け持ちの生徒を愛せないということが、悠二には情けなかった。

生徒たちの姿が見えなくなっても、悠二はボンヤリと玄関に立っていた。

「杉浦先生、何をしてらっしゃるの」

　寺西敬子の声であった。

「やあ」

　悠二は首をなで、苦笑して廊下に戻った。

「冬休みはどうなさるの、先生」

「福島のおふくろの所へ帰りますよ」

「福島って、いい所なんでしょうね。いつか先生に福島の梨をおすそわけして頂いたけど、おいしかったわ」

「ああ、あそこの梨はたしかにおいしいですね。リンゴやブドウも柿もあるし……しかし、旭川だって捨てたもんじゃありませんよ」

「そうね、旭川の雪は、滑りやすくて好きよ」

「なるほどね、あなたは冬はスキーか。でも大変だなあ」

「そうよ、冬は白金の青年の家で、スキーの合宿訓練があるのよ」

「スキーもいいなあ。福島でこたつにあたっているよりはいいなあ」

　二人は廊下を歩きながら話していた。

「先生も、白金の合宿訓練にいらっしゃいません？」

敬子の顔がパッと輝いた。それに気づいて、悠二はさりげなく答えた。

「いやあ、自分のしたいことばかりも、していられませんよ。たまには親孝行もしなければね」

「がっかりねえ。あの真っ白な雪と、すばらしい空気の中でスキーをする気持ちって、すてきなんですのにねえ」

職員室の前まで二人は来ていた。

「それでいつおたちですの」

「できたら、明日にでも行きたいんですが、特急券が手に入らなかったから……」

「じゃ、明日はお暇でしょうか」

敬子は一度ゆっくり、悠二と話し合ってみたかった。悠二はその敬子の一途な顔が、いじらしいと思った。

悠二は敬子の気持ちがわかっていた。自分の煮え切らない態度にも責任があると思った。久代に対しても、敬子に対しても、どっちつかずの気持ちでは、悠二自身がやり切れなかった。

「明日の夜なら……」

そう答えるより仕方がなかった。

「じゃ、どこにしましょう?」

「あなたにお委せしますよ」

「じゃ、あとで」

二人は職員室に入って行った。例によって、玉脇の机の上には大きなふろしき包みがデンと乗せてあった。一学期の終わりよりも包みが大きかった。

「とうとう、二学期も終わりましたなあ」

玉脇は機嫌がよかった。

「おかげさんで」

悠二は軽く頭を下げて、席にすわった。

「冬休みもまた塾開きですか」

平田が、椅子の上に片足を立てて、耳の穴をほじくりながら玉脇に言った。

「ああ、アルバイトですからねえ。どこかの大学の先生とちがって、何百万円の裏口入学お礼金など、私立中学では入ってきませんからね」

裏口入学の礼金の額が、庶民には程遠い額であることを、悠二もいく度か聞いていた。しかし、だからと言って、玉脇の大きなふろしき包みを認めるわけにはいかなかった。

「お先にごめん。いい年を迎えてくださいよ」

他の学年の教師たちが帰り始めると、平田は誰へともなく言って立ち上がった。平田も玉脇も、この二学期から自家用車で通っていた。玉脇が誰でも乗せたがるのに反して、平田は同じ町内から通っている美術の教師の加藤さえ、決して乗せようとはしなかった。それはいかにも、平田らしい生き方だった。交通事故に遭った場合、同乗者にどんなにわびをしても追いつかないと平田は言うのである。

「さあてと、わたしもそろそろ帰りますかな。戸沢さんも、杉浦君も一緒にいかがです？」

玉脇の言葉に、戸沢千代はニッコリ笑って言った。

「残念ながら、きょうは日直ですの。どうぞよい年をお迎えください。杉浦先生、福島でしたね、お気をつけてね」

「ありがとう。じゃ、ぼくも失礼して、玉脇先生の車に便乗させて頂きますか」

悠二は、ちらっと寺西敬子の席を見た。敬子は何かノートに書きつけている。

立ち上がった悠二に気づいて、敬子は立って来た。小さく折りたたんだ紙を、す早く悠二に手渡した。悠二は黙ってうなずいて廊下に出た。玄関前で、玉脇はエンジンをふかして待っていた。悠二は久代の所によりたいと、ふと思った。

「あっ、忘れもんだ。おれとしたことが」

悠二が乗りこもうとすると、玉脇が車をおりた。玉脇はちょこちょことかけて行って、用務員室から大きな包みを持ってきた。

「これを忘れちゃ大変だった」

　玉脇が車のトランクをあけた時に、体の細い生徒が玉脇のそばに、おずおずと寄って来た。いつかその母親の手紙を持ってきて、玉脇に手渡したのを悠二は知っていた。その時玉脇は、さっと手紙に目を通し、何か文句を言っていたのを悠二は覚えている。

「先生、これ、かあさんから……」

　生徒は小さな包みを、玉脇の前に恐る恐るさしだした。

「何だ」

　横柄な態度で、玉脇は受けとった。

「靴下です」

「靴下か、しけてるなあ」

　玉脇は無造作に、背広のポケットに押しこんだ。その言葉に悠二が驚くより早く、生徒の顔色がさっと変わった。

「この野郎！　しけてるとは何だ！」

　その生徒は、いきなり玉脇のポケットから靴下をひったくった。と同時に、その少年の足は玉脇のひざ頭をしたたか蹴り上げていた。ふいを食らって玉脇はよろめいた。が、たちまち彼はいきり立って、生徒の腕をつかまえようとした。だが生徒は、既に一歩飛びさがっていた。なおも追いかけようとする玉脇の肩を、悠二はおさえた。

「何でおれをおさえるんだ」

おさえられた玉脇は、顔を真っ赤にしてどなった。少年はその玉脇を、まっさおになってにらみつけた。

「君、君は学校の中で待っていたまえ。玉脇先生、これは先生のほうが悪い。いまの先生の態度は、ぼくは断じて許せない」

悠二は真剣になって、怒っていた。

「ばかな。おれのどこが悪いんだ。いつも文句ばかりの手紙をよこして、たかが靴下の一足じゃ、しけてると言いたくもなろうじゃないか」

「ばかなことを言うな！」

悠二はどなりつけた。

「何がばかだ」

「玉脇さん、あんたそれでも学校の教師か。あんたみたいなものは、学校の先生なんかやめるんだな。あんたはいま、あの子の心を、どれだけ傷つけたかわからないのか。あの靴下一足が精一ぱいの家庭だってあるんだ」

「何であろうと、教師を蹴り上げるということがあるもんか」

少年はまだ、少し離れた所に、怒りにふるえて立っていた。

「君、戸沢先生の所に行っていなさい」

再び悠二が言った時、少年が叫んだ。

「いやだ。おれはこいつの車にひかれて死んでやるんだ！」

玉脇の赤い顔が、青くなった。

「ばかを言え！　貴様、おれに何の恨みがあるんだ。杉浦君、お前そこをのいてくれ」

玉脇は悠二の手をふり払おうとしてもがいた。しかし悠二は、がっしりと玉脇の腕を羽交いじめにした。そこへ敬子が現れた。

二人の姿を見て、ハッとしてかけよってきた。

「どうなすったの先生」

「後で話します。あなたはその生徒を、当直室にでも連れてってください」

初めて敬子は、少年のただならぬ顔に気づいた。

「尾坂君、どうしたの。先生と当直室へ行きましょう」

敬子は生徒の肩に手をかけた。

「いやだ、ぼくはこいつの車にひかれて、死んでやるんだ」

尾坂の目が狂ったようにすわっていた。玉脇はふいにおびえたように少年の顔を見た。

「おい、貴様、いつまでたてつく気なんだ。お前なんか退学だ」

　叫ぶ玉脇の声にやや力がなかった。

「玉脇先生、くだらんことは言わないでください。ひとこと、悪かったとあやまったらどうです」

「何、生徒に、おれがあやまるって言うのか」

　悠二はその玉脇の耳にささやくように言った。

「あの子の目を見てごらんなさい。ほんとうにあの子は、先生の車に飛びこみますよ。後はわたしにまかせてください」

「そんな、ばかな……」

「あやまれなければ仕方がない。とにかくこの車に乗ってください。あの子をこれ以上怒らせては、ぼくが許しませんよ」

「何だい偉そうに。教師をやめろだの、許さないだのと、若僧のくせに、いったい何様になったつもりなんだ」

　悠二はドアをあけて、無理矢理玉脇を運転台に押しこんだ。尾坂が敬子の手をふりきって車の前に飛び出した。悠二はあわてて、尾坂の体を引きずるように玄関の中に入れた。

　玉脇は憤然として、うしろもふり返らなかった。乱暴にハンドルを切って、玉脇は遠ざかって行った。大きくバウンドしながら走り去るその自動車を見送りながら、悠二は言った。

「寺西さん、職員室には日直の戸沢先生しかいませんでしたね……。いや当直室のほうがいいかな」

まだいきり立っている尾坂に、胸をいく度か突つかれながら、悠二は当直室に彼を連れて行った。

「悪かったなあ、尾坂。すまなかったなあ」

悠二の言葉に、尾坂は一瞬とまどったような表情になった。


元日の朝があけた。

久代は朝の三時まで、甥の功と店の棚卸しをした。十二月三十一日現在の品数を、久代は正確につかまなければならないと懸命だった。めぼしい物は暮れのうちに調べておいたが、暮れは品物の動きが激しい。損な性分だと思うが、久代は物事をいいかげんにすることができなかった。

アイスクリームや、鉛筆の数まで、久代は丹念に調べ上げて行った。だから、今朝は九時まで寝坊をした。和夫はあらかじめ言われていたので、久代が目を覚ますまで、おとなしくふとんの中で待っていた。

久代がやっと目を覚ました時、和夫が言った。

「もう起きていいの」

きょう一郎が遊びに来ることになっている。和夫は戸が閉まっていると一郎が家に入れないで困るのではないかと、心配なのだ。

「大丈夫よ。一郎さんは十時にいらっしゃるんですって」

和夫はそれでも、待ち切れずに起き出した。昨夜そろえてあった新しい服のボタンを、ひとつひとつゆっくりとはめながら、窓の外を見た。

「おかあさん、みんな神社にお参りに行くよ。おかあさんも行く?」

「ええ、後で一郎にいちゃんがいらしてからね」

久代も手早く着替えた。少ししか眠らないが、熟睡したらしく気持ちがよかった。

「おかあさん、神社に、ほんとに神さまっているの?」

「そうねえ、おかあさんにもよくわからないわ」

ふとんを片づける久代に、和夫も枕を運んだり、シーツをたたんだりして手伝った。

「ぼくねえ、一度も神さまの顔を見たことないよ。ほんとに神社の中にいるんだろうか」

「神さまって、目には見えないのよ」

「ふうん、目に見えないの。そしたらいるんだろうか」

和夫は、窓から下を見おろして考える顔になった。

一郎は十一時頃やって来た。功はまだ眠っている。

「おにいちゃん、神社にお参りに行く?」

「うーん、元旦だからな」

「おにいちゃん、神社に神さまいるの」

「神さまなんて、いないさ。この世に神さまがいるわけないいさ」

一郎は和夫の頭を両手で、ボールでもつかむようにおさえた。かわいくてたまらないという顔である。

「そしたらね、何しに神社に行くの。神さまがいないのに、お参りしたってつまらないよね」

「習慣だからさ」

久代は雑煮の用意をしながら、二人の話を微笑して聞いていた。

「しゅうかんてなあに?」

和夫は首をかしげた。その頭をくりくりと一郎はなでて、

「習慣ってか、習慣ってなあ、なんて言ったらいいかな、おばさん」

「そうね。和夫ちゃん、毎朝歯をみがくでしょう。ずーっと前からつづけてやっているでしょう。そしたらね、和夫ちゃんは毎朝歯をみがく習慣です、というのよ」

「ふうん」

「それからね、おかあさんはお店から戻ったら、いつも手を洗うでしょ。同じことをくり返してやっているのを、習慣っていうのよ」

「そしたら、神社参りはしゅうかんなの」

「そうさ。毎年元旦にはお参りに行く習慣ということさ」

「ふうん。よくわかんないけど、少しわかる。神さまがいなくても神社に行くの。だけど、ぼくが神社で神さまにおねがいしても、神さまがいなかったら、何にもならないね」

「そうさ。神さまなんか、どこにもいやしないもの」

一郎は笑った。

「困ったなあ、神さまっていないのかい」

和夫はしょんぼりした。その顔を見ると、一郎は悪いことを言ったと思った。

「いや、和夫君、それはわからないよ。神さまはいるかいないかわからないけど、いると思っている人だって、世の中にはたくさんいるんだよ。神主さんや、教会の牧師さんや、それからたくさんの人が神さまはいると思うから、わざわざ遠くから神社にお参りに行くんだよ。ただ、ぼくはいないと思ったんだ。だけど、わからんよ。そのうちに、いないと思った神さまがあらわれるかも知れないからねえ」

一郎は、一所懸命和夫を慰めた。それを聞いて、久代はニッコリ笑った。

「和夫ちゃん、おかあさんは神さまはいらっしゃると信じてるわ。神さまは、信じている人のお祈りは、聞いてくださるわ。ね、一郎さん」

「そうだ、そうだ。ぼくなんか信じてないから、祈りはひとつも聞かれないんだ。第一祈らないしなあ」

やっと和夫は、安心したように食卓の前にすわった。雑煮、黒豆、数の子が並んでいた。一郎と和夫の好きなハムも添えられている。

「そしたらぼく、やっぱり神さまを信じるよ。お祈りを聞いてもらったほうが、とくだもん」

久代と一郎は顔を見合わせて、うなずき合った。

「おにいちゃんもね、信じたらいいよ。そしてお祈りするのさ」

「和夫君は、いったい何を祈るのさ」

一郎は箸をとりながら言った。

「ぼく？　そりゃね、一番のおねがいは、天国に行くことさ」

「また天国かい。そんなに天国っていいかなあ」

一郎は和夫の顔をふしぎそうに見た。

「そりゃいいにきまってるさ。ぼくのおとうさんにあえるんだもん」

「そうか、和夫君のおとうさんなら、いいおとうさんだったろうなあ」

久代は思わず箸をとめた。いま二人は、何も知らずに大変な話をしているのだと、久代はつらかった。

「うん、ぼくのおとうさんはね、とってもいい人だったんだよ。おにいちゃんのうちのおとうさんみたいな人さ」

「ぼくのおやじなんて……」

一郎は遠慮をせずに雑煮のおかわりをさしだした。

「おばさん、おいしいお雑煮だね。おもちって、こんなにおいしかったのかなあ」

「そう、よかったわねえ。いくらでもおかわりしてちょうだい」

久代は話題が変わったのでホッとした。しかし、和夫は言った。

「おにいちゃん、ぼくね、杉浦のおじさんに、ぼくのおとうさんになってほしいんだ」

久代は頰を赤らめた。

「まあ、そんなこと言っちゃだめよ」

一郎はその久代の顔をちらりと見た。

「だけどさあ、おかあさんがだめだって言ったから、ぼく、心の中で思っているだけなんだ」

「和夫君、もっといいおとうさんがあたるまで、待ってれよ」

打ち切るように、一郎は少し強い口調で言い、

「ゆうべの紅白歌合戦見たかい」

と、話題を変えた。

食後、和夫は一郎にねだって、イロハがるたをつくり始めた。一郎は絵がうまいのだ。二人は相談して、鉄道イロハがるたを作ることにした。駅の名前なら和夫に興味があるだろうと、一郎が提案したのである。

「イ、イは何にしようかな、岩見沢がいいね、おにいちゃん」

和夫は目をつぶってしばらく考えていたが、四角く切った画用紙に、

〈いわみざわ。いつかとおったことがある〉

と書いた。

「うん、うまいぞ」

一郎がほめた。和夫は喜んで考える。

〈ロンドンは、あんまりとおくていけないいな〉

一郎は苦笑しながら、画用紙にロンドンタワーと金髪の少女をクレヨンで書いた。

〈はこだてのむこうはうみだ、おちるなよ〉

一郎が吹きだして言った。

「函館の、海にカモメが飛んでいる、にしたほうがいいんじゃないの」

和夫は一心にイロハがるたを考えている。和夫の考えた言葉に合わせて、一郎がクレヨンで絵をかく。和夫はいつしか物も言わずに真剣に考えていた。

〈よこはまは、がいこくせんがくるんだよ〉

一郎は船の絵をかき、その船にパイプをくわえたマドロスをかいた。久代はそばにすわって、分厚い元旦の新聞を読みながら、時々二人のかるたに目をやっていた。

「おばさん、いつか奈美恵ねえさんが来たんだってね」

一郎のふいの言葉に、久代はハッとした。

「ええ、きれいな方ね」

「そうかい。でも、おばさんのほうが……」

一郎は奈美恵をほめられて、うれしそうに言った。あの夜、奈美恵と二人で踊って以来、奈美恵を自分一人のもののように思っているのだ。

「おばさん、奈美恵ねえさんって、案外やさしいでしょ」

「そうね、やさしいわ」

店に来た時の、非礼な奈美恵の態度を久代は忘れてはいなかった。

「ぼく、ほんとに自分のねえさんだと思っていたんだがなあ」

「…………」

一郎は、久代が何も言ってくれないのが、ものたりなかった。久代は、一郎が奈美恵から何を聞いたのか見当がつかずに答えかねていた。

「奈美恵ねえさんね、この頃時々言うんだよ。あんまりおばさんのところへ行っちゃいけないって。どうしてだかわかる?」

久代は新聞をたたみながら、一郎を見た。

「ぼくがねえ、おばさんのところを、うんと好きだと思って、奈美恵ねえさん、妬《や》いているんだ」

久代はふと一郎が、どこか変わったと思った。以前の一郎なら、恥ずかしくて言えないような言葉だと、久代は思った。奈美恵のことで胸がいっぱいになっているような、そんな一郎に久代はかすかな不安を感じた。

「一郎さん、あの方、ここの店のことを何かおっしゃってた?」

「ううん、店のことは言わないけど、あんまり行くな行くなって言うんだよ。あ、そう言えば和夫君のことも言ってたな。あんまりよその子と仲よくするなって。でもぼく、きょうだいみたいな気がするって、言ってやったの」

「そう」

「そしたら、もしかしたら和夫君とぼくは、ほんとうのきょうだいかも知れないわねって、笑っていたよ。そんなわけないのにね。とにかく妬いているんだ」

「やくってなあに？　火事になること？」

　黙ってかるたの言葉を考えていた和夫が、顔をあげた。


　悠二は福島で大晦日を迎え、四日にはもう福島をたって来た。もっとゆっくりするように父母に引きとめられたが、悠二はしきりに旭川に心が急いだ。暮れの玉脇と尾坂の事件が、悠二の気持ちを変えてしまった。

　あの時まで悠二は、ゆっくりと福島で正月を送り、東京に二、三日遊び、更に熱海あたりまで足を伸ばしてもいいと思っていた。冬休みは丸一カ月あったから、その余裕はじゅうぶんある。だが悠二は、冬休み中に家庭訪問をしたいと思い立ったのだ。それは、玉脇に心を傷つけられた尾坂と、宿直室で話し合ったためだった。

　泣きじゃくりながら、玉脇を罵る尾坂の言葉に、悠二は自分も気づかぬうちに生徒の心を傷つけているのではないかと不安になった。特に一郎の態度が気になった。本屋での事件、ロッカーの事件、共に自分は一郎をカバーしてやったつもりだった。だから、一郎はもっと自分の好意に感じてくれてもいいと、悠二は考えていた。しかし、一郎の態度は明らかに悠二に対して反撥を示していた。反撥されるのには、それだけの理由があるいは自分にあるのかも知れないと、悠二は思いなおしていた。自分では気づかぬうちに、一郎を深く傷つけたのかも知れない。いや、あるいはあの態度は、自分にだけ原因があるのではなく、やはり奈美恵の存在が一郎を暗くさせているのではないかとも思った。

いずれにせよ、一郎ともゆっくり話し合いたかったし、母親にも学校での一郎の態度を話しておいていいと思った。

気になると言えば、大垣吉樹にしても同様である。どうしても大垣を愛することのできない自分の冷たさが、大垣に反映しているのではないかと思う。大垣とも、時間をかけて話し合えば案外心は通ずるかも知れない。悠二は希望を持った。

クラス全員を訪問するとすれば、一日三軒平均としても、約二週間はかかる。そう思うと、悠二はのうのうと正月を過ごす気にはなれなかった。

あの終業式の日、悠二は尾坂を送って、その家に行った。四十近い尾坂の母親は、悠二の話を聞いて、その目にさっと涙を走らせたが、話はよくわかってくれた。

「そりゃあ、あの先生もたしかにいいとは言えません。でも悪いからと言って、すぐカッとなって蹴ったり叩いたり、殺したりしていいというもんじゃありませんからね」

すし屋に勤めながら女手ひとつで、尾坂とその姉を育てただけあって、しっかりした母親だった。あまり体の丈夫でない尾坂を北栄中学にやったのも、高校受験の勉強に疲れさせないようにとの配慮だった。軒の傾いたアパートの、たったひと間の暮らしである。この生活の中からの贈り物であった靴下なのだと、悠二は玉脇にあらたな憤りを覚えた。

尾坂の家からの帰り、悠二は玉脇の家に寄った。うら寂しい玉脇の家庭を漠然と想像して行った悠二は、度胆をぬかれた。さほど広い家ではなかったが、八畳の茶の間にはカラーテレビがでんとすえられ、体のうずまるようなソファのそばに、しゃれたフロアランプが立っている。カーテンも、陽の透けるような安物ではなかった。

「どこかの重役の家みたいですね」

何しに来たというような仏頂面をしていた玉脇が、その言葉にニヤリと笑った。

「なあに、しがないもんさ。やっと夏からマイカー族の仲間に入ったばかりだからねえ」

悠二は、一応先刻の自分の非礼をわび、尾坂を家に届けたてん末を話した。そして、できたらきょう中にも、やはり尾坂の家に顔を出すべきではないかと勧めた。

「おれのひざ頭を見てくれよ。下手をしたら関節炎でも起こすかも知れないよ。生徒のほうからわびに来るのが当然じゃないか。こっちからのこのこ頭を下げに行く手はないよ」

玉脇は冗談じゃないという顔をした。尾坂の母親の言葉を伝え聞いた玉脇は、安心してふてぶてしく構えた。悠二はあのままでは、尾坂は玉脇の車に飛び込むだろうと、わざと

不安そうに言った。しばらく押し問答がつづいたが、

「じゃ仕方がない、顔だけ出しておこうか。ところであいつのうちはどこだっけなあ」

と、悠二に尋ねた。たしか玉脇は、二年からあのクラスを担当しているはずである。一度も訪問をしたことがないと聞いて、悠二はあきれた。

「おれはねえ、アルバイトが忙しいからね」

玉脇は平気な顔だった。一年に一度は、家庭訪問週間というのがあって、教師たちはいっせいに家庭訪問に出かける。そんな時玉脇は、酒でもてなしてくれる家にズルズルと長居をしていたのだった。そんな玉脇の言葉もあって、悠二は冬休みの家庭訪問を思い立ったのである。

福島から帰った翌日の午後、悠二は一番初めに、最も行きづらい大垣の家から訪問することにした。電話で都合を確かめようと思ったが、父兄の中には、家庭訪問と知って食事を用意する家もある。悠二はまっすぐに大垣の家に行った。大垣の家は、郊外の閑静な住宅街に、大きな一戸を構えている。

呼び鈴を鳴らしたが、誰も出てこない。みんな留守らしい。門の前を通りかかった近所の主婦が声をかけた。

「大垣さんは、みなさんできょう天人峡温泉にいらっしゃいましたよ」

気負い立っていた悠二は、家庭訪問の出端をくじかれたような気がした。しかし一方、ホッとしたことも事実であった。

冬休みに、一家そろって温泉に行くという大垣の家の生活の一端を知り得ただけでも、無駄ではなかったと自分を慰めて、悠二は次に予定していた佐々林一郎の家に向かった。

公園の木立は、朝からの樹氷がまだそのままに凍てついて美しかった。公園の中の細い雪道が、歩く度にキュッキュッと靴の下できしんだ。雪に埋まった白鳥の池を渡り、悠二は佐々林家の前に出た。ゴルフ場のような芝生だった庭は、何の足跡もない広々とした雪の庭だった。門から玄関につづく道だけが、きれいに除雪されている。

門の横のくぐり戸を押しひらき、悠二は、少し重い気持ちで玄関に向かった。妙に静まり返って、人が住んでいるかどうかわからないような大きな家だ。太いコンクリートの煙突から、黒い煙が上がっている。裏のほうで、犬の吠え立てる声がふいに起こった。

呼び鈴を押して、ややしばらく待つと、いつか見たお手伝いの涼子が、黄色いセーターに黒いスカートの姿で出て来た。

再び玄関でしばらく待たされ、以前に通された広い応接間にまた長いこと待たされた。家の中はスチーム暖房で、二十度はあったが零下二十三度のきょうの寒さでは、体が芯まで冷えているようだった。悠二はラジエーターのそばに立って行き、手を当てた。やはり旭川では、ごうごうと音を立てて燃えるストーブのそばのほうが、外から入って来た時はすぐにあたたまっていいと、ややいらいらしながら佐々林トキの出てくるのを待った。

「お待たせしました。まあ先生。わたくしのほうから新年のご挨拶に伺わなければなりませんのに……」

トキは薄いグリーンの紋お召しに着がえて、はなやかな声で入って来た。なるほどきょうはまだ正月の六日である。年始客と見られても仕方がない。悠二はしまったと思った。

「実は、冬休みの間に家庭訪問をしようと思いまして……」

新年の挨拶の後、悠二は早速本題を切り出した。そこへお手伝いの涼子が、ウイスキーと、酒の肴を運んで来た。数の子、子持ちコンブ、鮭のくんせい、カニ、エビなど数え切れないほど前に並べられ、悠二は当惑した。

「ぼくは、きょうはごちそうになるつもりで伺ったんじゃございません。実は一郎君が家庭でどんなごようすかとお伺いしたくて……」

「まあ、先生そんな堅いお話は、いつでもよろしゅうございましょう。きょうはお正月ですもの。さ、おひとつどうぞ。外はお寒かったでしょうから、ウイスキーでぐっと暖まっていただきますわ」

トキはあくまでも愛想がよかった。思い立ったが吉日と、正月早々家庭訪問を始めた悠二の失敗であった。悠二は無理矢理持たされたウイスキーのグラスをじっと見つめたまま、ため息をついた。

「あら、先生はウィスキーはいけませんでした？　じゃ日本酒？　おビール、どちらにいたしましょう」

トキは傍のベルを押そうとした。あわてて悠二は、持っていたグラスに口をつけた。

「あのぅ、一郎君は……毎日何をしておりますか」

グラスにちょっと口をふれただけで、悠二は話を元にもどした。

「さあ、ほかのお子さんとあまり変わらないと思いますよ。本を読んだり、レコードを聞いたり、たまには勉強をしてみたり……。さ、どうぞ、お箸をおとりになって」

箸をとらぬうちは、話が横にそれてしまいそうだった。悠二は、真っ白なよく磨かれた割り箸を手に取った。見たこともない高級な割り箸だった。子持ちコンブをひと口口に入れて、悠二はうまいと思った。コンブに数の子がびっしりと生みつけられていて、その二つが口の中でほどよく調和した味をかもし出す。悠二は何だか情けないような気がした。正月のごちそう目当ての家庭訪問のようなわびしい気持ちだった。

「一郎君は、ぼくの見たところ、あまり明朗ではないようですが、おうちではいかがでしょうか」

「まあ、さようでございますか。でもうちでは結構朗らかにしておりますけれど……。もう中学三年生ですから、ガールフレンドにふられたのかも知れませんわね」

トキは笑いながら傍のベルを素早く押した。涼子がすぐに入って来た。

「何かもっと先生のお口に合うものがなくって？　涼子ちゃん。先生はちっとも召しあがってくださらないのよ」

トキは自分の家の秘密を嗅ぎあてようとする悠二に、一歩も踏みこませまいと必死だった。長いこと保って来た佐々林家の秘密である。それはあくまでも守らなければならないものだった。悠二は、このトキには何も話し合う気がないのを、あらためて感じた。奈美恵の存在がこの家を暗くしているのはまちがいがない。それを知りながらも、何か話し合えるかのように訪ねて来た自分の不明を笑うより仕方がなかった。悠二は一郎のことを聞くのをあきらめて立ち上がった。

「あら、もうお帰りですの」

ホッとした表情はすぐにかくれ、

「まあ、よろしいじゃございませんか。一郎にもごあいさつさせますから、ちょっとお待ちになって」

そうトキが言った時、ドアがあいてみどりが入って来た。

「おめでとう、先生。よくいらしてくださいましたわね」

「一郎を呼んでいらっしゃい。みどりさん」

椅子にすわったみどりを追い立てるように、トキが言った。

「先生、うちの奥さまは、このとおり母親失格ですの。おかあさん、一郎はさっきスケートに出て行ったばかりじゃないの」

みどりは笑いながら言ったが、何かひやりとするような冷たさを悠二は感じた。

「あら、そうだったわね。まあ失礼いたしました。つい忙しさにまぎれて……」

とりつくろおうとするトキに、みどりは追い打ちをかけた。

「おかあさん、忘れるのは何もいまばかりじゃないでしょう。わたしのことだって、一郎のことだって、年がら年中忘れているわ。おかあさんは、お茶の会や、謡の会や、もろもろの婦人会や、そして着物のことしか頭にはないんですものね」

トキはさすがにあわてなかった。

「先生、近頃の若い娘は、こうして母親をからかうんでございますよ。テレビの影響じゃございませんでしょうか」

悠二は再び椅子から腰を上げた。

「新年早々、お忙しいところをお邪魔いたしまして……」

「まあ、さようでございますか。またどうぞごゆっくりお出でくださいませ」

トキは急いでドアをあけた。

「先生、これからおもしろい話が始まるというのに、どうしてお帰りになるの。わざわざ家庭訪問にいらしたかいがないじゃないの」

みどりはトキを全く無視して言った。

玄関を出ると、悠二は思わず大きく吐息をついた。自分が想像しているよりも、もっと佐々林家の人たちは蝕まれているのではないかと思った。奈美恵という存在が、家族の一人一人を傷つけ、さらにお互いにその傷を広げ合っているような気がする。こんな中に自分が飛びこんでみてもどうしようもないのだと思った。悠二は近くの石狩川の堤防に出て、車がやっとすれちがうことのできる狭い新橋を、欄干に身をすりよせるようにして歩いて行った。

橋下の、広い川原にスケートリンクがあった。二、三百人の子供やおとなが魚の回游のように、群れをなして同じ方向に滑っている。あの中に一郎がいるのかと注意して見たが、橋の上からでは、絶えず滑りつづける人たちの顔はさだかではなかった。大勢の者が一心に滑ってはいるが、その群れが悠二にはひどく孤独に見えた。川風が冷たくほおを刺し、オーバーを突き刺してくる。凍ってせばまった川は、黒く重く流れ、その川面からかすかに白い靄《もや》が上っていた。

悠二はオーバーの襟を立てて、川端町のほうに歩いて行った。この近くに山田健一の家があるはずだった。きょうはもう家庭訪問をやめようかと思ったが、しかし玄関先ででも、母親に会ってみようと思いなおして悠二は歩みを早めた。山田健一の家は、二戸建ての三部屋ほどの借家だった。寒さに凍ってか、玄関の戸はギスギスとあけにくかった。

「おう、遅かったなあ。待ってたぞ」

酒に酔った男の声がして、ふすまがガラリとあいた。

筋骨たくましい男が、悠二を見て真っ赤な顔をキョトンとさせた。悠二はちょっと驚いた。たしか山田健一の父親は左官屋である。夏に来た時、健一の母が通してくれた茶の間はちりひとつなかった。玄関わきの一坪ほどの花壇も、手入れが行き届き、上がりがまちにはよく洗われた足ふきのぞうきんがキチッと置いてあった。それが、いまガラリとあけられた茶の間を見ると、他に男が二人大あぐらをかき、そばに健一がすわって花札をしていたようすである。何か雑然として夏訪ねた時のふんいきとは全く違っていた。

「おい、先生だとよ」

健一の父が中に向かって大声で言い、それからそこにひざをついてすわった。

「どうも、いつも健一がおせわになりまして……」

挨拶は尋常だった。

「先生、いまちょっといたずらしてたんですが、先生も一緒に遊びませんか」

酔っている健一の父は、悠二の手を大きな手でがっしりとつかみ、家の中にひき入れようとした。そこに健一の母が出て来た。健一は恥ずかしそうにペコリと頭を下げただけである。悠二は通りかかっただけだからと言って、早々に山田の家を出た。

少し行くと、山田の母が防寒コートを羽織って追いかけて来た。

「先生、これ、つまらないもんですが」

小さな包みをす早く悠二のオーバーのポケットに入れた。

「いや、そんな……」

悠二は当惑した。

「先生、ごらんになったでしょう。うちは毎日のように、冬の間はあんな調子なんですよ」

健一の母は、いかにも思いあぐねたというように、口早に言った。

「先生、バス通りまでお送りします。ちょっと話を聞いていただきたいんです」

健一の母は、しっかりした口調で話し始めた。

「先生、わたし共左官屋は冬には仕事がないんですよ」

なるほど、言われてみれば冬の旭川では家を建てることなど思いもよらない。無論壁の塗り替えなどできるはずもない。零下十度から二十度の旭川で壁など塗ろうものなら、たちまち凍ってボロボロに落ちてしまう。

「それで、失業保険で冬は過ごしているんですけどねえ、人間暇があれば、ろくなことはしませんよね、先生。うちの主人といったら、毎日友だちを集めて、飲んでは、花札だの、マージャンだの……それもまあ言ってみれば、カケごとなんですよ」

「………」

「それだけならまだしも、人数がそろわなきゃ、子供の健一を仲間に引きずりこみましてね。初めはいやがっていたあの子も、けっこうそれがおもしろくなってしまったんですよ」

バスに乗った悠二は、いま聞いた山田健一の母の言葉を思い返した。

「うちのとうさんときたら、花札かマージャンか、パチンコでもするほか能がないんですよ。それでなければ寝ころんでテレビを見ているくらいですからね」

よほどの読書好きでもない限り、仕事のない男は、そんなことで時間をつぶすのがふつうではないかと悠二は思った。同僚の教師たちにしろ、暇さえあれば当直室に集まって、いつまでも、マージャンをしたりする。中には毎土曜マージャンで徹夜をするという同僚もいる。あながち山田の父だけを責めることはできない。

「何といっても、失業保険をもらってるもんですからね、屋根の雪おろしなんか頼まれて、二、三日つづけて外へ出ようものなら、密告されて失業保険がおじゃんになるんですよ。かと言って、一日中ああしてカケごとをされたんでは、健一だってろくな者になりゃしませんよ」

いかにも困ったことだと健一の母は嘆いた。

真っ白に凍てついたバスの窓からは外は見えなかった。その何も見えない窓に目を向けながら、悠二の心は重かった。失業保険という制度が悪いのではない。現実に北国では、十二月に入って職を失う人がたくさんいる。大工、左官、屋根ふき、その他土木建築に関連した仕事に携わる者は、働こうにも働く場所がないのだ。失業保険がなければ、彼らはたちまち干上がってしまう。たとえ除雪などに出てみても、働けばすぐに失業保険はさしひかれる。そうなれば働かないほうが得だということになるだろう。

（失業保険を、短期の退職金とでも見なすことができないのだろうか）

ふと、悠二は失業保険の扱い方に疑問を持った。冬期間十日や七日働いたところで、何も失業保険からさしひくことはないのではないか。そうすれば、ああまで働く意欲を失わずにすむのではないか。とにかく子供たちは一カ月もの長い冬休みの間、家の中でぶらぶらしている父親とつきあわなければならない。働かない父親を見ているだけでも、いい影響は受けないと悠二は思った。いつかシュバイツアー志望だと言った山田健一の、少年らしい理想に輝いた顔を思い出して、悠二は何か言い知れぬ焦燥を感じた。かけマージャンの味を覚えた健一が、やがてはそんな理想も夢も失ってしまうのではないかと、わびしかった。

バスを降り、街を行くと、パチンコ屋には男たちがあふれていた。この人たちも、冬の働き場所を失った人たちなのかと、悠二は眺めて過ぎた。無論、冬に仕事を失った人たちのすべてが、山田の父のようだとは思わなかったが、北国の冬には、ここでなければわからない大きな問題のあることを、悠二はあらためて考えさせられた。

動く壁

動く壁

三学期も始まって、たちまちひと月は過ぎた。純白だった丘の雪も、次第にくろずんで、空の雲がようやく柔らかくなってきた。一郎は、久代の店まで来た時、停留場でバスを待っていた津島百合に声をかけられた。

「佐々林君。ちょっとお話があるの」

百合は、一緒にいた級友たちの前もはばからずに、大きな声で言った。一郎はちょっと眉根をよせた。この頃百合は妙におとなっぽくなった。別段肉づきがよくなったわけでも、目立って背が高くなったわけでもない。どこと言えず、微妙におとなになった感じがするのである。

「話って何さ」

一郎は、百合が何となくまぶしい。苦手でもある。水色の定期バスが丘をカーブして姿を現し、やや傾くように停留所にとまった。そのバンパーに細い氷柱《つらら》が無数に下がっている。

「ごゆっくり、どうぞ」

級友たちは、ちょっとからから表情を見せて、バスの中にドヤドヤと乗りこんだ。バスはまた車体を右に左に傾けて、雪の坂道を下りて行った。

「話って？」

一郎はチラリと久代の店を眺めながら、カバンを持ちかえた。

「神社の境内に行かない」

百合はスッと背を伸ばし、先に立って境内に入って行った。木立の中の境内の雪は清らかだった。雀が木々の枝々を飛び移っている。

「あら、わたしってうかつね。こんな碑がいつから立ってたかしら」

百合は、雪の上に低く頭を出している石碑に目をやった。

「なあんだ、ずっと前から立ってるよ」

ここの境内で始終パンを食べていた一郎には見馴れたものだった。

「へーえ、ここが北海道スキー発祥の地なの」

百合は声を出して碑文を読んだ。それには明治四十五年二月、旧陸軍の第七師団が、オーストリア人レルヒ中佐を招いて、スキー術を兵隊たちに学ばせたと書いてある。二人でその碑を眺めているうちに、一郎は少し気持ちがほぐれた。百合はまた先に立って細い道を境内の奥へと歩いていく。

「佐々林君、卒業式まであと半月もないのね」

卒業式は三月十日である。しかし、北栄中学からそのまま北栄高校に移る一郎には、どれほどの感慨もなかった。校舎がほんの半町ほど遠くなるだけだ。級友のほとんどが同じ高校に進むわけだから、感激のないのは仕方がなかった。

「もしかしたら、わたし、あなたとはもうお別れかも知れないわ」

「お別れって……君は公立に行くの」

百合が公立を受験することは、既に知っている。だが百合は、合格しても北栄高校に入ると言っていたはずだ。

「わたしね……」

ちょっと口ごもって、百合は真っ白な雪の上に腰をおろしたかと思うと、そのまま幼い子供のように仰向けに臥た。一郎はあわてて目をそらした。百合のオーバーの裾が開き、黒い靴下の丸いひざがあらわに見えた。

「ああいい気持ち。佐々林君も横になったら?」

しかし一郎は、百合と並んで横になるほど無邪気ではなかった。

「うん」

　一郎は雪の上に腰をおろした。雪にずしりとした手応えがあった。

「わたしね、ほんとうは北栄に残りたかったの。でも、公立と北栄では授業料やら、バス代を入れると、月に五千円は完全にちがうのよ。先生は公立は大丈夫だっておっしゃるし、わたしも自信はあるの」

　このあと百合が何を言いたいのかと、一郎はふいに動悸した。

「わたしね、でもほんとうは北栄にいたいのよ……佐々林君、ちょっと目をつぶって聞いていて。わたしがいいって言うまで、じっと目をつぶっててね」

　百合は青い二月の空をじっと見つめたまま真剣な表情になった。尾の長い雀に似た小鳥が二羽、つれ立って枝を移った。

「あのね、佐々林君……」

「うん、なあに」

「……あのね、わたし……」

「どうしたの」

　しかし、百合は何も言わない。じっと一郎は百合の言葉を待っていた。だがいつまでたっても百合は黙っている。一郎はうすく目をあけて、雪の上に臥ている百合を見た。張りのある紅潮したほおが生き生きと美しかった。瞬間、一郎と百合の視線が合った。

「駄目よ。目をつぶっていてよ。わたしがいいって言うまで、おねがいだから目をあけないでね」

百合の声はやさしかった。一郎は言われるままに目をつむった。何か胸苦しいような気持ちだった。

「あのね……」

ちょっとためらってから、一気に百合は言った。

「わたしね、佐々林君が好きなの。ただそのことを知って欲しかったの」

じっと目をつむっている一郎の耳に、ふいに雪を踏む音が聞こえた。思わず目をあけると、百合の駆けて行く姿が見えた。紺のオーバーの背に、雪が白くついている。一郎はすわったままじっとそのうしろ姿を見送った。

やがて一郎は、百合の臥ていた雪の上の跡を見た。一郎は何か悲しかった。

家に帰っても、一郎は津島百合のことを思っていた。あの雪の上にしるされた百合の体の跡が、妙に忘れられなかった。何か百合が透明に化して、そのままそこに寝ているような、そんなふしぎな感じだった。一郎は自分と百合との隔たりを思っていた。

奈美恵と踊り、抱擁し、耳たぶを噛まれて以来、一郎は毎夜のようにあのワルツをかけた。

その曲を聞くだけで、一郎の体は疼《うず》く。そして、奈美恵に抱かれたいと思う。こんな自分にはもう、百合のような清純な想いに応える資格はないのだと、淋しかった。

食堂で一郎は一人食事をしていた。すると、ドアをあけてみどりが入って来た。

「なあんだ。いまごろご飯を食べてんの。もう八時じゃないの。いままで何をしてたのよ」

一郎は答えずに、ハンバーグをほおばった。みどりは冷蔵庫からパインジュースを取りだした。穴をあけ、缶のままゴクゴクとのどを鳴らして飲みながら、横目で一郎を見た。飲み終わって椅子に腰をかけると、ほおづえを突き、ニヤニヤした。

「何だい、うす気味悪いなあ」

一郎はナプキンで口を拭った。

「だってさ、一郎君も生意気にポツポツひげがはえて来たからさ。あっ、あごにまではえてるわ」

一郎は顔を赤らめた。

「ひげがはえたっていいじゃないか」

「はえてもいいわ。まさに男だというしるしだからね。とにかくあんたも思春期ね。あごにニキビも出てるじゃないの」

「そんなに人の顔をじろじろ見るなよ。みどりねえさんだって、鼻のわきに小さいのができてるじゃないか」

一郎は食後のプディングを、スプーンですくった。

「でもねえ、ここにできたのはきらわれニキビよ。あごのニキビはね、想いニキビですって。キミはだれかを想ってるんじゃないのかな」

奈美恵を思って、一郎は自分でも思いがけないほど、顔がほてった。みどりが自分の心を知っているような気がした。

「だれも想ってなんかいないよ」

「へえー、中学三年にもなって、女の子を想わないなんて、つまらない話ね。わたしなんか、一所懸命想ってるんだけど、きらわれニキビができるんだもの、いやになっちゃう。ああ、額に大きな想われニキビでもできないかな」

一郎は何となくみどりが自分の気持ちを探っているような感じがした。

「おふくろは、きょうも帰らないの？」

一郎は話題をそらした。

「あしたじゃないの？　うちのおかあさんに、家庭教育についてなんて、講演を頼む婦人会もあるんだからねえ。ああ、世も末じゃなあ」

終わりの一句を、みどりは舞台俳優のような声色で言った。

食堂から廊下に出た一郎は、ふっと奈美恵の部屋に行って見たいと思った。豪一は、一週間ほど前から札幌に行き、母は北見地方に講演に行っている。みどりはこれからすぐ眠るのだと二階に上がって行った。みどりは昨夜、予餞会の二次会とかで友人たちと夜遅くまで遊んで来たのだった。

「ビールを飲んだのよ」

みどりはそう誇らしげに言った。一郎のような子供とはちがうと示威しているようであった。

小さい時の習慣で、みどりも一郎もめったに父母と奈美恵の部屋を訪れたことはない。いつか、どういうわけか、

「おとなの部屋に、子供は入るものじゃありません」

と、母のトキにてひどくしかられたことがあった。習慣になると、訪ねないのが当然のように思われた。たまに用事があって母の部屋に行くことがあっても、たいてい鍵がかかっている。ふだん留守勝ちの豪一の部屋も、二、三度入ったことがあるだけだ。奈美恵の部屋にしても、めったに入ることはなかった。ただおとなたちが子供の部屋に来ることは多かった。多いといっても、トキが五日に一度入ってくるぐらいのものである。つまり佐々林家では、お互いの部屋は不可侵という不文律がいつの間にか成り立っていたのだ。掃除をす

る運転手の妻が、一番どこの部屋にも出入りしていることになる。他人が聞けば奇妙なこの生活も、佐々林家の人々にとっては、ふしぎではなかった。これはトキが、そのような生活をするために設計した家だったのである。

一郎はだから、気軽には奈美恵の部屋を訪ねられない。まして奈美恵が自分の姉でないと知って以来、訪ねることは何かうしろめたくさえあった。しかし今夜の一郎は、どうしても奈美恵の部屋を訪れたかった。昼間の百合のことが、一郎を淋しがらせていたのか、みどりに想いニキビなどとからかわれたことがそうさせたのか、とにかく一郎は奈美恵の部屋に行きたかった。行って奈美恵に抱かれたかった。あの耳たぶをかまれた時の恍惚感を再び味わってみたかった。

一郎は奈美恵の部屋の前に立ち、そっとノックした。中から返事はない。しかし奈美恵はこの部屋にいるはずである。一郎はあたりをはばかるように、静かに取っ手に手をかけた。そして、音を立てないように気を配りながら取っ手を回した。鍵はかかっていなかった。一郎はす早く部屋の中に体を滑りこませ、部屋を見まわした。

奈美恵はいなかった。フロアランプがベッドの傍に灯っているだけである。一郎は奈美恵がトイレにでも行ったのだろうと思い、奈美恵を驚かす気になった。一郎はそっと奈美恵のベッドの中に身を横たえた。大胆な行為だった。しかし奈美恵は怒らないだろうと一郎は思った。

奈美恵のベッドにもぐりこんだ一郎に、女の匂いがむせるように強烈だった。香水の匂いと、奈美恵の体臭とがひとつになって、一郎を幻惑した。一郎は肩で大きく息をした。

奈美恵が、このベッドの上で眠る姿を想像してみた。あの豊かな胸が、そしてあの豊満な腕がここでどんなふうに眠るのかと、一郎は思うだけで体がふるえた。

ふと、一郎は腹ばいになって奈美恵の枕を見た。奈美恵の好きな紫色の大きな羽根枕に、ギャザーのついた白い枕覆いがかかっている。その枕カバーに、二、三センチほどの汚点がうすい痕を見せていた。

(奈美恵ねえさんの涙だろうか)

一郎は心がかげった。何を思って一人涙を流したのかと思うと、胸がしめつけられるように奈美恵が憐れになった。父も母もなく、一人の縁者もいない奈美恵が、この家にとどまっている気持ちがわかるような気がした。どこにも行き所のないために、いく度か一人で涙を流しながら、十年以上もの間この家にとどまってきたのだろうと、いつしか一郎は自分が年上のような気持ちになっていた。

豪一が外国旅行から帰って以来、一郎は始終気をつけて見ていたが、奈美恵が豪一の部屋に行く姿も、豪一が奈美恵の部屋を訪れる姿も見たことはなかった。無論隣りあわせでドアからドアまで五メートルとなかったから、あるいは自分の知らぬ間に行き来していないとは言えない。だがいまでは、一郎は単純に奈美恵の言葉を信じていた。

「いやな一郎さん、見張っていてちょうだい。パパの部屋に一度でも行くかどうか」

奈美恵は真剣な顔をしてそう言ったのだった。その言葉に嘘はないと、一郎は満足だった。枕のそばに長い髪の毛が一筋落ちていた。一郎は、それを貴重なもののようにそっとつまみあげ、唇にあてた。するとにわかに、その一本の髪の毛がなまなましいまでに奈美恵のすべてを思わせた。

いま奈美恵がここに帰って来たら、力いっぱいに抱きしめてやりたいと一郎は思った。ふしぎな感情の変化だった。いままでの一郎には、奈美恵に抱かれたいとは思っても、自分から積極的に抱きしめたいと思ったことはない。それがいまはちがうのだ。一郎は奈美恵をもみくちゃにしたいような激しい衝動に襲われた。一郎は奈美恵の枕を抱きしめた。奈美恵の髪の匂いが一郎の鼻をついた。

ふと、一郎は廊下に人の足音を聞いたような気がして、ハッと胸がとどろいた。思わずベッドの上に飛び起きてドアを見た。だが、ドアは開かれなかった。肩すかしを食ったような思いで、一郎はベッドから下りた。

(もしかしたら、美容院へでも行ったのだろうか)

一郎は少しがっかりした。

その時だった。にわかに目の前のプリント板の壁が、ぐらりと揺れた。一瞬一郎は、地震かと思った。

だが次の瞬間、プリント板の壁のかげから、ガウンを着た奈美恵が現れた。一郎は頭に一撃を食らったような気がした。壁だとばかり思っていたプリント板は一部豪一の部屋につづくドアになっていたのである。

一瞬の後、一郎にはすべてがわかった。蒼白な顔で突っ立っている奈美恵のうしろに、豪一の部屋が洞窟のように暗かった。一郎は奈美恵を突きのけるように豪一の部屋に飛びこんだ。奈美恵の部屋からの灯で、窓ぎわの電気スタンドのスイッチを押した。

豪一の大きなダブルベッドのそばに、黒檀の洋酒棚がどっしりとすえられ、そこにウイスキーのグラスがあった。このベッドに腰をおろして奈美恵はいままでウイスキーを飲んでいたのだ。

まだ呆然と突っ立っている奈美恵のそばに、一郎は急いで取って返した。奈美恵はかすかな笑いを浮かべて一郎の肩を抱こうとした。その手を一郎は無言でふり払った。

「どうしたの、一郎さん。何をそんなに怒っているの」

ようやく奈美恵は自分を取り戻した。抱きしめれば、一郎はまた自分の腕の中に崩れてくるのだと、奈美恵はベッドに腰をおろした。

「嘘つき！」

怒りで一郎は口がきけなかった。いまのいままで、奈美恵を抱きしめたいと思っていた自分が口惜しかった。枕の涙の跡を憐れと思った自分を笑いたくなった。

「このドアのことを怒っているの？　一郎さん」

ウイスキーを飲んだ奈美恵の目もとが、嘲るように笑った。その笑いが一郎の怒りをかき立てた。

「このかくしドアはね、あなたのママが設計して作らせたものなのよ。人の目をごまかすためにね」

一郎は怒りを現す言葉を知らなかった。唇がひきつり、握りこぶしがぶるぶるとふるえた。

一郎は大きく一歩奈美恵に近づいた。さっと奈美恵の顔に恐怖の影が走った。

「あたしをなぐる気？　なぐるんならなぐってよ」

ベッドから立ち上がった奈美恵は、一郎のそばにすりよった。一郎は身じろぎもせず、奈美恵をにらみつけた。

一郎の視線に、憎悪が炎のように燃えていた。

「どうしたのよ。なぐればいいじゃないの。それで気がすむのならね」

奈美恵はかすかに笑った。

「用事がなければ出て行ってちょうだい」

落ちつきはらった言い方だった。目の前に、奈美恵の少しくびれた白いのどが見えた。その白い皮膚の下に、脈打つ動脈があった。一郎の胸に、さっと殺意がよぎった。

一郎は一歩退いた。その時奈美恵が、一郎の肩ごしにドアを見て笑った。思わず一郎はふり返った。誰もいない。誰かが入って来たかのような、そんな笑顔を奈美恵は見せたのだ。急に一郎の殺意はそがれた。

「一郎さん、あなた何をそんなに怒っているのよ」

奈美恵はおだやかに言った。

「あたしとパパの部屋がつづいていたっていうこと、そんなに腹が立つの。パパの部屋はママの部屋ともつづいているのよ」

一郎は肩で大きく息をした。

「あたしだって、パパの言うなりにはなりたくないのよ。でも、パパって恐ろしい人なのよ。もし、あたしがここを出て行ってごらんなさい。パパは草の根を分けてもあたしをさがし出すわ。そしてどんな目にあわされるかわかりゃしないわ」

一郎はもうだまされまいと、奈美恵をにらみつけていた。

「もしね、この家を出て行っていいものなら、前に言ったでしょう。台湾にお嫁に行きたいって……。とうにあたしお嫁に行ってたわ。でも、あたしには自由なんてちっともないの。自由なら、若いボーイフレンドの二人や三人できたはずよ。みどりさんのように一人旅もできたはずよ」

キラリと、奈美恵の目が涙で光った。そら涙だと一郎は思った。

「一郎さんだって知ってるでしょう。あたし、この家の中だって自由に歩き回ってはいないわ。ママやみどりさんの目を逃れるように、この部屋にいつもじっとしてるじゃないの。デパートにだって始終行けるわけじゃないわ。せいぜい週に一度、美容院に行くだけよ。軟禁されているのと同じじゃないの」

奈美恵の目に涙が大きく盛り上がった。

「一郎さんの部屋にだって、めったに行けやしないわ。そして、このあたしの部屋には誰も入れちゃいけないって……。だから一郎さんもみどりさんも、めったにこの部屋に来たことないでしょ」

一郎は視線をそらした。奈美恵に泣かれるのはやり切れなかった。そら涙だと思っていても、少年の一郎にはそれは苦手だった。一郎は押し返すようにぶっきらぼうに言った。

「しかし……、この家を出たからって、殺されやしないだろ」

「一郎さんには、パパという人がわからないのよ。一郎さん、パパって、それは恐ろしいのよ。その恐ろしさが、一郎さんにはちっともわかっていないのね」

その時だった。いきなり部屋のドアが開かれ、みどりが顔をのぞかせた。

「何をしてるのよ、一郎。ここはパパの二号の部屋よ。ちょっと、あんた、一郎まで誘惑するのはやめてちょうだい！」

みどりは初めからけんか腰だった。奈美恵のベッドのそばに、二人が近々と向き合っていたことが、みどりを怒らせた。

みどりは食堂から、自分の部屋に帰って眠ろうとした。だが疲れているのに妙に眠れなかった。レコードでも聞こうと思ったが、みどりの好きなチャイコフスキーが見当たらなかった。一郎が持って行ったことを思い出し、部屋に行ったが一郎はいなかった。一郎の食事が終わってから三十分はたっている。入浴でもしているのかと思ったが、ふいに気になって奈美恵の部屋に来てみた。この頃の一郎のそぶりが、みどりを奈美恵の部屋に行かせたのだった。勘は見事にあたった。二人がベッドのそば近々と立っているのを見たみどりは、カッとした。

いままでみどりは、奈美恵にも豪一にも、口に出して何も言ったことはなかった。時折刺すような皮肉は言ったが、今日ほどあらわな言葉でののしったことはない。

一郎はムッツリとみどりを見返した。ふてぶてしく見えた。

「みどりさん、何を誤解してらっしゃるの。一郎さんは、いまあたしを怒っているところなのよ。あぶなく殺されるところだったわ」

「殺されるところだって？　痴話げんかでしょ」

みどりはソファに腰をおろしてせせら笑った。

「一郎さんはね、パパの部屋に行くなっていうの。あたしも行かないって約束したのよ……」

「まるで恋人同士みたいなせりふね」

みなまで言わせず、みどりは鋭く衝いた。奈美恵は、そのみどりの顔をじっと見ていたが、すっと壁によりかかった。壁がぐらりと動き、豪一の部屋が見えた。さすがのみどりも、とっさには口がきけなかった。その驚いた顔を、奈美恵は皮肉な微笑を浮かべて眺めた。

「この壁を造ったのは、あたしじゃないのよ。あなた方のママよ。一郎さんはこれを見て怒ったのよ。恐ろしかったわ」

「殺されたって、自業自得だわ。あんたのおかげで、この家は滅茶苦茶よ」

「お気の毒さま」

奈美恵はうすら笑いを浮かべてたばこに火をつけた。

「あんた、こんな生活が恥ずかしくないの。恥知らず！」

「そうね、恥知らずよ、わたしは」

　奈美恵はわざとゆっくりした口調でつづけた。

「だけど、二号がなぜ悪いのかしら」

「そんなことも、あんたにはわからないの」

　一郎は固唾をのんで二人のやりとりを眺めていた。一郎のうしろに窓のカーテンがかすかに揺れていた。

「わからないわ。どうして二号が悪いのか……」

「ふざけないでよ。二号のために妻と子供たちがどんなに苦しむか、それがあんたにはわからないって言うの」

「だって、苦しんでるのは、本妻ばかりじゃないわ。人を苦しめるのが悪いのなら、あたしを苦しめるみどりさんやママだって悪いでしょ」

「泥棒にも三分の理ね。よくもまあ勝手なことを言えるものね」

「あら、あたし泥棒じゃないわ。あたしこそ盗まれたのよ。まだほんの十五か十六の時に、パパは無理矢理あたしをてごめにしたのよ。みどりさん、あたしを責めるより、パパを責めたらいかが」

「そうね、あいつは獣よ。でも、獣の相手になっているのは、やっぱり同じ獣じゃないの」

「獣にあたしはかみつかれているのよ、相手になっているんじゃないわ。一郎さんもだいぶパパに似て来たわねえ。今夜も、あたしのベッドに入っていたんでしょう、一郎さん」

「そんな……ぼく……」

ほこ先がにわかに自分に向けられて、一郎はあわてた。

「一郎ったら何よ、いやらしい……」

「驚くことはないわ、パパの子がパパに似てふしぎはないでしょう。みどりさんだって、さもお金持ちのお嬢さんという顔をしてるけど、あたしに言わせれば、パパによく似てるわ」

「ばかにしないでよ。わたしのどこがあんなやつに似てるって言うの」

「九州まで、男の写真ばかり撮りに行ったでしょう。その男たちと何をやって来たものか、わかりゃしない」

「二号のあんたじゃあるまいし」

「さようでございますか……二号のあたしよりごりっぱなのねえ。こんなドアなど細工して、無理矢理あたしを同じ屋根の下に住まわせているのは、みどりさんのパパやママよ。パパはね、同じ屋根の下だから、とっても面白いんですって。刺激的なんですって」

奈美恵はふくみ笑いをもらした。

「下劣ね、あんたって。なるほど二号らしい言い方だわ」

「案外みどりさんて古いのね。二号が何よ。近頃の若い人たちは、奥さんのいる人と恋愛して、その家庭を奪ってる人がいくらもいるでしょう。もっとも、ほかの女に夫を取られるような間ぬけな奥さんは、苦しんだってそれこそ自業自得よ」

「あんた知らないの、それは奥さんが間ぬけのせいじゃないわ。妻が世界一の美女でも、男なんて腐ったトマトのような女と浮気をするばかなのよ」

「あの杉浦先生も、その男の一人だわ。どうやらみどりさんはあんな男にのぼせているらしいけど」

「二号のあんたには、金のない男は、みんなあんな男としか見えないんでしょ」

「そうね。男のくせに、女の一人や二人囲えないようでは頼りがないわ」

きょうは奈美恵もみどりに負けてはいなかった。みどりが足を組み替えながら言った。

「二号らしいものの考え方ね。あんたは、男の顔が金にしか見えないんでしょう」

「そうよ。偉い男の人は、みんな本妻だけでがまんなんかしていないわ」

「なるほど、偉い男はね。情けない男性観ね」

「とか何とかいまは言っていても、みどりさんだって、将来どんなことになるかわからないじゃない。二号どころか四号あたりになるかも知れないわね」

「失礼な、まちがってもそんなことになんかならないわ」

「でも、あたしのように無理矢理……されたら？」

「舌をかみきって死ぬわよ。恥知らずに生きてやしないわ」

「おや、あなた古風なお嬢さんね。もっと現代のお嬢さんかと思ったわ。あたしなら、パパはパパ、一郎さんは一郎さん。そして、もっと楽しい遊び相手を見つけるわ。それはそうと古風なお嬢さん。もしね、この世に男が女の十分の一しかいなかったとしたら、いったいどうするの」

「くだらない質問ね」

「そうかしら、地球上にはそんな国もあるわ。何も男と女は、一対一でなければならないってことはないでしょう。あとの九〇パーセントの女は、独身でいなければならないっていう法はないでしょう。男一人に女十人だってかまわないじゃない」

奈美恵は一郎とみどりを半々に見た。一郎は、二人の女に気圧《けお》されたように、窓のそばに突っ立っていた。

「そんなの詭弁よ。日本は、男女の数はとにかくちょうどよくできてるんですからね」

「単純ね、みどりさんて」

奈美恵は笑った。

「何が単純よ」

「数だけは、半々かも知れないわ。でも、これぞという男は十人に一人か、百人に一人よ。みどりさんのように、安月給の中学の先生で間に合うならそれでいいわ。でも……」

「なあんだ、それこそ単純ね。つまり金さえあればどんな馬の骨でもいいのね」

「いいわよ、二、三万の月給を持って来て、文句だけは一人前に言う男よりずっといいわよ」

「話にならないわ、こんな女。一郎、パパの女となんか仲よくするなんて大ばかよ」

みどりはさっと立ち上がった。

「念のために申し上げておきますけどね、みどりさん。あたしだけがパパの女じゃないのよ。一郎さんの好きなあの人だって、パパの女なのよ」

みどりも一郎も、奈美恵が何を言っているのか、とっさにはわからなかった。

「鈍いのね、あなたたち。一郎さんの大好きな、あの川上商店の……あれはパパの女よ。あの子供は、パパの子よ」

「うそだい！」

いままで黙っていた一郎がどなった。

「うそだと思うんなら、うそでもいいのよ。パパが言ってたわ。あの女はおれの会社の秘書だったって。そしてパパが自分の女にしてしまったんだって」

「でたらめ言うな！」

一郎は、す早く奈美恵のそばに立ったかと思うと、そのほおを力一ぱいなぐりつけた。

「いくらなぐってもいいわ。でもね、一郎さん、あたしはうそを言ってるんじゃないわ。うそだと思ったら、あの女に聞いてごらんなさい」

奈美恵は、なぐられたほおに手をあてたまま言った。たとえこの二人とどんな仲になったとしても、豪一は自分を捨てないという自信が奈美恵にはあった。

「うそだ！　あのおばさんは、そんな人じゃない！」

再び躍りかかろうとする一郎を、みどりが遮った。

「うそじゃないわ。あの男の子は、パパの子供なのよ。つまりあんた方の弟なのよ」

「わかったわ、ご親切にありがとう。一郎！　そんな女にかまわないで、こちらにいらっしゃい」

だが一郎は、虚空を見つめたまま、ぼう然と立っていた。

「弟が一人できたのよ。おめでたいことじゃないの。ねえみどりさん」

奈美恵は、くわえたばこにライターを近づけた。カチリとライターの音がした。

「一郎さん、あんたあの子を、弟のようだと言っていたんだもの、ほんとうの弟なら、なおうれしいでしょ」

一郎はくずれるように、じゅうたんの上にひざをついた。清潔な久代の横顔が目に浮かぶ。あどけない和夫の顔が、一郎の頭の中に大きく揺れる。

「一郎、さあ行くのよ」

みどりがそばによって、一郎の手をひいた。そのとたん、一郎はみどりの手をふり払って、獣のような声をあげた。

「一郎！」

呼びとめる暇もなかった。一郎はドアを足げにして部屋を飛び出して行った。

「ありがとう。このお礼は後でするわ」

みどりは奈美恵をキッと見た。

「待ってるわ。たんまりお礼をくださるのでしょうね」

奈美恵はたばこの煙を吹きかけるようにして答えた。

みどりと一郎が部屋を去った後、奈美恵は一度に体中から力がぬけていくのを感じた。

敬子と久代は、茶の間でさっきから話し合っていた。功は謝恩会の準備で今夜は帰りが十一時近くなる、と言って学校に出かけた。和夫を二階に寝せて来たばかりである。

「わたし、やっぱり自信がなくなっちゃったわ。杉浦先生って、少し卑怯なんじゃない」

今夜は珍しく、敬子も和服姿だった。黒地に赤と白のカスリが敬子を可憐に見せていた。

「そんなに簡単に決めてしまってはいけませんわ。この忙しい学年末ですもの。ゆっくり話し合う時間もないんじゃないかしら」

「それはわたしもわかるつもりなのよ。でもね、去年の暮れに先生と喫茶店で会ったでしょう。その時だって、学校の話ばかりなのよ。尾坂って子のことを心配して、その子のことばかり言うの」

「そうおっしゃってたわね、敬子さん」

久代は、たばこの日計表をつけていた。敬子は、出された甘納豆をつまみながら言った。

「あの先生やっぱり、どう考えてもわたしには好意以上のものを持っているとは思えないのよ。せっかくのデートに、何も生徒の話ばかりすることないじゃないの」

「照れていらしたのよ、きっと」

「そうかしら……。三学期になったら、もうこっちのほうは見向きもしないんですもの。生徒とばかり話をしてるのよ」

「またデートなされば?」

「だめだめ、切りこむすきがないんだもの。何かに、つかれたみたいに一所懸命なのよ」

「じゃ、お手紙を書いたら? そしたらお返事をくださるでしょう」

「どうかしら。もし返事が来なかったら、あたし惨めな思いをするだけよ」

「まあ、敬子さんらしくないのねえ。いけないわ敬子さん。もっと本気になるのよ。本気になれば惨めだとか何とか言ってる余裕はないはずよ。当たって砕けることですわ」

久代は、日計表のペンをとめて熱心に言った。

「まあ、久代さんて、案外情熱家なのね。わたしって、プライドを傷つけられるのがいやなの。やっぱり、こんなことでは、人を愛する資格はないのかしら」

「そんなことはないでしょうけど。でも、別段わたしと結婚してくださらなくても結構ですっていう、何かそんな気持ちが、敬子さんにないとは言えませんわね。お若いし、美しいから、そんな気持ちになっても無理はないと思いますけれど」

「そうかしら」

敬子が甘納豆をつまんだ時だった。表の雨戸が激しく打ちたたかれた。

「誰かしら」

二人は顔を見合わせ、久代が立って行った。

雨戸は少しも容赦せず手荒くたたかれた。

「どちらさまでしょうか」

用心して、久代は錠をあけなかった。もう十時を過ぎた丘の上は、不気味に静まり返っている。強盗かと、久代は傍の赤電話に鍵をさし入れた。鍵を入れれば、赤電話でも一一〇番に通ずるのだ。

「佐々林です」

ぶっきら棒な声が聞こえた。久代はホッとしてくぐり戸の桟をあけた。

「まあ、どうなさったの、こんなに遅く」

一郎はじっと久代をねめつけた。

「何だ、佐々林君じゃないの」

寺西敬子が茶の間から声をかけた。しかし一郎は、肩で大きく息をしたまま無言である。

久代はふっと不安を感じた。

「お入んなさいよ。ね、一郎さん」

久代は先に立って茶の間に入った。一郎はむっつりと久代につづいた。

「どうしたの、お晩でございますも言わないで。あんなにガンガンたたくんだもの。殺人犯でも入ってくるのかと思ってびくびくしたわ」

敬子がおどけて言った。しかし一郎は、敬子には見向きもせず久代を見た。その目がカッと開かれて、いつもの一郎ではなかった。

「どうなすったの、一郎さん。何かあったの?」

久代のやさしい言葉に、一郎は奈美恵の言葉はうそだと思った。久代と豪一を結びつけることは、何としてもできなかった。

「おばさん、和夫君は、ぼくのおやじの子供なのかい」

自分の顔から、さっと血の気が引いていくのを久代は感じた。

「ちがうわ」

久代はハッキリと首を横にふったが、その顔色は事実を物語っていた。敬子も、余りのことにぼう然と久代を見た。

「おばさん！　やっぱり、そうだったのか。やっぱりおやじの女だったのか」

一郎は狂ったように詰めよった。

「ちがうわ」

「ちがうんなら、何でそんなに青くなっているんだ」

「佐々林君、あんたがあんまりひどいことを言うからよ」

敬子がかばった。

「うそだ。おばさんは札幌にいたんだろう。札幌でおやじの秘書をしていたんだろう。そしておやじの女だったんだ」

「ちがうわ。絶対にちがうわ」

「うそつき。大うそつき。じゃ、あの子は誰の子なんだ」

「…………」

「ホラ、返事ができないじゃないか。何にも返事ができないじゃないか」

一郎は大きく畳をたたいた。

一郎は絶望を感じた。この世で一郎が最も信じていたのは久代母子だった。それだけに裏切られた衝撃は大きかった。

「女なんか、みんなうそつきだ。ぼくは……ぼくは、おばさんだけはそんな女だとは思わなかった」

「そうよ。わたしはそんな女じゃないわ。決してそんな女じゃないわ」

「じゃ、あの子は誰の子なんだ」

「わたしの子供よ。わたしだけの……」

「ホラ、そんなうそを言う。女はみんなひどいやつばかりだ。おばさん、あんたは、ぼくがあの子と仲よく遊んでいるのを見て、心の中でニタニタ笑っていたんだろう」

「ちがうわ、笑いはしないわ。一郎さん、あなたそんなにおっしゃるのなら、おばさんほんとうのことを言うわね。もし一言でも半言でもうそがあったら、神さまがわたしの命をこの場で取り去ってもいいわ」

久代は侵しがたいまなざしで一郎を見つめた。

「敬子さん、あなたにも初めてうちあけます。わたしの過去を……。わたしは札幌に住んでいました。そして、佐々林豪一の秘書でした」

「ホラ、ぼくの言ったとおりじゃないか」

「佐々林君、黙ってお聞きなさい。久代さんはうそを言う人じゃないわ」

敬子はピシャリときめつけた。

「わたしの父に、部下の不正で、七十万円のお金を調達しなければならない事件が起きたのです。父も母もノイローゼになって、わたしは見ていられませんでした。それで、社長の佐々林豪一に相談をしました。佐々林豪一は早速、七十万円の小切手を書いてやるからと、わたしをいつも商談に使っている料亭に呼びつけました。その夜……暴力でわたしは犯され……、うちへ帰ると父は首をつって死んでいました。わたしはそのまま会社をやめ、その後一度も佐々林豪一に会ったことはありません」

「うそだ、そんなことでたらめだ！」

一郎は再び、畳を両手でたたいた。

「うそじゃないよ、佐々林君！」

敬子はきびしくたしなめてから、久代に言った。

「わかったわ、久代さん。あなたは、そんなひどい目にあわされたから、男の人が恐ろしかったのね。そしてそのたった一度の……ことで、あの和夫君が生まれたのね」

久代はうなずいた。

「やっぱりあの子は、おれの弟じゃないか」

「お黙り！　喚《わめ》きたいのは久代さんのほうよ。あんたのおやじのおかげで、久代さんは、好きな人ができても結婚もできなくなっちゃったのよ。あいつのおかげで、久代さんは和夫君を育てるために苦労してるじゃないの」

「敬子さん、一郎さんにそんなことを言っちゃいけないわ。一郎さんには何の責任もないことなんですもの。……一郎さん、あなたには、いままで黙っていてごめんなさいね。でもおばさんは、だますつもりじゃなかったの。ただ、父親の顔を知らない和夫がかわいそうだったの。せめて、ほんとうのおにいさんであるあなたに、仲よくして頂きたかったのよ。無論、ほんとうのことがわかったら、あなたは悲しむと思ったわ。でもね、まさかこんなに早くわかるとは思わなかったわ。一郎さんが結婚した後にでも……。もしかしたら、一生わからないですむとも思ったわ」

「そんなこと、おばさんの勝手だい。あの子を自分の弟だとも知らないで、一所懸命かわいがって……ばかな話だよ」

「何もばかな話じゃないわよ、佐々林君。自分の弟をかわいがっていたんだもの、それでいいじゃないの。憎い仇の子をかわいがっていたわけじゃあるまいし」

「おやじの女は、みなおれの仇だ」

「もう一度言ってごらん、佐々林君。久代さんは、あんなやつの女じゃないわよ。乱暴された被害者じゃないの」

「そんなこと言ったたって駄目だ」

「何が駄目よ、バカタレ！　よく考えてごらん。久代さんが、もし豪一の女なら、もっとお金をふんだくってやるわよ。和夫君を認知させて、佐々林家の戸籍に入れ、養育費もどっさりもらうわよ。財産相続のことだって考えるわよ。久代さんの気持ちがきれいだから、かわいそうに生まないでもいい子を生んで、苦労してるじゃないの。そのぐらいの道理が君にわからないの」

「…………」

言われてみれば、ようやく一郎にも事情が飲みこめてきた。

「久代さんも久代さんよ。妊娠したってわかったら、どうしてすぐに堕ろさなかったの」

敬子は、じれったそうに久代を見た。

「敬子さんなら、そうなさるの」

「無論、さっさと堕ろすわよ。おろして、独り身になって、いい結婚をするわ」

「わたしには、罪のない命を、そんなむごいこと、できなかったわ」

「そして、一生苦労するつもりだったの。何というばかな、かわいそうに……」

敬子の声が、涙でしめった。敬子はつづけた。

「……でも、あなたが堕ろしていたら、あのかわいい和夫君は、生まれなかったものねえ」

一郎も、心の中で敬子の言うとおりだと思った。

「しかし、佐々林の子にしては、また素直な、純な子が生まれたものね。あんなきれいな心の子っていないわよ。母親そっくりね。佐々林豪一の血は一滴も入っていないかも知れないわ」

一郎は、にわかに父の豪一に、かつてない憎しみを感じた。

炎

炎

暖かい夕暮れである。雪どけの道はじゃぶじゃぶと水が流れ、小川のように水が坂道を走る。悠二は当直室の窓に向かって、夕暮れの景色をさっきから飽かず眺めていた。あと一週間で、生徒たちは卒業していく。五月からきょうまで、短い受け持ちだったが、いままで受け持った生徒たちの中で、何か一番疲れを覚えるクラスだった。

受験勉強もなく、楽な中学のはずであった。校長は物わかりがよく、教頭もおとなしい。何がこんなに疲れを感じさせるのかと、悠二はようやくでき上がった三学期の成績表に目をやった。やはり、この学校でも数学の成績は上がったようである。しかしそれが、いまは慰めとはなっていない。大垣吉樹と、佐々林一郎の存在が、自分に黒い影を落としつづけて来たことを悠二は思った。心の結ぼれが解けぬままに、あの二人とも別れてしまうのかと、淋しかった。この二人の存在が、悠二の心を疲れさせたのかも知れない。

きょうは土曜日で、悠二はずっと居残ったまま、夜の宿直まで事務を執りつづけた。ようやく全員の通知簿もつけた。あとは指導要録に、生徒一人一人の行動と性格を記録し、評定し、所見をのべれば、今年度の仕事は終わるわけである。

夕食は久代の家から届くことになっていた。それを心待ちにしながら、悠二は成績表を机の向こうに押しやり、指導要録を開いた。

「いいのよ、ご遠慮なさらなくても。あしたはひな祭りでしょう。でも、わたしはきょう六時の汽車で稚内に帰るのよ。それで久代さんがおひな祭りを一日くり上げてくれたのよ」

帰りがけに、寺西敬子はそう言った。女の子を持たない久代が、敬子のためにひな祭りのごちそうを作るのかと思うと、悠二は何か心がほのぼのとなるのを感じた。誰が弁当を持ってくるのだろうか。敬子だろうか、それとも和夫だろうか。こんな雪どけ道を、幼い和夫では歩きなずむにちがいない。もしかしたら敬子が来るかも知れない。いや、六時四十六分の汽車では、ここによる時間はあるまい。パラパラと指導要録をめくりながら、悠二はそんなことを考えていた。

と、大垣吉樹の名が目に入った。悠二はハッとわれに帰り、大垣吉樹の指導要録に目を走らせた。悠二は前任者の記録をなるべく読まない主義である。前任者が、先徒の性格を正しくつかんでいるとは限らない。「そそっかしい」と書いてあれば、ついそのような先入観を持って生徒に対してしまう。だから、自分が記録するまで、その所見を読むことはしなかった。

前任者の菊池は、大垣についてどのような意見を述べているだろうかと、悠二は急に気になった。

「一見、生意気そうに見えるが、母思い、弟思いの情の厚い性格である」

悠二は、意外だった。

再び悠二は読み返した。あの大垣を情の厚い生徒としてとらえることのできた前任者に、悠二は敬服した。自分と大垣との距離が、この菊池にはなかったのだ。菊池の目にも、大垣は一見生意気には映ったにしても、とにかくこう書き切ることができたのは、それだけ自分より愛が深いということになる。自分なら大垣をこうは書かない。反抗的な生意気な性格とは書かないまでも、

「人になじまず友人少なし」

せいぜいこんなことになりそうであった。悠二はこの小さな所見欄に、二、三行で生徒の性格を書くことに疑問を感じた。教師はどれほど生徒をわかっているというのだろう。週に何時間かの授業で、その生徒の心の底までわかるわけがない。この記録は、重要記録として長いこと保存される。年月は流れても、ここに書かれた文字は消えない。一人一人の生徒とどれほどの話し合いもできない教師に、いったい何が言えるというのだろう。恐ろ

しいことだと悠二は思った。

他の生徒たちの欄も、悠二はめくってみた。そして、前任者の菊池が、どの生徒のことも、みな一様に長所を挙げているのに気づいた。

「なるほどなあ」

悠二は菊池が、

「どんな人間にも、必ずいい所が一つぐらいあるからね。その長所を認めてやるべきではないか」

そう自分に語りかけているような気がした。突然喀血し、いま洞爺の教員保養所に療養している菊池に、悠二は会ってみたいと思った。

「おじさん」

窓の外で声がした。和夫だった。功に手を引かれて、和夫はニコニコ笑っている。敬子ではなかったと、悠二は心のどこかで何となくホッとした。

「おじさん、これお弁当」

当直室の入り口から、和夫と功が入って来た。

「やあ、どうもありがとう」

悠二がふろしきに包んだ大きな重箱を受け取ると、功が言った。

「先生、きょうお忙しいんですか。和夫をぼく学校の帰りに迎えに来ますから、置いて行っていいですか。きょうは帰りが早いから、九時頃に迎えに来れると思うんですけれど」

「ああ、いいよ。和夫君はおとなしいから、邪魔にはならない」

悠二は時計を見た。あと三時間ぐらい和夫と遊ぶのも、かえって疲れがなおるかと思った。

「ぼくね、おかあさんがじゃまになるって言ったんだけど、おとなしくするからって、功にいちゃんについて来たの。ぼく、もうだいぶおじさんと遊ばないんだもの」

功が去ってから、和夫が言った。

ふろしき包みを解くと、重箱の上に便箋が三つにたたまれて入っていた。

「当直は大切なお仕事ですのに、和夫がお邪魔して申しわけございません。よろしくおねがいいたします」

達筆なペン字である。悠二は何となく物足りなかった。何かもっと書いてあってもいいような気がした。重箱の中には、巻きずしが切り口を見せて斜めにきれいに並べられ、うで卵ときゅうりの粕漬けが添えてあつた。悠二は、重箱のふたに巻きずしを七つほど取りわけ、用務員室に持って行った。

「これはどうもごちそうさんです。先生は時々差し入れがあってけっこうですなあ」

用務員の堀井は、傍の戸棚をあけて、器用に皿に移しとった。

「先生、すみませんがねえ、今夜八時頃から三十分ほど暇をくれませんか」

「三十分ですか。巡視は九時半ですから、まあいいでしょう。ぼくはどこにも行きませんし……」

実直な堀井は、悠二とどこか気が合った。ふしぎに悠二の当直は、堀井の時にあたるのである。堀井が、悠二の当直の夜、暇をくれと言ったのは今夜が初めてであった。

「やあ、どうもすみませんね。実はカミさんが流感で、ガキがまだ二人とも小さいもんだから……」

「そりゃいけない。熱が高いんですか」

「なあに、三十九度ちょっとで」

「三十九度を越えてれば、高い熱ですよ。まあ三十分と言わず、少しゆっくりしていらっしゃい」

おむつを替えなければならない赤ん坊が堀井にはいるはずだった。もう一人の用務員村本は五十近い年で、よく神経痛を起こし、当直の三分の二は堀井がひきうけているようなものだった。

当直室に帰ると、和夫が自分の持って来た紙に何か書いている。

「寒い？　和夫君」

「いや、あったかい」

部屋の中には、輻射式石油ストーブが燃えているだけだ。さすがに三月だと悠二は思った。ついこの間までは、暖房がとまる前から、ファン付きの石油ストーブがごうごうと燃えていても寒い感じだった。

悠二は石油ストーブの芯を細めながら、あたたかくなったと思った。

「何を書いてるの、和夫君」

悠二は巻きずしをほおばった。久代の白い指が、この海苔巻きを作ったのだと思うのは楽しかった。

「うん、あのね、天国へ行く地図なの」

「ほう、天国にはどこを通って行くの」

「あのねえ、ええとさ、いちばん初めは、いばらないくにへ行くの。いばる人は天国へ行けないんだって」

和夫はニコッと悠二を見上げた。

愛らしい笑顔だ。みそっ歯がひとつのぞいている。

「いばらないというのはむずかしいなあ」

「ふうん、おじさんいばる?」

「いばるなあ、おじさんは。おじさんはすぐにいばるよ。算数を教えるのはうまいなあって、すぐにいばるよ」

「ふうん。こんど気をつけるといいさ。でも気をつけても、いばるもんなんだっておかあさんが言ったよ」

悠二は、久代と和夫が天国へ行く地図について話し合っている姿を思い浮かべた。

「それからどこへ行くの？」

「やさしい国へ行くの。人が病気したら、いかがですかってお見舞いするの。困っている人がいたら元気を出してねって言うの。それからニコニコ笑う国へ行くんだよ」

再び和夫はニコッと悠二を見た。

「おじさんはだめだなあ。和夫君のようにニコニコしていないもんなあ」

「そんなことはないよ。ぼくおじさんの顔好きだなあ。ハンサムだしねえ、やさしいもん」

悠二は何か、幼い和夫にいたわられているような気がした。

「それはどうもありがとう」

「それからねおじさん、人に物をあげることの好きな人の国に行くんだよ」

話しながら、和夫は丸や、楕円や、四角の国をつなぎ合わせていく。

「そしたら、和夫君のおかあさんは天国に行けるねえ」

悠二は海苔巻きを食べながら言った。

「うん、きっと行けるね。もうひとつねえおじさん、お祈りをする国に行かなければだめだよ。ぼくこのごろお祈り、だいぶできるよ。おじさんは?」

和夫はお祈りの国を、どこの国よりも一番大きく書いた。

「おじさんか、おじさんはお祈りってしたことがないなあ」

言われてみると、悠二は自分が神にも仏にも祈ることなどないことに気がついた。

「そりゃ大変だよ、おじさん。すぐお祈りしたらいいよ。そしたら天国に行けるんだ」

「何て祈るのかなあ」

「あのね。どうか天国へ行かせてください。ぼくは、怒ったりいばったりするけど、どうかゆるしてください。それから、ぼくをなぐった人も、神さまは怒らないでください。それから、ぼくにおとうさんをください。……そんなことをお祈りするの」

「おとうさんをくださいって?」

悠二は思わず和夫を見た。和夫はコックリとうなずいた。

「ぼくねえ、ほんとうは天国におとうさんがいるんだ。でもねえぼく、おじさんがぼくのおとうさんならいいなあって思うんだ。そしたら、おかあさんがねえ、そんなこと言ってだめですよって言うの」

悠二は何と言ってよいかわからなかった。和夫は無邪気につづけた。

「ねえおじさん、どうして、おじさんがぼくのおとうさんになったらだめなの。だめでないよねえ」

うっかり返事はできなかった。子供の和夫が言葉をそのままに受け取るからだ。

「そうだなあ」

久代がどんな気持ちで、和夫の言葉を聞いているのか悠二は知りたかった。久代さえその気なら、この和夫の父になってやりたかった。いや、実は久代の夫になりたいと言ったほうが正直かも知れない。

「おかあさんがね、おじさんはよそのきれいなおよめさんをもらうって、言ってたよ。ほんとう?」

悠二は、久代が敬子のことを言っているのだと思った。久代は敬子に遠慮しているのではないかと想像した。

「おじさんはね、まだおよめさんはきまっていないよ」

「ほんと！　おじさん。そしたらさ、ぼくのおかあさんもらってよ。ね、おじさん」

「そうだなあ」

「だめなの。だめでもいいでしょう」

「だめでもいいか。こんな話はねえ、和夫君。おとなとおとなが話をしなくちゃ、だめなんだよ。おじさんがいいって言っても、和夫君のおかあさんがだめだって言ったら、それっきりだしねえ」

悠二は和夫を自分のあぐらの中に抱いた。抱かれて和夫はうれしそうに笑った。

「おじさん、そしたらうちのおかあさんに聞いてみて。でも、おかあさんはだめだ、だめだって、言ってたしなあ。こまったなあぼく」

「困ることないさ、そのうちにみんないいようになるよ」

悠二は和夫にというよりも、自分に言い聞かせるように言った。

「そうかい、そしたら安心だね」

和夫は、手に持っている天国への地図を眺めながら、ニコニコした。つくづくと悠二は和夫をかわいいと思った。いつまでこんなに物事を素直に受けとめていけるのだろう。この子もまた、いつかは人を恨み、強情になることもあるのだろうか。いや、この子に限ってそんなことはない、と悠二は思った。

二人は指ずもうをしたり、はさみ将棋をして遊んだ。やがて疲れたのか、和夫はすっかり寝入ってしまった。時計は八時を過ぎている。あと一時間もすれば、功が迎えに来るだろうと、悠二は和夫をベッドに寝せた。ベッドは押し入れの上段に造られ、下段は物入れになっていた。

ふと気がつくと、いつの間に持ったのか、右手に天国への地図を、和夫はしっかりと握っている。悠二は微笑して、ベッドのカーテンをそっとしめた。カーテンにふれて地図がかすかな音を立てた。


夜になっても、道路の雪はとけていた。いつもなら、ひるまとけた道が凍てつくはずである。

一郎はふだん乗ったことのない春光台団地行きのバスに乗った。黒いジャンパーを着、マスクをかけ、青い毛糸の帽子をまぶかにかぶっていた。それでも自分の顔を知られるのではないかと不安だった。乗客たちは十五、六人、みんな疲れた顔をして、うすぐらいバスの中に揺られていた。

バスが丘にのぼると、あたりは急に暗くなった。人家がまばらになったからである。整肢学園の前で、一郎はうつむいたままバスをおりた。バスは深く掘れた轍《わだち》の跡を、水しぶきをあげて去った。一郎は足もとに目をこらしながら、暗い夜道を歩き始めた。

奈美恵の部屋で、あのドアを見た時の驚き、怒り、さらに追い打ちをかけるように久代の隠された事実も知らされた。その夜一郎は、あまりにもみにくい父の姿に、言いようもない絶望を感じた。あの豪一の息子の自分では、みにくい情欲が人一倍濃く流れているような気がする。どんなふうに生きて見たところで、結局はどれほどの人間にもなれないような絶望を感じた。

(死んでやれ!)

一時はそうも思った。遺書も書いた。佐々林豪一の息子に生まれたことが恥ずかしい。金もうけがなんだ。人間にとって一番大切なのは金もうけなのか。一日も早く奈美恵を結婚させ、川上久代親子に自分の相続分の財産を分けよと、一郎は泣きながら書いた。

そして、自分の部屋で首を吊ろうと思った。だが自分の部屋で死んでは、世間に知られぬように、コッソリ事を片づけられるおそれがあった。学校の教室で死のうと一郎は思った。足もとに父と久代あての二通の遺書を置き、黒板に級友あての遺書を貼りつける。そこには父親の非を事細かに書きつけるのだ。級友たちは、自分の死体と黒板に貼った遺書を見て、自分の死の意味を悟るにちがいない。たとえ新聞が、少年S君などと書いたとしても、佐々林豪一の息子の死は、その日のうちに口から口へ伝わるにちがいない。

いったんはそう決心した一郎だったが、果たして思いどおりに事が運ぶかどうか不安だった。用務員が最初の発見者となり、宿直の教師が家に連絡して、何事もなかったように片づけられそうな気もした。

いっそのこと、父の豪一を殺してやろうか。そうも思った。そうすれば、すべてが解決できるような気もした。だが、人を殺すなどということは、一郎にはできなかった。

(おれはこの世に、人を殺すために生まれて来たわけではない)

どうしたら父の豪一の生活を改めさせ、こらすことができるかと一郎は考えあぐんだ。自分の家に火をつけようかと思った。悪の巣は焼き払われていいと思った。

しかし、家を焼き払ったところで、あの厚顔な父が、どれほどの痛痒を感ずるだろう。莫大な火災保険もかけてあるのを、一郎はいつか聞いた。たとえ火災保険がなくても、豪一は更に大きな家を建てるだろう。そして、息子が放火したといっても、大した社会的な事件にならないような気がした。いくらでも、失火の言い逃れをする悪知恵を父は持っているような気がする。父を困らせるためには、学校にでも放火したほうがいいと思った。

自分が放火したなら、父の名前が出る。警察は自分を調べるだろう。すると自分は、父のためにどんなに苦しんでいるかを、詳しく話してやるのだ。学校を焼かれては、父もその弁償に困るだろうと、一郎は少年らしいことを考えた。

三階の鉄筋コンクリートの学校を建てるのは、さすがの父も大変なことだろう。おまけにその行状が明るみに出、息子の放火が世間に知られては、困惑するにちがいないと一郎は思った。

その学校放火の考えが、一郎をとりこにした。これほど父をこらしめるのによい手段はないと、一郎は早速計画を立てた。しかし、放火しようと思って学校を眺めると、学校はいかにも燃えにくくできていた。何しろコンクリート建てである。床はピータイルだが、とにかく可燃性のものは少ない。職員室が一番燃えるものがありそうな気がした。机や、椅子、そして机の上には本や書類が雑然と載っている。一郎は、職員室の掃除当番に当たった時、そう思った。

その時だった。三月二日が杉浦悠二の宿直であることを、一郎は職員室の予定表で知った。その予定表を見た時、放火するならこの日だと思った。もし放火が成功したら、その夜の当直は責任を問われるにちがいない。一郎はその責任を、どの教師よりも悠二が問われてよいと思った。考えてみると、格別に悠二に深い恨みを抱いているわけではない。しかし一郎は、悠二が何となく嫌いだった。本屋の件、ロッカーの件を悠二につかまれているのは、何としてもやりきれなかった。その上、久代と和夫が悠二と親しいことも、いまの一郎にはいっそう不愉快だった。

和夫は正月に、悠二が自分の父親ならいいと言っていた。久代はその言葉に顔を赤らめていた。遠からず和夫の願いどおりになるような気がした。和夫が自分の弟と知って以来、一郎はいっそう和夫がかわいかった。あの父の血が自分に流れていることを思うと憂鬱だったが、和夫のような素直な子が自分の弟だと思うと、何か救われるような気がした。

その和夫に、あんな悠二などが父親になられてはかなわないと思った。当直の夜に火事を出せば杉浦悠二は、この学校にとどまることができないと、一郎は考えた。一石二鳥だと、一郎は悠二の当直の夜を待っていたのだ。

一郎は門柱の陰にかくれて、三十メートルほど向こうの、あかりのついている当直室と用務員室をうかがった。用意して来た小さな懐中電灯で時計を見ると、八時十分を過ぎている。一番むずかしいのは、学校に入りこむことだった。窓をはずして入ることは、やさしそうでむずかしかった。音を立てても、広い学校では聞こえないかも知れない。しかし、絶対に聞こえないという保証はない。第一回目の巡視が九時半、二回目が十一時半、三回目が一時半と、二時間置きに、用務員と教師が交代に巡視する。そのことも一郎は調べておいた。

忍びこむには、この巡視と巡視の間を縫わなければならない。できたら用務員室の入り口のあいているうちに、中に忍びこみたかった。

その時、突然用務員室の入り口があいた。一郎はハッとして門柱を離れた。出て来たのは用務員の堀井だった。一郎はそしらぬ顔をして歩き出した。堀井に会ったとしても、マスクをし、帽子をまぶかにかぶっている。一郎は少し背を丸めて姿勢を変えた。堀井が足早に近づいて来た。一郎は身をこわばらせた。息をとめるようにして、あまり急がずに歩いた。急いでは怪しまれると思った。堀井の足音は次第に一郎のうしろに迫った。一郎の動悸が苦しいほど早くなった。

一郎は立ちどまり、道の横に向かって股をひらき、立ち小便をするように見せかけた。街灯のほとんどない丘の上でも、雪明かりでほのかに明るい。万一顔を見られ、不審に思われては大変だった。だが、一郎の不安は無駄だった。堀井は雪どけ道を、ぴちゃぴちゃと足早に過ぎ去った。堀井は病気の妻と子供たちのことで、心が急いでいた。

遠ざかっていく堀井の黒い影を見送った。堀井がどこに行ったかは知らないが、この丘の上では、十分や二十分で用のたせる所はない。

一郎はすぐに校門までとって返した。足音をしのばせて用務員室の戸口に立った。戸を静かにあけた。もし見つかっても、忘れ物だと言えばいい。杉浦悠二が当直であるということが、一郎を大胆にさせた。

一郎は入り口で用心深くぬれた長靴を脱ぎ、それを手に持って廊下に出た。真っくらな廊下だった。一郎はとっさに、用務員室の隣の生徒用の便所に息をひそませた。

まひるの学校とは打って変わって、夜の学校はひどく不気味だった。真っくらな便所の中で、一郎はにわかにおじけづいた。何の物音もしない。うしろから細い氷のような手がぬっと伸びて、いまにも襟首をつかまれそうな気がした。一郎はやみくもに恐ろしくなった。

ふいに廊下に足音が聞こえた。一郎はギクリとした。足音は一郎のいる便所に近づいて来た。

身を堅くして、一郎は便所の取っ手をしっかと握った。職員便所はここではない。だが、当直室からは近いのだ。悠二がこの取っ手をあけて、入ってこないという保証はなかった。一郎は心臓が破れるかと思った。しかし足音は、用務員室に曲がったらしい。水道の音が大きく聞こえた。

やがて、足音が再び当直室に帰った。当直室のドアをしめる音が意外に近くひびいた。一郎はとてもこのまま夜中までひそんでいる気にはなれなくなった。ほんの数分で、身の細るような思いがする。便所の中まで巡視はできまいとは思ったが、この真っくらな不気味な便所に、息をころし、身をひそめているのはやりきれなかった。

(そうだ！　用務員の留守のうちにやってしまえ)

一郎はそっと便所の戸をあけた。静かに戸をあけたつもりだったが、取っ手がギイッと大きな音を立てた。一郎は立ちすくんだ。耳を澄ました。すると、再び当直室のドアがあく音がした。ハッと息をのんだ一郎は、あけかけたドアをしめることもできなかった。

だが足音は、反対の職員室のほうに向かっている。一郎は少し大胆になって廊下に顔を出した。廊下は明るく電気がつき、何か包みを持った悠二が職員室のほうに歩いていく。職員室の鍵をあけているのを見た時、一郎はいまだと思った。当直室のドアがあけっ放しになっている。火をつけるのに何分もかからないと思った。じっと職員室のほうをうかがっていると、悠二の姿がすぐにあらわれた。一郎はさっと姿をかくした。体を耳にして、悠二の足音を聞いた。悠二の足音が、更に遠くに行ったようである。一郎は再び廊下に顔を出した。悠二の姿は見えなかった。

「いまだ!」

一郎は帽子でぬぐっておいた長靴を履き、足音をしのばせて当直室にしのびこんだ。僅か二十歩ほどのその距離がひどく長かった。もし悠二がここに戻って来たら、遊びに来たような顔をしてもいい。一郎はす早く当直室を見渡した。輻射式の石油ストーブが赤々と燃えているのが目についた。

一郎はとっさに、石油ストーブを抱え、右手の押し入れのカーテンのそばにストーブを置いた。急いで芯を回すと、炎がボーッと高く上がった。一郎はふるえる手で、カーテンのすそを石油ストーブに載せた。

と見る間に、思いもかけない早さで、厚手のカーテンは炎の幕になった。その瞬間、一郎の体を戦慄がつらぬいた。一郎はころがるように廊下に飛び出した。

うしろで異様な声がした。誰もいないと思った部屋に誰かがいた。ハッと思った時、

「誰だ!」

背後に鋭い声がした。

(しまった!)

鋭い悠二の誰何《すいか》に、一郎は無我夢中で逃げた。いまにも悠二につかまりそうな気がする。一郎は一目散に走った。うしろから足音が追いかけてくる。ふりむく暇はない。真っ暗な丘の道を一郎は走りつづけた。くらやみを走る一郎の瞼に、炎の幕が焼きついている。その炎も、生きもののように一郎を追ってくる。一郎は死にもの狂いに走った。

雪どけ道の溝に足をとられて、一郎はつんのめった。掌にザラメ雪が突き刺さった。すばやく立ち上がってまた走った。ザクザクの雪がまた一郎の足をすくった。いやという程ひざ頭を打った。

(もうだめだ!)

一郎は観念した。だが何の足音もしない。不気味なほどに丘は静まり返っている。一郎は勇をふるってまた走り出した。

暗い坂道のカーブを、一郎は一気に駆けおりた。突如、自動車のヘッドライトがさっと一郎を照らしだした。一郎は思わず立ちすくんだ。追っ手かと思った。一郎のひょろ長い

影が大きく道に伸び、たちまちぐるりと回転して消えた。ダンプカーがスピードを落とさず、一郎のそばを走り去った。

再びやみが戻った。誰も追ってくる者はなかった。一郎は急に息切れと胸苦しさに耐えられなくなった。のどがカラカラに乾いている。一郎はくらやみの中に立ちどまって息をととのえた。気をとりなおした一郎の瞼に、またしても鮮やかに炎の幕がひろがった。

一郎はにわかに恐ろしくなって、また走りだした。部屋の中で聞こえた異様な叫び声が、妙に気にかかった。走れば走るほど不安でならなかった。

街灯がぽつぽつ見え、人がまばらに歩いている広い通りにようやく出た。ここで走っては怪しまれると、走りたいのをこらえて歩き出した。

（なぜおれは逃げるんだ？）

一郎はふしぎだった。こんなはずではなかった。堂々と警察につかまり、刑事に、家庭の乱脈が放火の動機だと訴えるつもりだった。

〈佐々林豪一の息子が放火！　父の不倫を怒っての犯行〉

そんな大見出しが、新聞を賑わせることとさえ、一郎は期待していたはずだった。だが、メラメラとカーテンが燃え上がるのを見たとたん、一郎は仰天した。前後の見境もなく、ただ逃げた。

ふいにけたたましい消防車のサイレンが近くで起こった。一郎はヘタヘタと道端にすわりこんだ。恐ろしさに、一郎は学校のほうをふり返ることもできなかった。真っ赤に燃え上がる空が目に見えるようだった。

遠くでまた、呼び合うように消防車のサイレンが長く尾をひいて鳴った。

何か物音を聞き、悠二は便所を飛び出した。通知簿と指導要録を職員室の重要書類箱に入れ、そして便所に入ったほんの僅かな時間である。その間にまさか当直室が火事になっているとは、無論思いもよらなかった。寝入ったはずの和夫が、ねぼけてベッドから落ちたのかと悠二は思った。

ところが廊下に出たとたん、当直室から飛び出し、駆けて行く男の姿を悠二は見た。

「誰だ!」

叫んだが男はふり返らなかった。が、その姿に悠二は見覚えがあった。

「佐々林!」

悠二は叫んで追いかけた。悠二は足に自信があった。しかし当直室の前まで来た時、その開かれたドアから炎が見えた。悠二は思わず飛びこんだ。カーテンの炎が天井に移っている。悠二はとっさに座布団でカーテンをふり払い、和夫を抱き上げるや否や、用務員室に走った。右手が無残に焼けただれ、和夫は気を失っていた。

悠二は用務員室の入り口にかけてある消火器を手にとり、す早く当直室に取って返した。だが既に遅かった。炎は天井をなめ、畳をはっていた。悠二は消火器を部屋の中に投げこむと、バタンとドアをしめて、防火壁に走った。

当直室、放送室とつづいた廊下に防火壁があった。壁の取っ手を回すと、防火壁が音を立てて天井から落ちた。更にもう一方の防火壁を閉じ、用務員室の電話に飛びついた。その間二分とたたなかった。その二分間が悠二には余りに長かった。悠二はせきこんで消防車と救急車を頼んだ。

悠二は和夫の脈を見た。正確である。急いで洗面器に水をなみなみと入れ、焼けただれたその手を水に浸した。つづいて手早く、頭、顔、首、胸、足と火傷の有無を調べて行った。右手のほかどこにも火傷はない。悠二はややホッとして再び水道の水を汲んだ。そしていく度も当直室のドアに水をかけに走った。火の燃える音、窓ガラスの割れる音がバリバリと聞こえる。悠二は気が気でなかった。火事は何としてでも当直室だけに食いとめなければならない。

水を運ぶいく度目かに、悠二は何かにつまずいてころびそうになった。見ると青い毛糸の帽子である。悠二はそれをズボンのポケットに押しこみ再び水を汲みに走った。

悠二は隣の北栄高校に応援の電話をかけた。幸い、電話線はまだ燃えていない。悠二は消防車が待ち遠しかった。

「先生！」

堀井が駆けこんで来た。意外に早く堀井は帰って来た。堀井は直ちに、傍の押し入れからビニールホースを取り出して、蛇口にはめた。その長いホースを持って、堀井は外に駆け出した。

下宿に帰った悠二は、クタクタに疲れ切っていた。昨夜から二十四時間一睡もしていない。しかし目がさえて眠ることができなかった。無秩序に昨夜からきょうにかけての出来ごとが思い出される。

悠二はＩＳのイニシアルをつけた青い毛糸の帽子をじっと見つめた。あのひょろりと背の高いうしろ姿は、たしかに佐々林一郎だった。この帽子の頭文字がそれを裏書きしていた。放火が一郎の仕業であることは疑いもなかった。

だが昨夜、刑事に取り調べられた時、悠二は自分の失火だと断言した。

「そうですか、失火ですか」

態度はていねいだが、語調は鋭かった。

「しかしですねえ、なぜカーテンのそばに石油ストーブを置いたんです」

とっさに悠二は答えられなかった。刑事は悠二の表情を見守った。

悠二はただ、一郎の放火を知られまいとのみ気を使っていた。昨夜遅く、パトカーに乗せられ、警察に連行される途中、既に悠二の肚は決まっていた。もし一郎が放火犯人としてつかまったなら、その一生は狂ってしまう。自分の失火だと言い張れば、それですむことである。そして一郎がそれを知った時、今度こそ自分の気持ちに応えてくれるであろうと悠二は思った。無論、左遷減俸も覚悟の上であった。

「先生、あの火傷をした子は、先生とどんな関係があるのですか」

ありのままに悠二は答えた。

「それだけですか、当直の夜弁当を届けるなどというのは、かなり親しい関係にあるような気がしますがね」

僅かな時間のうちに、刑事は久代が美しいということまで聞きこんでいた。

「いくら相手が美人でも、一年生のコブつきでは、結婚は二の足を踏むでしょうな」

なぜか刑事は、悠二が放火したとでも思っているような口調だった。やはりカーテンのそばの石油ストーブの位置が、そんな不審を起こさせたにちがいない。

「では、誰かあなたを恨んでいるという心当たりはありませんか」

悠二と久代の間を引き離そうとする者がいるのではないかとも疑っているようであった。悠二はそれらをすべて否定した。

いろいろと尋問された後、一応悠二の失火ということになった。

警察署を出たのは、午前一時を回っていた。その足で悠二は学校に取って返した。当直を買って出てくれた二年受け持ちの河部が、堀井と共に火事の跡始末をしていた。火災はさいわい、当直室だけにとどまり、他への延焼は免れた。

悠二は再び青い毛糸の帽子を見た。階下で、十二時を打つ時計の音が聞こえた。十二時を打つ時計の音を聞きながら、悠二はきょうの理事会を苦々しく思い浮かべた。

緊急理事会は、午後二時から校長室に召集された。日曜だったが、教師たちや父兄が朝から学校に駆けつけていた。外に群がっている生徒たちの姿も見えた。

悠二は会う人毎にていねいにわびなければならなかった。教師たちは、言い合わせたように、和夫のことにはふれない。そのことがかえって悠二を気重にさせた。

理事会には、大垣吉樹の父も、一郎の母の顔も見えた。佐々林豪一もトキも理事ではなかった。しかし最も多額の寄付をしてくれる父兄として、顧問的な存在である。相変わらず着飾った佐々林トキの姿を見た時、悠二は新たな怒りがむらむらと湧き上がるのを感じた。

「あなたの息子が火をつけたんですよ」

そう言いたかった。だが悠二は、怒りをおさえて、無言で頭を下げた。

「先生におけがなくて、よろしゅうございましたわ」

トキは慰めるように言った。トキにとって、和夫の火傷はむしろ愉快だった。既にみどりから久代母子のことは聞いている。トキには、和夫が死んでくれたほうがありがたかった。物欲の強いトキには、豪一の血を分けた和夫は、全く不要な存在だった。

「どこかの子供さんが火傷をしたそうですわね。どんな工合ですの。命には別条ないんでしょうね」

悠二は簡単に別条がないと言い、一瞬鋭くトキを見つめた。

「お疲れになっていらっしゃいますのね」

トキの顔に複雑な笑いが浮かんだ。

理事会は悠二にきびしかった。

「当直の用務員を、勝手に外出させるなどというのは、無責任じゃないかね」

大垣の父は最初から横柄な態度に出た。悠二はただ謝罪した。堀井の妻が流感で熱が高かったことは、既に理事たちの知るところだった。もし堀井の妻が無理をして流感をこじらせたなら、人命に関わることである。悠二は弁解らしいことは一切言わず、素直に謝罪した。悠二が素直に謝れば、堀井もそう責められずにすむはずである。

理事会の非難は、石油ストーブの位置に集中した。

「非常識だよ。石油ストーブをどこに置くかぐらい、わからないものかね」

「先生、酔っ払っていたんじゃないのかね。酔っ払ってストーブを蹴っとばしたんじゃないのか」

だが、現場検証で、カーテンのそばに石油ストーブが立ったまま燃えたことは明らかになっている。和夫を救い出すだけで、悠二は精一ぱいだった。和夫を用務員室に置いて、再び駆けもどった時、既に部屋の中に入ることはできなかった。

「杉浦さん、あんたねえ、数学の先生でしょう。数学の先生と言えば、吾々なんか足もとにも及ばない頭を持っているはずだよ。いったいどんなつもりでカーテンの真下に置いたりしたのかね」

石油ストーブの位置についての話が一段落しても、執拗に大垣の父は食いさがった。悠二は答えようがなかった。

「それじゃ、失火というより、放火と見られたって仕方がないよ。警察に何か言われなかったかね」

意地悪く大垣は問いつめた。

「大垣さん、それは少しお言葉が過ぎますわ。よその子供さんが寝ていたので、きっと寒くないようにと火を近づけたのに違いありませんわ」

トキが例のはなやかな声で、さも悠二をかばうように言った。悠二は冷ややかにトキを見た。いまここで、自分が真実を打ち明けたなら、理事会はどんな騒ぎになるだろうかと悠二は思った。だが口がさけても、一郎の名は出してはならなかった。

「その子供ですよ、問題は。当直といえば勤務時間でしょう。当直手当が出ているんですからねえ。その勤務時間に子供なんか引っ張りこんで、遊んでるんじゃ困りますなあ」

「しかし、当直の夜に女を引っ張りこむという先生もいるというから、それよりマシじゃありませんか」

ふざけた発言もあった。

「だがねえ、その子の母親は、大した美人だという評判じゃありませんか」

「ホウ、美人。どこの子かね」

大垣の父が体を乗り出した。

「神社の前の雑貨屋ですよ」

「ホウ、それは知らなかった。じゃ、帰りにたばこでも買って行こうかな」

一同は笑った。火事とは言っても、当直室一室ですんだ。そのことが理事たちに無駄口を叩かせた。悠二は、じっと唇を噛みしめて、うつむいた。

討議はいよいよ処分の段階に入った。たしかに悠二の責任ではあっても、いち早く防火壁をおろし、通報も早かったことを考慮に入れて、このまま学校にとどまって差し支えないではないかという意見が多かった。しかしそこで悠二は退席させられ、その後一時間ほどかかって出た結論は全く一変していた。

公立学校の場合、失火は比較的責任を問われないようだが、私立学校は私立学校の行き方があるとして、悠二は他の私立学校に左遷ということになった。私立は私立なりに、他の私立学校との人事の交流はあった。理事の一人が言った。

「私立は何と言っても、まず金ですからね。失火もきびしく取り締まらないと、他の教師たちへの見せしめにもならないし、先生だって、自分が焼いた学校にとどまるのは気が重いでしょう」

自分の焼いた学校という言葉が、悠二の胸に突き刺さった。

炎

こだま

こだま

翌、月曜日、寝不足なまま悠二は出勤した。職員室に入った悠二は、同僚たちがいっせいに口をつぐんだような印象を受けた。

教師全員の前で、悠二は立ち止まってあらためて失火のわびを言った。席につくと、

「杉浦君、人間だもの、誰でも失敗はあるさ。気にしないほうがいいですよ」

真っ先に平田が、いつもよりも親しみを見せて言った。ふだんはそっけない男に思っていただけに、その言葉は身にしみてうれしかった。

「そうよ、杉浦先生。先生はまじめですから、責任を感じ過ぎてお体を悪くなさらないようにね」

戸沢千代は、いつものようににこやかな調子で悠二を慰めた。だが、玉脇はうすら笑いを浮かべたまま何も言わない。腹の中でせせら笑っているのが、ありありと見えるような表情だった。

二年担任の河部が、悠二のそばによって来た。

「先生、昨日理事会があったんですって?」

河部は小声で言った。悠二はうなずいた。

「ぼく、ちょっと聞いたんですがね。先生どこかに転任だそうですね。それほんとうですか」

河部は真剣な顔でささやいた。

「理事会のことは、いずれ発表されるまで勘弁してくださいよ」

じっと聞き耳を立てている玉脇を意識しながら、悠二は頭をかいた。

「しかし、これぐらいの失火で、万一学校を追い出されるとしたら、先生一人の問題じゃないですよ。ぼくたち一人一人も、安閑としていられませんからねえ」

「ほんとうよ、河ちゃん」

戸沢千代があいづちを打った時だった。いままでうすら笑いを浮かべていた玉脇が、大きな声を出した。

「おい、河ちゃん。あんまり事を荒立てたがるなよ」

「別に、ぼくは事を荒立てようと思っていませんよ」

若い河部は憤然とした。

「そうかね、とにかく理事会の決定は至上命令だからね。杉浦君だって、火事を出した上に、また別の火でも上がったら、それこそ身の置き所がないだろうからね」

「玉脇先生！　そんな……」

その河部の声を無視して玉脇はからかうように言った。

「杉浦君はお偉い先生でね。このおれにやめろって言ったくらいだからなあ。吾々風情が心配するには及ばんよ」

尾坂の件を根に持っている玉脇は、吐き出すように言って席を立った。授業開始のオルゴールが、静かに鳴り始めた。教師たちはぞろぞろと部屋を出て行った。

「あんちくしょう！」

河部が舌打ちした。

教室に入ろうとした悠二は、自分の目がまっ先に一郎に行くのを戒めた。だが、教室に入ったとたん、いやでも一郎の席に視線が走った。一郎はうつむいていた。

「土曜日の夜は先生が当直だったが、火事を出してしまって申し訳なかった」

一郎の肩がピクッと動いたような気がした。

「ふだん火の気にはじゅうぶん注意するほうだったが、あんなことになって全く申し訳ない」

悠二は頭を下げた。

「先生、ボヤでよかったわね」

津島百合が真っ先に言った。

「ああ、おかげさんでね」

「だけどさ、ボヤだったからよかったものの、あれが大火事になってみろ、おれたちの学校は焼けてしまったんだぞ」

大垣が津島百合のほうを向いて言った。悠二は、理事会での大垣の父親の態度を思った。おそらくさんざん自分の悪口を聞いたにちがいない。

「だからボヤでよかったって言ったでしょ。唐変木ね」

百合は切り返すように言った。

「先生、先生はこの学校やめるんですか」

女史のあだなの小市君代が言った。理事会の決定は、職員だけではなく、生徒たちにも既に流れているようであった。

「いや、やめるとも、やめないともまだ決まってはいないよ」

人事の異動は秘密である。

「でも……大垣君がみんなにそう言ってました」

小市君代は、悠二を案ずる顔であった。あちこちにざわめきが起きた。

「石川君、ホームルームを始め給え、先生はオブザーバーだ」

生徒たちの動揺をおし静めるように、悠二はつとめて明るい声で言った。

「それじゃ先生、すみませんが職員室に行っててください。きょうは先生をアッと驚かせるための相談があるんですから、聞かれたら困るんです」

壇上に上がったクラス委員の石川がニコニコしながら言った。

「そうか、じゃ、あまり騒がずにやるんだよ」

教室を出た悠二は、ドアをしめる前に一郎を見た。その悠二を見送る一郎の視線が、あわててそらされた。悠二はきょうの放課後、一郎を呼んで話をしようと思った。

職員室に戻ると、寺西敬子と掛居が、それぞれの席で本を読んでいた。

「あら、ホームルームはどうなさったの」

「ぼくに聞かせたくない相談があるそうですよ」

掛居が顔を上げ、いたわり深く言った。

「杉浦さん、人生何がいいことになるかわかりませんからね。まあ、あまり気落ちしないでくださいよ」

「ちょうどよかったわ、杉浦先生。お時間があいてましたら、わたしお話があるんですけれど。幸い教頭さんは外出中ですし……」

敬子の言葉に掛居が気をきかした。

「それではと、この邪魔者も失《う》せますかな」

「いいわよ。掛居先生。先生に聞こえないように、ひそひそ話しますから」

掛居はニヤニヤ笑いながら出て行った。

「先生、わたし昨夜ね、稚内から帰って来て、火事のことを聞いたのよ。そのとたん、あ、放火だなって、佐々林君の顔がパッと目に浮かんだのよ」

敬子は悠二のそばに腰掛けるなり言った。

「それは……どういうことですか」

「どういうことって、いまの先生の驚いた顔は、ちゃんとわかってる顔よ。先生って、カーテンのそばに石油ストーブを置くような間ぬけじゃないわ。何事によらず人一倍慎重なんですもの」

「いや、間ぬけですよ。全くばかなことをしでかしましたよ」

悠二は内心、敬子がなぜ一郎の仕業と見破ったか、ふしぎだった。

「杉浦先生、わたしも自分の受け持ちの生徒の放火なら、そう言ってかばうわ。だから先生の気持ちも、わからないわけじゃないの。でもね先生、一郎君は学校でも焼きたいほど、ヤケッパチな気持ちなのよ」

「ヤケッパチ？」

「そうよ。こんな所でこんなこと言っていいかどうか、わからないんだけど、つい一週間ほど前ね、一郎君が血相変えて、久代さんの所にどなりこんだのよ」

「どうしたんです？」

悠二はいつの間にか、敬子の話の中にひきこまれていた。敬子は机の上に片ひじをついて、悠二の顔をじっと見上げた。

「驚かないでね、先生。和夫ちゃんは誰の子だと思う？」

「誰のって……」

「佐々林豪一の子供だったのよ」

「まさか！」

「まさかと思うでしょ。わたしも驚いたわ。一郎君は半気違いのようにどなるし、久代さんは真っ青になって……」

「じゃ、久代さんは佐々林豪一の二号だったと言うんですか」

悠二はムッとしたように言った。

「誤解なさらないでね、先生。わたしは久代さんの陰口を言うつもりじゃないのよ。それどころか、先生に本気になってあの人のしあわせを考えてほしいと思ってるのよ」

敬子は一郎がどなりこんで来た夜のことを、詳しく話した。

「だからね、わたし、一郎君はヤケになって、何をするかわからないと心配していたのよ。でも、事が事だけに、先生に話をすることもできなかったのよ」

悠二は、火事のうえにさらに追い打ちをかけられたような大きな衝撃だった。あの豪一に挑まれた久代の姿が、いやでも目に浮かんだ。あんなに素直な和夫が、豪一の子供だとはどうしても信じられなかった。

「どうなすったの先生。わたし、ほんとうのことを言ったのよ。悪かったかしら」

何の返事もしないで考えこんでしまった悠二を、敬子は不安そうに見た。

「いや、別に……」

「わたしね先生、久代さんの話を聞いて、思い切って稚内に行ったのよ。前から縁談があったの。でもわたし……。先生のことがあきらめられなくて、話に乗らなかったのよ。だけど昨日思い切って見合いをしたわ」

「……」

「久代さんの話を聞いて、先生をあきらめる気になったの。わたしさえ結婚すれば、もう遠慮をしないと思うの。先生、あの人は先生が好きなのよ、でも、佐々林豪一のおかげで、男の人が恐ろしくなってるの。だからかわいそうなのよ。わたしだって、そんな目にあって赤ちゃんができたら、男なんか身の毛のよだつほど嫌いになると思うわ。ねえ先生、久代さんがかわいそうじゃない？」

悠二は額に手をやった。あまりにも事は複雑であり非情であった。よりによって、あの佐々林豪一に子供を生まされたのかと思うと、言いようもなく無念でならなかった。

敬子の善意がわからないわけではない。しかし、敬子の言葉が善意からであればあるほど、悠二は耐えられなかった。苦汁が全身を浸していくような思いだった。

「ねえ先生、久代さんをしあわせにしてくださいね」

だが悠二は、敬子の言葉には直接答えず、

「佐々林一郎も憐れなやつだなあ……。しかし敬子さん、あの子の放火ではありませんよ」

と、いくぶん怒ったように言った。

「そうかしら、でもあの子は、それは物凄いけんまくだったわ。わたしは、もしかしたらあの子が自殺するんじゃないかと思って、あの晩送って行ったのよ。それから何日もしないでこの火事でしょう。しかも先生の当直の晩よ」

敬子は、久代のことに返事をしない悠二がもどかしかった。敬子は急にポンポンとした口調で言った。

「先生が失火だと言うんなら、それでもいいわ。わたしの叔父が弁護士なの。放火事件のこと少し聞いてるんだけど、放火ってそう軽い罪じゃないのよ。死刑の例だってあるそうよ。

犯人いんとくの罪っていうのもあるのよ。虚構の申告も罪、無論それを全部承知の上でかばってるんでしょうけど。あんな豪一なんか、少し痛い目にあわせてやるといいのに」

悠二は敬子を直視した。

ブラスバンドの練習が、音楽室から響いてくる。卒業生を送るための練習である。悠二は腕を組んで、佐々林一郎と向かい合っていた。ここは、生徒と教師が話し合うための「こだま」と呼ばれる六畳ほどの小さな部屋だった。

帰ろうとする一郎を、悠二はさり気なく呼びとめて言った。

「佐々林、グラフを作る手つだいをしてくれないか」

悠二は時々、円錐立方体、グラフなどを作る仕事を生徒に手つだわせていたから、誰も怪しむ者はなかった。しかし一郎の顔はサッと青ざめた。

「こだま」の部屋に入ってから五分間、悠二はひとことも口をきかなかった。一郎はかたくなにうつむいたままである。悠二は、一郎が一昨夜のことをわびてほしいと、祈るような気持ちで待っていた。これは一昨夜から持ちつづけていた願いだった。だが一郎は、悠二の前に仏頂面をしてすわっているだけである。

次第に悠二はいらいらして来た。生徒たちにも、自分の失火だとわびたことを、一郎は知っているはずではないか。目の前の一郎の耳が、いやにとがって見えた。それが悠二の嫌悪を誘った。豪一の耳もこんなにとがっているような気がする。

やっと一郎が口をひらいた。

「先生……何か用事ですか」

先生と呼びかけられた瞬間、悠二の心は躍った。だが、つづく言葉は悠二の期待に反していた。悠二はムッとした。

「佐々林！　君は先生に用事がないのか」

怒りをおさえて悠二は静かに言った。

「別に……」

一郎はふてくされて答えた。

「そうか、先生はね、君が先生に何か話があるんじゃないかと思ったんだがねえ……。じゃ、先生から聞きたいんだがね」

「………」

「おとといの夜、佐々林は何をしてた？」

「何って……レコードを聞いたり、勉強をしたり……」

「そうか、君の部屋にいたのか」

一郎は、上目づかいにちらりと悠二を見、すぐにまたうつむいた。

「おとといの夜、先生は当直だったんだがね。君は学校に来なかったかい」

目に見えるほど、一郎の肩がふるえた。

「学校になんか……来ません」

突っかかるような返事だった。

「そうか、来なかったのか。先生はね、君のうしろ姿にそっくりな少年が、当直室を飛び出したのを見かけたんだよ。てっきり佐々林だと思ってね。……それで、先生は警察に呼ばれても、自分の過失だと言い張ったんだよ。君を罪人にしたくなかったんだ」

一郎は口をとがらせて顔をそむけた。

「しかし、君のうしろ姿だと思ったのは、先生の思いちがいだったんだね」

一郎は返事をしなかった。うつむきもしなかった。それがひどく傲然と見えた。悠二は今朝敬子から聞いた言葉を思い出した。敬子は、当直室の損害を、悠二の毎月の俸給からさしひくという話を聞いたと言った。

「杉浦先生、ずいぶんばかにしてるわねえ。あの損害は佐々林豪一に払わせればいいのよ。左遷の話だって、蹴とばせばいいんだわ。少なくとも、豪一にだけは事の真実をのべる義務があると思うんですけどね」

この言葉を思い出しながら、悠二はじっと一郎の言葉を待った。悠二としては、一郎さえ自分自身の非を認め、新しく立ちなおることを誓ってくれるなら、俸給から何を引かれようと、左遷されようと、かまわないと思っていた。そして、この自分の気持ちは、必ず一郎の胸にひびくにちがいないと信じていた。奈美恵や久代の問題で、一郎が親を憎み、そして人間不信におちいっているとしても、自分のこの真実だけは受けとめてくれると信じたかった。

だが一郎は、石のように黙りこくっている。悠二は自分が、あまりにも甘い教師だったと自嘲した。佐々林一郎は、もっと素直な心を持っていると思っていた。だから自分の気持ちもわかってくれると決めていた。しかし、その期待がひとつひとつ崩されていくのを、悠二はいやでも思い知らされなければならなかった。

悠二は用意して来たふろしき包みを、机の上に置いた。できれば、こんな証拠の品物を突きつけることは避けたかった。悠二は残念でならなかった。

「佐々林、このふろしきの中に何が入ってると思う?」

一郎はかすかに首を横にふった。

「もう一度聞くけれどね。ほんとうに君は火事の夜、家にいたと言うんだね」

一郎はうなずいた。

「そうか、わかったよ」

悠二はゆっくりとふろしき包みを解いた。中に、紙に包まれた帽子があった。悠二はその毛糸の帽子を、一郎の目の前に置いた。一郎はハッとして椅子をうしろにずらせた。

「君を疑ったのは悪いが、この帽子が当直室の前の廊下に落ちていたんだよ。ホラ、ここにＩＳとイニシアルが入ってるだろう。うしろ姿はそっくりだし、イニシアルは君と同じだ。疑ったのは無理もないと君も思うだろう」

一郎の顔は蒼白だった。

「この帽子は、君のものじゃないのか」

「…………」

「どうしたんだ、君のものなのか」

一郎はじっと帽子を見た。悠二は固唾を飲んで次の一郎の言葉を待った。

一郎は固く下唇を嚙んだまま、小鼻に汗を浮かべていた。一郎は目まいがした。

（ちくしょう！）

一郎は一昨夜家に帰ってから、帽子のないことに気づいてあわてた。たしか便所の中で、ぬれた長靴を帽子でぬぐった。そして帽子をそのままジャンパーのポケットに押しこんだ。逃げる途中で、丘の上にでも落としたのかと思った。昨日ひそかに、逃げた道をさがしてみた。それが運悪く悠二に拾われていたのかと思うと、一郎は口惜しかった。

「佐々林、これは君のものではないのか」

悠二は、いくら待っても返事をしない一郎に、再び尋ねた。一郎の目が落ちつきなく悠二をうかがった。一郎は口の中がカラカラになった。

「君のじゃないと言うんだね」

一瞬の後、一郎はかすれた声で言った。

「ぼくのでありません」

一郎には、何としても悠二の気持ちが伝わらなかった。不当に責められているような気がしてならなかった。

(おれの気持ちがわかってたまるものか!)

一郎は喚きたかった。頭は混乱していた。警察は恐ろしいくせに、悠二に許しを乞うのはいやだった。

「佐々林」

悠二は吐息をついた。自分の職をかけてまで一郎の罪をかばおうとしたことが、結局何にもならなかったのだ。悠二は深い絶望を感じた。

犯人だと知られて、この一郎は自分を憎んでいるにちがいない。帽子まで証拠に握られては、殺したいほど憎いかも知れないのだ。それが秘密を握られた者の心理なのかも知れない。

悠二は、今夜佐々林家を訪ねて見ようかと思った。だが、恐らく徒労であろう。悠二は二度訪ねた佐々林家を思った。豪壮な邸宅に反比例して、何と寒々とした空虚な家であろう。人の心や、愛情よりも、世間体や、名誉や、地位や、そして金が何よりも大事な人種なのだ。そこに育った一郎は、豪一やトキの生き方に反撥しながらも、次第にスポイルされて行くのだろう。

（あの親たちは、子供を毒するだけなのだ）

悠二は心からそう思った。いくら教師が、全員まじめに生徒を導こうとしたところで、家庭が動揺していてはどうにもしようがない。積み木細工のように、がらがらと、すぐに崩れてしまうのだ。小さな崩れなら、ある程度教育で防ぐこともできるだろう。しかし、人間の心の奥底から、なだれるように崩れ落ちてくるものを、果たして教育だけでくいとめることができるだろうか。できるわけはないと悠二は思った。

「佐々林、先生は放火犯人が立ちなおるように祈るよ。君も一緒に祈ってくれないか」

促されて一郎がのろのろと立ち上がった。

こだま

黒いドア

黒いドア

わが家の玄関に立った豪一は、「おや」と思った。二十日ぶりで帰ったというのに、トキの姿が見えない。奈美恵と涼子だけが豪一を迎えた。

「どうしたんだね、トキは?」

「お部屋かも知れませんわ、パパ」

奈美恵はいつもより甘えるように豪一を見上げた。

「体でも悪いのか。迎えにも出ないで」

「さあ、どうでしょうか」

奈美恵は豪一の後に従った。庭には三月の午後の陽ざしが明るかった。豪一が自分の部屋に入ると、トキがあらたまった顔をしてそこに立っていた。

「どうしたんだ、迎えに出ないで」

トキは黙って豪一の背広をうしろから取った。

「ハイボール。少し疲れた」

　奈美恵が洋酒棚をあけた。

「奈美恵、あなたは自分の部屋にお帰りなさい」

　ハイボールを運んで来た奈美恵に、トキは冷たく言った。奈美恵は不満そうにトキを見、豪一に軽く頭を下げ、つづきの自分の部屋に姿を消した。

「いやに深刻な顔をしてるじゃないか」

　豪一は、ソファにゆったりとすわって、ハイボールをひと口飲んだ。

「あなた、わたくし、何度あなたにお電話しようと思ったかわかりませんわ」

　トキは豪一を真っすぐに見た。

「電話したいことがあれば、すればよかったろう」

「でも、電話でなんか、お話のできることじゃありませんわ」

「何だい、話って?」

「あなた、このドアを一郎とみどりに知られてしまったんですよ」

「なあんだ、そんなことか」

「そんなことかじゃありませんわ。一郎もみどりも年頃ですのよ。親のこんな生活を知ったら、いったいどうなると思いますの」

「じたばたするなよ。遅かれ早かれわかることだ。わかってちょうどよかったじゃないか」

「まあ、あなたったら……。それでなくても一郎は、成績は下がるし、性格は変わってしまったし……。せっかくわたくし誰にも知れないようにと、ひたかくしにかくして来たんですのに」

「かくしたってわかるよ。女の浅知恵だ。一郎だって男だ。こんな世界は知っておいても悪くはないだろう。世の中はどうせ似たりよったりだからなあ」

豪一は、トキの固い表情を、楽しむように眺めた。

「あなた、一郎は非行少年になってしまいますよ。佐々林家の長男が非行少年になっては、世間の笑いものですわ」

「非行少年か」

豪一は鼻先で笑った。

「おれの息子だ。非行少年になどなるわけはない。もしなったとしたら、お前の教育が悪いんだ。お前は一郎にしても、みどりにしても、放ったらかしじゃないか。成績が下がったら、すぐに家庭教師でも雇えばよかったろう。無能な母親だよ、お前は」

「あなた、あなたは、わたくしがどんなに苦労しているのか、ご存じないのですか。奈美恵がうちにいるのに、家庭教師など頼めますか」

トキは、持っていたハンカチをぎりぎりとねじった。

「なあに、奈美恵は姉だと言えばいい」

「あなた、世間はそんなに甘くはありませんわ。すぐに言いふらされてしまいますわ。……ああ、わたくし何から申し上げていいか、わかりません」

「何だ、まだ話があるのか、いい加減にしてくれよ」

「いい加減になど、できるものですか。あなた、わたくしとの約束を破ったじゃありませんか」

「約束？　指輪なら先月買ってやったろう」

「指輪なんかじゃありません」

「ほう、お前に指輪や着物より大事なものがあったとは知らなかったなあ」

豪一は笑った。

「あなた、笑ってごまかしてはいけませんわ。女はつくっても子供は作らないって、あなたはわたくしに約束なさったじゃありませんか」

「そんな約束をしたかねえ。しかしねえ、おれはお前ほどではないにしても、欲の深いほうだからね。養育料をせびられたり、財産を分けてやらなければならないような子供は、つくらない主義なんだ。心配するな」

「でもあなた、この同じ旭川の中に、一年生になるあなたの子がいるじゃありませんか」

「ほう、それは知らなかった。そんな子がいたら、お目にかかりたいもんだね」

「あなた、川上久代って、あなたの秘書だったたんですって？」

「川上久代？　なあんだ、あの女のことか、奈美恵に聞いたのか」

　豪一はちょっと誇らしそうな顔をした。

「あなた！　やっぱりほんとうでしたのね。奈美恵がみどりと一郎にそう言ったそうですわ。それで一郎は、その女の家にどなりこんだそうですわ」

　トキは、その一部始終をみどりから聞いたときの驚きと口惜しさを思い浮かべた。今度こそ奈美恵をこの家から出してしまおうと、トキは怒りをおさえて豪一の帰りを待っていたのだ。

「ほう、それはそれはとんだ騒動だったたな。奈美恵もなかなかやるじゃないか」

　トキが何を言っても、豪一はただおもしろそうに笑うだけである。

「あなた、川上久代の子供をどうなさるつもりなんです」

　トキは、一郎がすべてを知ったことに狼狽していた。しかしそれよりも、久代に豪一の子供がいることのほうが、もっと重大であった。トキにとって、財産以上に大きな存在はなかった。

「トキ、おれはあの女に、一回何しただけだよ。しかし一度だけで生まれる例もあるのかなあ、トキ」

「存じません。もしあなたの子供だったら、どうなさるんです」

「お前もばかな女だなあ。認知しなけりゃいいだろう。何もやきもきすることはないよ」

豪一は事もなげに言った。しかし豪一は急に久代に会ってみたくなった。あのまま結婚しないでもし自分の子供を生んだのだとしたら、久代は案外自分を憎からず思っているのではないか。ただの一度だったが、久代のあの肌を豪一は決して忘れていなかった。一人で置いておくのは惜しい女だと、豪一は食指を動かし始めた。

トキは、やきもきするなと豪一に言われて、やや安心した。

「あなた、ほんとうに認知なさらないでしょうね」

「あたり前さ、その後何をして来たか、わからない女じゃないか。おれの子か誰の子か、わかるものか。ところで、あの女の写真がうちにあったはずだな」

臆面もなく豪一は言った。その時、ドアをひとつだけコツンとノックして、みどりがさっと入って来た。

「何です、返事もしないうちに入って来たりして」

トキがとがめた。みどりは返事をせずに豪一を見た。

「おとうさん、いま帰って来たの」

「ああ、そうだよ」

「みどり、お帰りとか何とか言ったらどう」

たしなめるトキを、みどりは見向きもしなかった。

「おとうさん、わたしをよく見てよ。どこか変わったような気がしない？」

「何だ、どこか悪いのか」

「おとうさん、わたし去年の夏九州旅行に行ったでしょ」

「うん、それがどうした」

豪一は目を細めた。

「あの時、おとうさんのおみやげを買って来なかったでしょ。でも、あと二、三カ月したら、その時のおみやげをあげるわよ」

「二、三カ月したら？　何を言ってるんだい、みどり」

「鈍いのね、案外。九州に行って、わたしどうやらベビーちゃんができたらしいのよ」

豪一とトキの視線が、思わずみどりの腹部に走った。

「なるほど、ちょっと大きいようだな」

豪一はわざとからかうように言った。

「みどり、でたらめもいい加減になさい。親をからかうもんじゃありませんよ」

トキは再びみどりの体に目をやった。たしかにひだスカートが少しふくらんでいるような気がする。

「冗談だと思ってもいいのよ」

平然としたみどりの態度に、豪一とトキは顔を見合わせた。

「ほんとうか、みどり」

豪一は半信半疑の顔になった。

「こんなこと、わざわざうそを言うわけがないでしょ」

「みどり、あなたほんとうなの」

「うるさいわねぇ、おかあさん。うそだと思いたかったら、うそだと思えばいいじゃないの。七カ月だってお医者さんは言ったわ」

「医者？　お前一人で医者に行って来たのか」

初めて豪一の顔が緊張した。

「どうしておかあさんに言わなかったのだ」

「言えば堕ろせって言うでしょ」

「まあ！　この子ったら……」

トキは言葉がつづかなかった。

「みどり、相手はどいつだ」

「わかんないわ。福岡の宿にとまった時、和室だったの。おふろから上がった所に、突然男が入って来たのよ」

「そんなばかな。なぜ大声を出さなかったんだ」

「そんな時、大声なんて出るもんじゃないわ。ただぶるぶるふるえてただけよ」

「堕ろすんだな、みどり」

豪一は冷然と言った。

「いやよ。生むわよ」

「ばかを言え。嫁入り前に子供を生んでどうするんだ」

豪一は額に青筋を立てた。

「おとうさん、わたしが嫁入り前なら、川上商店のあの人だって嫁入り前だったのよ。あの人なら嫁入り前にどうされてもいいんですか。強姦されてもかまわないって言うんですか」

みどりはひらきなおった。

「お前、それとこれとは違うよ」

「わたしとあの人とはどうちがうって言うの。自分の娘は大事だけれど、人の娘はどうでもいいって言うの。冗談言わないでよ」

「ばか者！　つべこべ言うな。佐々林豪一の娘と、ほかの娘と一緒にできるか。トキ、すぐに医者に連れて行きなさい」

「ごめんだわ。第一、七ヵ月なのよ。堕ろせるわけはないでしょう」

「帝王切開という手がある。トキ、これは旭川でないほうがいいな。ほかの町で始末して来い。金はいくらかかってもかまわん」

「おとうさん、七ヵ月にもなった子を殺すつもり？」

「二ヵ月だろうと、七ヵ月だろうと、五十歩百歩だ。世間様がみなやってることだ」

「大した立派なご意見ね」

「何を言ってるんだ。自分でふしだらをしておいて」

「蛙の子は蛙よ。それより、もうひとつ言っておきたいことがあるのよ。北栄中学の火事は、あれは一郎の放火よ」

「なんですって！」

トキがかん高く叫んだ。北栄中学の火事は、豪一も秘書から聞いて知ってはいた。

「おかあさん、一郎に聞いてごらんなさい。あの晩一郎は、まっ青な顔をして、外から帰って来たのよ。わたしは誰にも言ってはいないわ。でもね、あの夜からのようすで、わたしにはわかったわ」

「みどり、ほんとうだな」

　別人のように酷薄な豪一の顔であった。

「うそか、ほんとうか一郎に聞くといいわ」

「でも……一郎が、どうして学校になんか……火をつけなければならない理由があるっていうの」

　唇をひきつらせてトキが言った。

「あなた方親には、その理由がわからないかも知れないわ。でも姉のわたしにはよくわかるわよ。とにかくね、おとうさん。杉浦先生は一郎の仕業とわかっているのよ。だから何も言わずに左遷されて行くのよ」

「みどり、ばかも休み休み言いなさい。あの先生は理事会で、ちゃんと自分の過失だとあやまったんですからね」

「そうよ、一郎をかばってあやまったのよ」

「ばかを言え、左遷されてまでかばう奴がどこにいる」

　豪一は冷笑した。

「おとうさんのように、損は何ひとつしまいという人と、あの先生とは人種がちがうわ」

「親に向かって、何を言うんだ」

「こんな親でも、親かしら」

「みどり！　こんな親とは何だ。お前たちに何ひとつ不自由させた覚えはないぞ」

「金や物では、子供は育たないわ。おとうさん。一郎は隣の女のベッドに寝ていたわよ。こんな親たちに育てられて、まともに育つほうがかたわだわ。一郎はどうせ感化院行きよ。ついでにこの家にも、火をつけるとよかったんだわ」

「みどり、つけ上がるな」

　ぴたりと銃口をつきつけたような、冷酷な声であった。みどりは、その声をはね返すように、じろりと豪一を見、ものも言わずにさっと部屋を出て行った。

　その夜みどりは家を出た。

「あの女が、この家を出て行き、人間の住める家になったら帰ります」

　一片の紙片が豪一のドアに、画鋲でとめられてあった。

黒いドア

終章

終　章

丘の雪も、日に日にとけてだいぶ低くなった。今年の雪どけは特に早く、ようやく彼岸に入ったばかりなのに、道は大方土が出ている。雪どけ水が、道のあちこちに池のような水たまりを作り、柔らかい春の空を映すころとなった。

悠二はあした学校を去る。卒業式も終わって、教えていた三年生は、もう学校に一人もいない。教室に行っても、ガランとしてどこかほこりっぽかった。授業もなければ、とるべき事務もない。仕事らしい仕事もない毎日の中で、悠二は一人取り残されたような淋しさを感じて来た。

明日の終業式に、転任の挨拶を生徒たちにするだけが、悠二のただひとつの仕事だった。しかし、一度も教えたことのない生徒たちに別れを告げるのは、何かむなしいことに思われた。ぼんやりと机に頬杖をついている悠二の前で、玉脇は言った。

「今度の担任も三年ならいいんだがなあ。卒業学年は実入りがちがうからねえ」

来年度の受け持ちを予想して、玉脇はわざと楽しそうに言った。悠二は、そんな玉脇を黙って眺めているより仕方がなかった。

やめると決まった悠二は、同僚がにわかに遠い存在に思われた。一時は、河部や戸沢千代が組合に働きかけて、みんないく度か集まった。しかし結局は徒労だった。集まるだけ集まっても、みんな口を閉ざしているばかりで、何の結論も出ない。北栄中学は名門であり、俸給も悪くはない。別段人のことに口を出す必要もあるまいと言った空気が流れていた。

「理事会の決定を覆すのは無理でしょうね」

ふだん人格者で通っている組合支部長の加藤が、まっ先にそんなことを言う御用組合である。河部と戸沢千代がいくら訴えても無駄だった。

「歯がゆいなあ、杉浦先生も」

元組合幹部であった当の悠二自身が、何の発言もしない。そんな悠二の態度にも、若い河部は腹を立てた。

一郎は何の反省の色もなく卒業して行った。悠二は教師という職に自信を失ってしまった。学期末でざわめいている同僚たちを眺めながら、悠二は問いかけたい気持ちだった。教え子の放火に対して、君たちならいったいどうするのかと。教師は聖職ではない、労働者だと言われている。しかしそうは言っても、教師というのは何とも割り切れない職業だと思った。

悠二は思いをふり払うように立ち上がった。四、五日前和夫が退院して来ているはずである。入院中は毎日見舞っていた悠二だったが、自宅にはなぜか見舞うことがためらわれた。悠二は、久代の顔を思い浮かべた。それにだぶって、佐々林豪一の紳士面が目に浮かぶ。悠二は立ったまま、からになった自分の机をあけ、そしてしめた。引き出しの底に、古いインクの汚点が残っていた。

終業式は一年生と二年生だけである。三年生のいない講堂はいやにだだっぴろく思われた。悠二は転任の挨拶を述べた。いまの悠二には、何を言う気もなかった。また、何を言ったところで、火事を出した教師の言葉などは、生徒たちにはこっけいにひびくだけであろう。しかし悠二は、勇をふるって自分を打ちたたくように目をひらいた。

「わたしは、この学校に一年にも満たない、僅かな期間しか勤めませんでした。私にとって生涯忘れることのできない学校です。君たち一年生、二年生とは、一緒に勉強できませんでしたが、来年度は共に学べると思って楽しみにしていました。このまま別れるのは残念ですがやむを得ません。わたしはここで、君たちにただひとつお願いしたいことがあります。それは、二度とくり返すことのできない君たちの一生を、真剣に生きぬいて欲しいということです。真剣に生きぬくためには、強い意志がいります。素直な心も必要です。しかし、その意志も、素直な心も、粉々になる時があるかも知れません。いや、きっとあるでしょう。それでも、どうか絶望しないでください。希望だけは持って生きて行ってください」

悠二は生徒に語るというよりも、自分に必死になって言い聞かせる気持ちだった。だが、自分の言葉が生徒の胸に何も響いていかないのを、悠二は感じた。自分自身でも、自分の言葉がどこかで空転しているのを感じないわけにはいかなかった。一度も教えたことのない生徒の前で、別れを告げるほどむなしいことはなかった。

生徒を代表して、二年A組の男子が別れの言葉を述べた。一度も悠二に習ったことのないその生徒が、

「共に学び、共に遊んだ思い出は一生忘れられません」

と言い、生徒たちがクスクスと笑った。わびしい別れの式であった。

校長室に、悠二は挨拶に出向いた。

「杉浦君、君はわたしを、腑甲斐のない校長だと思っているだろうね。あの理事会で、わたしは君をかばうことさえできなかった。かばうことがかえって、君の不利になると思ったからだが……何にしてもあんな小さな失火で、こんな処置は言語道断だよ。わたしもつくづく情けなくなりましたよ。自分が昔ながらの封建的な商家の、単なる雇われ番頭に過ぎない存在だと思いましてね」

悠二の転任先は北見市と知らされていた。もっと小さな町に飛ばされると思っていた悠二は、北見と知ってから、校長の少なからぬ尽力を感じて来た。

悠二は職員たちに見送られて、玄関に向かった。敬子が車を呼ぶというのを断って、悠二はうらぶれた思いで玄関を出た。玄関を出た悠二は、ハッとして立ちどまった。その途端一斉に拍手が湧き起こった。

「先生」「先生」

「おう、どうしたんだ」

正面玄関の横には、十日前に卒業していった担任の生徒たちが、きちんと整列して拍手で悠二を迎えた。悠二のほおが紅潮した。

「どうしたんだ」

「先生、ぼくたち見送りに来ました。卒業式の前に、みんなで堅く約束したんです。一人残らず、ここで先生を待っていようと約束したんです」

クラス委員だった石川が代表して言った。

「そうか！　ありがとう」

悠二は涙が溢れそうになった。悠二は教師という職業に絶望を感じていた。北見に転任したところで、こんな気持ちでは、長くは勤まるまいと思っていた。悠二は一人一人の顔を心に焼きつけるように、しっかりと見つめた。

「おう！　大川じゃないか」

　去年の秋、公立に移って行った大川松夫が、ニコッと笑っておじぎをした。

「わたしが誘ったんです」

　小市君代が誇らしげに言った。

「そうか、ありがとう」

　悠二は鼻をこすった。次の瞬間、悠二はまたハッとした。うつむいてはいるが、そこにはまさしく佐々林一郎がいた。そして大垣吉樹もいた。

「先生」

　石川がみんなを代表して挨拶をした。

「先生は、一学期の終わりの日も二学期の終わりの日も、そしてもちろん卒業式の日も、ぼくたちを玄関まで送ってくださいました。ぼくたちは、先生がきょう限り、北栄中学を去られると聞いて、こんどはぼくたちが先生をお送りしようと、計画を立てたんです。先生、ぼくたちはみんな先生が好きでした、先生のことは一生忘れません。先生もぼくたちのことを忘れないでください。十一カ月しかお習いしないのに、三年も教えられたような気がします。北見に行かれても、どうか、よりいっそうよい先生で、みんなに尊敬される先生になってください」

意気地ないと思ったが、悠二は涙をこらえることができなかった。

「三、四」

石川の合図と共に、いっせいに生徒たちはうたい始めた。

「仰げば　尊し　わが師の　恩」

うたいながら、生徒たちは悠二を先頭に歩き出した。悠二はうれしかった。わけても、一郎が来ていることに悠二は勇気づけられた。一郎は津島百合に強引に誘われて、しぶしぶやって来たことを、無論悠二は知るはずもない。うたい終わると、生徒たちはワッと悠二を囲むようにして、うしろから悠二を押した。悠二は押されながら歩き出した。

「先生、どうして北見なんかに行くんですか」

「先生、北見で結婚するんですか」

「先生、夏休みに旭川に帰って来るんでしょう」

歩きながら生徒たちは思い思いに言った。

「先生の嫁さん、お敬さんですか」

「ちがうぞ、川上のおばさんだぞ」

「へえ、すごい」

「いいぞ、いいぞ」

「先生、ご幸福を祈ります」

生徒たちは、ふざけたり冗談を言ったりしながら、悠二について来る。

敬子はたしか、六月に稚内で結婚すると言っていた。久代はいったいどうするつもりだろう。和夫の入院中、毎日見舞いに行っていたが、悠二と久代の距離は、まだせばまってはいなかった。いま「川上のおばさんだぞ」と言った誰かの言葉が、悠二の胸に心地よくひびいた。あの豪一の前に両手をひろげて立ちはだかり、久代と和夫をかばってやりたいような気持ちが、悠二の胸をよぎった。

火事の夜以来、悠二は久代に対する感情を顧みる余裕はなかった。一郎の問題が大きく悠二にのしかかり、和夫の火傷が悠二を動てんさせていた。その上、敬子から聞いた久代と豪一の過去は、悠二を混乱させた。いずれにしても、悠二にとって一番大きな問題は、失火の責任をとって学校をやめていくという事実であった。それがいま、生徒たちに囲まれて、初めて悠二は、久代に対する思いがよみがえった。こんなにも久代のことを考えていなかったのが、ふしぎですらあった。

悠二たちは、川上商店前のバス停留所に着いた。

「先生、ここでバスに乗るんですね」

「いや、先生はねえ、北栄中学に初めて赴任する朝、この長い坂を登って来たんだよ。何だかきょうも、この坂をゆっくり一人で歩いてみたいんだ」

一瞬生徒たちは黙った。

「わかりました、先生。じゃ、ぼくたち、ここでお見送りいたします。な、みんな」

石川がハキハキと言った。

「じゃ、さようなら、みんな元気でがんばれよ」

悠二の視線が一郎に行った。一郎はうつむいたまま、悠二の顔を見ようとはしない。悠二は生徒たちに一礼をして坂をおり始めた。久代の店には客が何人かいた。後で、あらためてゆっくり顔を出そうと悠二は思った。話がたくさん残っているような気がした。悠二は和夫を背負って、この坂道を登った赴任の朝のことを思った。和夫を背負ったことが、何か象徴的に思われた。

「先生、さようなら」

ふりかえる悠二の目に、三月の陽がまぶしかった。

坂の両側には枯れた熊笹が雪の上に半分のぞいている。雪どけ水が泥色に濁って、坂道の片側を音を立てて走っていく。

「先生、さようなら」

終　章

終　章

再び生徒たちの声に、悠二はふり返った。

「さようなら」

悠二は立ちどまって、大きく手をふった。そしてまた、ゆっくりと坂を下り始めた。

S字型に曲がった長い坂だ。生徒たちの声に、悠二はいく度もふり返った。声も姿も次第に遠くなる。一郎のことはともかくとして、悠二はいま、かつてなかったほどに深い喜びを感じた。教師生活に絶望を感じていた自分である。その自分がいま、こんなにも深く慰められているのだ。

しかし、悠二はふと、立ちどまる思いになった。いったいこれはどういうことなのだろう。あんなにも絶望を感じていた自分が、たあいもなく喜びに満たされている。生徒たちを導く立場の自分が、逆に生徒たちに支えられている。

(もし生徒たちが来てくれなかったとしたら)

悠二はいま初めて、真に自分を支えるものが、自分自身の中には何ひとつないことに気づいた。こんな揺らぎやすい自分に、生徒を導き育てる教師の資格があるのだろうか。自分にも教師が欲しい。この弱い自分を導いてくれる確固とした真の教師が欲しい。初めて悠二はそう思った。

生徒たちは、ふり返りながら、次第に遠ざかって行く悠二の姿をじっと見送っていた。

「先生は、何を考えてるんだろうなあ」

大川松夫が手をふりながら言った。悠二の姿が、S字型のカーブを曲がって見えなくなった。生徒たちはたまらなくなって、大声で叫んだ。

「先生、さようなら」

「さようなら」

悠二の声だけが返って来た。

「先生!」

こらえかねた大川松夫が、一団を離れて坂を走り出した。

「先生、先生」

大川につづいて生徒たちが、なだれを打って駆け下った。たちまち生徒たちはカーブを曲がって行った。

一郎は、悠二を追って行く級友たちをぼんやりと見送っていた。大垣がズボンのポケットに手を突っこんだまま、バスの停留所に立っている。大垣は一郎を見てニヤリと笑った。

バスが来た。大垣が飛び乗った。

「何だ、乗らないのか」

「うん」

一郎は下唇を嚙んだ。大垣を乗せたバスは警笛を鳴らして去った。

一郎は神社の境内に入って行った。一郎は自分がいやになった。ポケットに入っている

みどりの手紙を一郎は取り出した。みどりが家を出て、もう十日は過ぎていた。

一郎は境内の奥に入って、楢の大樹によりかかった。みどりの手紙が、春の風にかすか

な音を立てた。

〈一郎君

わたしはきょう限り、この家を出るの。わたしのような健康な人間には、もっと別な世

界があると思うの。一郎君、わたしね、妊娠七カ月だなんてうそを言って、おとうさんた

ちを驚かせてやったわ。目を白黒させてたわよ。胸がスーッとしちゃった。そのあげくに

家出となると、どんなにおたおたすることでしょうね。

一郎君、あんたも少しはわたしを見習ったらどう。あの火事はあんたのしわざでしょう。

堂々と名のりでて、おやじさんたちをあわてさせてあげなさいよ。いや、目を覚まさせる

のよ。杉浦先生には男らしくあやまること。

わたしは、うちが清潔になったら帰るわ。あんたもきりっと清潔になりなさい〉

いく度も読み返した手紙を、一郎は折りたたんで、再びポケットに入れた。一郎には、

いまさら自分が放火したと名のり出る勇気はなかった。悠二が坂を下って行く姿を見ても、追いかけて行く気にはなれなかった。

最初は、父の非を怒って放火したつもりだった。だが、いまはもう父も母も、この自分も、どうでもよかった。一郎は津島百合に無理やり引き出されなかったなら、ここに来ることもなかった。来なければ級友たちに何か怪しまれるかも知れないと、思っただけに過ぎない。

(きりっと、清潔になれか)

一郎は自嘲した。

みどりが家を出ても、相変わらず奈美恵はうちにいる。いや、相変わらずではなく、むしろ豪一と奈美恵は、以前よりおおっぴらにさえなった。この間の夜も、一郎が見ていることを知ってか知らずか、廊下で奈美恵は豪一の首に手を回していた。その奈美恵を、豪一はさっと抱き上げて自分の部屋に入って行った。

思い出すだけでも、一郎は頭がカッと熱くなる。その豪一が、一郎にはむやみにきびしくなった。火事のことも鋭く追及された。

「放火したのなら放火したと言え。おとうさんにはな、金があるんだ。会社には弁護士もいるんだ。放火ぐらいでびくしゃくするな」

そう言ったかと思えば、

「一郎、お前が万一放火などするチンピラなら、きょう限り勘当だ」

とおどしつけた。だが一郎は、父にも知らぬ存ぜぬでがんばり通した。

「ふん、お前も案外しぶとい奴だな。この際言っておくが、奈美恵はお前のねえさんじゃないぜ。おとうさんの大事なお客さまだ。あんまり馴れ馴れしくしたら許さんぞ」

臆面もなく豪一は、こう言い渡した。母のトキの影が、何となくうすくなった。そんなことをみどりは知るまいと、一郎は笑いたくなった。

「おにいちゃん」

ふいに和夫の声がした。

一郎はハッとした。黄色いセーターを着た和夫が、一郎をめがけて一心に走って来る。一郎は逃げようかと思った。だがなぜか、くぎづけにでもされたように、一郎の足は動かなかった。

「おにいちゃん」

久しぶりに一郎に会った喜びに、息を切らせながら和夫は一郎を見上げた。右手の白いホウタイが、一郎の目を強く射た。

「おにいちゃん、どうしたの。どうして遊びに来てくれなかったの?」

一郎は口を歪めた。

終　章

「おにいちゃん、ぼくね、やけどしちゃったんだよ。ぼく指が全部くっついちゃったの」

　和夫は無邪気に、右手をのべた。

（おれがやけどをさせたんだ）

　一郎は目をそむけた。だが視線はすぐに引きもどされた。

（これがおれの弟なのか）

　和夫が弟と知って以来、初めて一郎は和夫と顔を見あわせた。

「おにいちゃん、どうしてそんな悲しい顔をしてるの？」

　和夫は心配そうに一郎を見上げた。何とあどけない優しい目であろう。おやじには、似ても似つかぬ子供だと一郎は思った。

「おにいちゃん、何を怒ってるの、こまったなあ」

「………」

「あ、そうだ。おにいちゃん、ぼくの右の手ね、ずーっとせんに、おにいちゃんにさわったら、おにいちゃん笑ったよね」

　和夫は背伸びをして、自分の白いホウタイの手を、一郎の肩につけた。

　ふいに一郎の顔がくしゃくしゃになった。

「あれ？　変だなあ。ぼく、やけどしたから、ききめがなくなったのかなあ」

和夫は再び背伸びをして、一郎の肩に右手をつけた。

「和夫!」

こらえきれずに、一郎は思わず和夫を抱きしめた。思いがけない号泣が、一郎の心の壁をつき破って噴き出した。

一郎の涙に和夫は驚いて、三度その手を一郎の肩においた。

「おにいちゃん、泣いちゃだめだよ。笑ってよ」

「おれだ! おれが火をつけたんだ!」

一郎は何かにつかれたように、大声で叫びながら走り出した。

「おれが火をつけたんだあっ!」

境内を通りぬけ、一郎は坂道をころがるように走った。悠二たちは坂の下あたりを歩いていることだろう。まだ追いつける。まだ追いつける。そう思いながら一郎は叫びつづけた。

「おれが火をつけたんだあっ!」


（終わり）

〈底本について〉

この本に収録されている作品は、次の出版物を底本にして編集しています。

「三浦綾子全集　第二巻」主婦の友社　1991年8月7日（第1刷）

『積木の箱』（下）新潮文庫　1984年10月25日（1995年3月10日第24刷）

〈差別的表現について〉

作品本文中に、差別的表現とも受け取れる語句や言い回しが使用されている場合がありますが、作品が書かれた当時の時代背景や、著者が故人であることを考慮して、底本に沿った表現にしております。ご諒承ください。

三浦綾子とその作品について

三浦綾子とその作品について

三浦綾子　略歴

1922　大正11年　4月25日
北海道旭川市に父堀田鉄治、母キサの次女、十人兄弟の第五子として生まれる。

1935　昭和10年　13歳
旭川市立大成尋常高等小学校卒業。

1939　昭和14年　17歳
旭川市立高等女学校卒業。
歌志内公立神威尋常高等小学校教諭。

1941　昭和16年　19歳
神威尋常高等小学校文珠分教場へ転任。
旭川市立啓明国民学校へ転勤。

1946　昭和21年　24歳
啓明小学校を退職する。
肺結核を発病、入院。以後入退院を繰り返す。

1948　昭和23年　26歳
幼馴染の結核療養中の前川正が訪れ交際がはじまる。

1952　昭和27年　30歳
脊椎カリエスの診断が下る。

1954　昭和29年　32歳
小野村林蔵牧師より病床で洗礼を受ける。
前川正死去。

1955　昭和30年　33歳
三浦光世と出会う。

1959　昭和34年　5月24日　37歳
三浦光世と日本基督教団旭川六条教会で中嶋正昭牧師司式により結婚式を挙げる。

1961　昭和36年　39歳
新居を建て、雑貨店を開く。

1962　昭和37年　40歳
『主婦の友』新年号に入選作『太陽は再び没せず』が掲載される。

三浦綾子とその作品について

1963　昭和38年　41歳
朝日新聞一千万円懸賞小説の募集を知り、一年かけて約千枚の原稿を書き上げる。

1964　昭和39年　42歳
朝日新聞一千万円懸賞小説に『氷点』入選。
朝日新聞朝刊に12月から『氷点』連載開始（翌年11月まで）。

1966　昭和41年　44歳
『氷点』の出版に伴いドラマ化、映画化され「氷点ブーム」がひろがる。
『塩狩峠』の連載中から口述筆記となる。

1981　昭和56年　59歳
初の戯曲「珍版・舌切り雀」を書き下ろす。
旭川市公会堂にて、旭川市民クリスマスで上演。

1989　平成元年　67歳
結婚30年記念CDアルバム『結婚30年のある日に』完成。

1994　平成6年　72歳
『銃口』刊行。最後の長編小説となる。

1998 平成10年 76歳
三浦綾子記念文学館開館。

1999 平成11年 77歳
10月12日午後5時39分、旭川リハビリテーション病院で死去。

没後

2008 平成20年
開館10周年を迎え、新収蔵庫建設など、様々な記念事業をおこなう。

2012 平成24年
生誕90年を迎え、電子全集配信など、様々な記念事業をおこなう。

2014 平成26年
『氷点』デビューから50年。「三浦綾子文学賞」など、様々な記念事業をおこなう。
10月30日午後8時42分、三浦光世、旭川リハビリテーション病院で死去。90歳。

2016　平成28年
『塩狩峠』連載から50年を迎え、「三浦文学の道」など、様々な記念事業をおこなう。
2018　平成30年
開館20周年を迎え、分館建設、常設展改装など、様々な記念事業をおこなう。
2019　令和元年
没後20年を迎え、オープンデッキ建設、氷点ラウンジ開設などの事業をおこなう。
2022　令和4年
三浦綾子生誕100年を迎え、三浦光世日記研究とノベライズ、作品テキストや年譜のデータベース化、出版レーベルの創刊、作品のオーディオ化、合唱曲の制作、学校や施設等への図書贈呈など、様々な記念事業をおこなう。

三浦綾子　おもな作品（西暦は刊行年※一部を除く）

1962　『太陽は再び没せず』（林田律子名義）
1965　『氷点』
1966　『ひつじが丘』
1967　『愛することと信ずること』
1968　『積木の箱』『塩狩峠』
1969　『道ありき』『病めるときも』
1970　『裁きの家』『この土の器をも』
1971　『続氷点』『光あるうちに』
1972　『生きることと思うこと』『自我の構図』『帰りこぬ風』『あさっての風』
1973　『残像』『愛に遠くあれど』『生命に刻まれし愛のかたみ』『共に歩めば』
　　　『死の彼方までも』
1974　『石ころのうた』『太陽はいつも雲の上に』『旧約聖書入門』
1975　『細川ガラシャ夫人』

三浦綾子とその作品について

1976　『天北原野』『石の森』
1977　『広き迷路』『泥流地帯』『果て遠き丘』『新約聖書入門』
1978　『毒麦の季』『天の梯子』
1979　『続泥流地帯』『孤独のとなり』『岩に立つ』
1980　『千利休とその妻たち』
1981　『海嶺』『イエス・キリストの生涯』『わたしたちのイエスさま』
1982　『わが青春に出会った本』『青い棘』
1983　『水なき雲』『三浦綾子作品集』『泉への招待』『愛の鬼才』『藍色の便箋』
1984　『北国日記』
1985　『白き冬日』『ナナカマドの街から』
1986　『聖書に見る人間の罪』『嵐吹く時も』『草のうた』『雪のアルバム』
1987　『ちいろば先生物語』『夕あり朝あり』
1988　『忘れえぬ言葉』『小さな郵便車』『銀色のあしあと』
1989　『それでも明日は来る』『あのポプラの上が空』『生かされてある日々』
　　　『あなたへの囁き』『われ弱ければ』
1990　『風はいずこより』

1991 『三浦綾子文学アルバム』『三浦綾子全集』『祈りの風景』『心のある家』
1992 『母』
1993 『夢幾夜』『明日のあなたへ』
1994 『キリスト教・祈りのかたち』『銃口』『この病をも賜ものとして』
『小さな一歩から』『幼な児のごとく――三浦綾子文学アルバム』
1995 『希望・明日へ』『新しき鍵』『難病日記』
1996 『命ある限り』
1997 『愛すること生きること』『さまざまな愛のかたち』
1998 『言葉の花束』『綾子・大雪に抱かれて』『雨はあした晴れるだろう』
『ひかりと愛といのち』
1999 『三浦綾子対話集』『明日をうたう命ある限り』『永遠に 三浦綾子写真集』
2000 『遺された言葉』『いとしい時間』『夕映えの旅人』『三浦綾子小説選集』
2001 『人間の原点』『永遠のことば』
2002 『忘れてならぬもの』『まっかなまっかな木』『私にとって書くということ』
2003 『愛と信仰に生きる』『愛つむいで』
2004 『「氷点」を旅する』

2007　『生きることゆるすこと　三浦綾子　新文学アルバム』
2008　『したきりすずめのクリスマス』
2009　『綾子・光世　響き合う言葉』
2012　『丘の上の邂逅』『三浦綾子電子全集』
2014　『ごめんなさいといえる』
2016　『国を愛する心』『三浦綾子　366のことば』
2018　『一日の苦労は、その日だけで十分です』
　　　『信じ合う　支え合う　三浦綾子・光世エッセイ集』
2020　『カッコウの鳴く丘』（小冊子）
2021　『雨はあした晴れるだろう』（増補復刊）『三浦綾子祈りのことば』
　　　『平凡な日常を切り捨てずに深く大切に生きること』
2022　『愛は忍ぶ　三浦綾子物語――挫折が拓いた人生』
　　　『三浦綾子生誕100年記念文学アルバム　――ひかりと愛といのちの作家』

三浦綾子とその作品について

三浦綾子の生涯

難波真実（三浦綾子記念文学館 事務局長）

三浦綾子は１９２２年4月25日に旭川《あさひかわ》で誕生しました。地元の新聞社に勤める父・堀田鉄治と母・キサの五番めの子どもでした。大家族の中で育ち、特に祖母の影響が強かったのでしょうか、お話の世界が好きで、よく本を読んでいたようです。文章を書くことも好きだったようで、小さい頃からその片鱗がうかがえます。13歳の頃に幼い妹を亡くし、死と生を考えるようになりました。この妹の名前が陽子で、『氷点』のヒロインの名前となりました。

綾子は女学校卒業後、16歳11ヶ月で歌志内《うたしない》市（旭川から約60キロ南）の小学校に代用教員として赴任します。当時は軍国教育の真っ只中。綾子も一途に励んでおりました。

そんな中で１９４５年8月、日本は敗戦します。それに伴い、教育現場も方向転換しました。教科書への墨塗りもその一例です。そのことが発端となってショックを受け、生徒たちへの責任を重く感じた綾子は、翌年3月に教壇を去りました。私の教えていたことは何だったのか。正しいと思い込んで一所懸命に教えていたことが、まるで反対だったと、失意の底に沈みました。

しかし一方で、彼女の教師経験は作品を生み出す大きな力となりました。『積木の箱』『泥流地帯』『天北原野』など、多くの作品で教師と生徒の関わりの様子が丁寧に描かれていて、綾子が生徒たちに向けていた温かい眼差しがそこに映しだされています。また、綾子最後の小説『銃口』で、北海道綴方《つづりかた》教育連盟事件という出来事を描いていますが、教育現場と国家体制ということを鋭く問いかけました。

さて、教師を辞めた綾子は結婚しようとするのですが、結納を交わした直後に病気にかかります。肺結核でした。人生に意味を見いだせない綾子は婚約を解消し、オホーツクの海で入水自殺を図ります。間一髪で助かったものの自暴自棄は変わらず、生きる希望を失ったままでした。そしてさらに、脊椎カリエスという病気を併発し、絶対安静という療養生活に入ります。ギプスベッドに横たわって身動きできない、そういう状況が長く続きました。

しかしある意味、この闘病生活が綾子の人生を大きく方向づけました。療養が始まって2年半が経った頃、幼なじみの前川正という人に再会し、彼の献身的な関わりによって綾子は人生を捉え直すことになります。人はいかに生きるべきか、愛とはなにかということを綾子はつかんでいきました。前川正を通して、短歌を詠むようになり、キリスト教の信仰を持ちました。作家として、人としての土台がこの時に形作られたのです。

前川正は綾子の心の支えでしたが、彼もまた病気であり、結局、綾子を残してこの世を去ります。綾子は大きなダメージを受けました。それから1年ぐらい経った頃、綾子が参加していた同人誌の主宰者によるきっかけで、ある男性が三浦綾子を見舞います。この人が、三浦光世。後に夫になる人です。光世は綾子のことを本当に大事にして、愛して、結婚することを決めるのです。病気の治るのを待ちました。もし、治らなくても、自分は綾子以外とは結婚しないと決めたのですが、4年後、綾子は奇跡的に病が癒え、本当に結婚することができたのです。

結婚した綾子は雑貨店「三浦商店」を開き、目まぐるしく働きます。そんな折に弟から手渡された朝日新聞社の一千万円懸賞小説の社告を見て、1年かけて約千枚の原稿を書き上げました。それがデビュー作『氷点』。42歳の無名の主婦が見事入選を果たします。テレビドラマ、映画、舞台でも上演されて、氷点ブームを巻き起こしました。

一躍売れっ子作家となった綾子は『ひつじが丘』『積木の箱』『塩狩峠』など続々と作品を発表します。テレビドラマの成長期とも重なり、作家として大活躍しました。光世は営林局に勤めていたのですが、作家となった綾子を献身的に支えました。『塩狩峠』を書いている頃から綾子は手が痛むようになり、光世が代筆して、口述筆記のスタイルを採るようになりました。それからの作品はすべてそのスタイルです。光世は取材旅行にも同行しました。文字通り、夫婦としても、創作活動でもパートナーとして歩みました。

1971年、転機が訪れます。主婦の友社から、明智光秀の娘の細川ガラシャを書いてくれとの依頼があり、翌年取材旅行へ。これが初の歴史小説となり、『泥流地帯』『天北原野』『海嶺』などの大河小説の皮切りとなりました。三浦文学の質がより広く深くなったのです。同じく歴史小説の『千利休とその妻たち』も好評を博しました。

ところが1980年に入り、「病気のデパート」と自ら称したほどの綾子は、その名の通り次々に病気にかかります。人生はもう長くないと感じた綾子は、伝記小説をその頃から多く書きました。クリーニングの白洋舎を創業した五十嵐健治氏を描いた『夕あり朝あり』は、激動の日本社会をも映し出し、晩年の作品へとつながる重要な作品です。

1990年に入り、パーキンソン病を発症した綾子は「昭和と戦争」を伝えるべく、最後の力を振り絞って『母』『銃口』を書き上げました。〝言葉を奪われる〟ことの恐ろしさと、そこに加担してしまう人間の弱さをあぶり出したこの作品は、「三浦綾子の遺言」と称され、日本の現代社会に警鐘を鳴らし続けています。

綾子は、最後まで書くことへの情熱を持ち続けた人でした。そして光世はそれを最後まで支え続けました。手を取り合い、理想を現実にして、愛を紡ぎつづけた二人でした。

そして1999年10月12日、77歳でこの世を去りました。旭川を愛し、北海道を〝根っこ〟にして書き続けた35年間。単著本は八十四作にのぼり、百冊以上の本を世に送り出しました。今なお彼女の作品は、多くの人々に生きる希望と励ましを与え続けています。

三浦綾子とその作品について

この「手から手へ～三浦綾子記念文学館復刊シリーズ」は、〝紙の本で読みたい〟という三浦綾子文学ファンの声に応えるため、絶版や重版未定のまま年月が経過した作品を、三浦綾子記念文学館が編集し、本にしたものです。

〈シリーズ一覧〉

(1) 三浦綾子『果《は》て遠《とお》き丘《おか》』（上・下）２０２０年11月20日

(2) 三浦綾子『青《あお》い棘《とげ》』２０２０年12月１日

(3) 三浦綾子『嵐《あらし》吹《ふ》く時《とき》も』（上・下）２０２１年３月１日

(4) 三浦綾子『帰《かえ》りこぬ風《かぜ》』２０２１年３月１日

(5) 三浦綾子『残像《ざんぞう》』（上・下）　2021年7月1日

(6) 三浦綾子『石《いし》の森《もり》』　2021年7月1日

(7) 三浦綾子『雨《あめ》はあした晴《は》れるだろう』（増補）　2021年10月1日

(8) 三浦綾子『広《ひろ》き迷路《めいろ》』　2021年10月30日

(9) 三浦綾子『裁《さば》きの家《いえ》』　2023年2月14日

(10) 三浦綾子『積木《つみき》の箱《はこ》』　2023年8月15日

ほか、公益財団法人三浦綾子記念文化財団では左記の出版物を刊行しています（刊行予定を含む）。

〈氷点村文庫〉

(1)『おだまき』（第一号第一巻）　２０１６年12月24日　※絶版

(2)『ストローブ松《まつ》』（第一号第二巻）　２０１６年12月24日　※絶版

〈記念出版〉

(1)『合本特装版《がっぽんとくそうばん》　氷点《ひょうてん》・氷点《ひょうてん》を旅《たび》する』　２０２２年4月25日

(2)『三浦綾子《みうらあやこ》生誕《せいたん》100年記念《ねんきねん》アルバム　―ひかりと愛といのちの作家』　２０２２年10月12日

〈横書き・総ルビシリーズ〉

(1)『横《よこ》書《が》き・総《そう》ルビ　氷点《ひょうてん》』（上・下）　2022年9月30日

(2)『横《よこ》書《が》き・総《そう》ルビ　塩狩峠《しおかりとうげ》』　2022年8月1日

(3)『横《よこ》書《が》き・総《そう》ルビ　泥流地帯《でいりゅうちたい》』　2022年8月1日

(4)『横《よこ》書《が》き・総《そう》ルビ　続泥流地帯《ぞくでいりゅうちたい》』　2022年8月15日

(5)『横《よこ》書《が》き・総《そう》ルビ　道《みち》ありき』　2022年9月1日

(6)『横《よこ》書《が》き・総《そう》ルビ　細川《ほそかわ》ガラシャ夫人《ふじん》』（上・下）　2022年12月25日

〈読書のための「本の一覧」のご案内〉

三浦綾子記念文学館の公式サイトでは、三浦綾子文学に関する本の一覧を掲載しています。読書の参考になさってください。左記URLあるいはＱＲコードでご覧ください。

https://www.hyouten.com/dokusho

ミリオンセラー作家《さっか》　三《み》浦《うら》綾《あや》子《こ》

1922年《ねん》北海道《ほっかいどう》旭川市《あさひかわし》生《う》まれ。小学校《しょうがっこう》教師《きょうし》、13年《ねん》にわたる闘病生活《とうびょうせいかつ》、恋人《こいびと》との死別《しべつ》を経《へ》て、1959年《ねん》三浦光世《みうらみつよ》と結婚《けっこん》し、翌々《よくよく》年《ねん》に雑貨店《ざっかてん》を開《ひら》く。

1964年《ねん》小説《しょうせつ》『氷点《ひょうてん》』の入選《にゅうせん》で作家《さっか》デビュー。約《やく》35年《ねん》の作家生活《さっかせいかつ》で84にものぼる単著作品《たんちょさくひん》を生《う》む。人《ひと》の内面《ないめん》に深《ふか》く切《き》り込《こ》みながらそれでいて地域風土《ちいきふうど》に根《ね》ざした情景描写《じょうけいびょうしゃ》を得意《とくい》とし〝春《はる》を待《ま》つ〟北国《きたぐに》の厳《きび》しくも美《うつく》しい自然《しぜん》を謳《うた》い上《あ》げた。1999年《ねん》、77歳《さい》で逝去《せいきょ》。

MIURA AYAKO LITERATURE MUSEUM　三浦綾子記念文学館

www.hyouten.com

〒070-8007　北海道旭川市神楽7条8丁目2番15号

電話 0166-69-2626　FAX 0166-69-2611

toiawase@hyouten.com

積木の箱　下

手から手へ～三浦綾子記念文学館復刊シリーズ ⑩

二〇二三（令和五）年八月十五日　初版発行

著者　三浦綾子

発行者　田中綾

発行所　公益財団法人三浦綾子記念文化財団
〒〇七〇―八〇〇七
北海道旭川市神楽七条八丁目二番十五号
電話　〇一六六―六九―二六二六
https://www.hyouten.com
価格はカバーに表示してあります。

印刷所　三浦綾子記念文学館
株式会社あいわプリント

製本所　有限会社すなだ製本

 ISBN 978-4-910881-05-8